大地的寓言

津子围《十月的土地》研究论集

Edited by Ye Liqun

A Fable of the Land

A Collection of Studies on Jin Ziwei's Novel the Land in October

叶立群◎主编

沈阳出版发行集团

沈阳出版社

图书在版编目（CIP）数据

大地的寓言：津子围《十月的土地》研究论集 / 叶
立群主编 . -- 沈阳：沈阳出版社，2022.7
ISBN 978-7-5716-2499-6

Ⅰ . ①大… Ⅱ . ①叶… Ⅲ . ①长篇小说 – 小说研究 –
中国 – 当代 – 文集 Ⅳ . ① I207.425-53

中国版本图书馆 CIP 数据核字（2022）第 094233 号

出版发行：沈阳出版发行集团 | 沈阳出版社
　　　　　（地址：沈阳市沈河区南翰林路10号　邮编：110011）
网　　　址：http://www.sycbs.com
印　　　刷：辽宁泰阳广告彩色印刷有限公司
幅面尺寸：170mm×240mm
印　　　张：16.375
字　　　数：320千字
出版时间：2022年9月第1版
印刷时间：2022年9月第1次印刷
责任编辑：沈晓辉
装帧设计：杨　雪
责任校对：郑　丽
责任监印：杨　旭

书　　　号：ISBN 978-7-5716-2499-6
定　　　价：98.00 元

联系电话：024-24112447　　024-62564922
E－mail：sy24112447@163.com

序

彭定安

　　津子围的长篇小说《十月的土地》问世后，获得广泛的好评。评论认为依凭这部出色的作品，作家不仅创作了一部优秀小说，而且创获了一个属于自己的文学世界。包括不少名家评论在内的众多评论，在《光明日报》《文艺报》等报刊上发表。现在，将这些评论和研究论文集中在一起，作为《〈津子围十月的土地〉研究论集》出版，这是很有意义的，对于了解津子围和研读《十月的土地》，都很有帮助。作为辽宁文学评论与研究的文集，也具有文学创作和文艺研究方面的意义。

　　阅读作家、作品研究论集，可以获得两方面的意义：第一层面，对于"'作品与作家'的意义"的获得；第二层面，对于"'作品研究'的意义的获得"。符号学家罗兰·巴尔特有言：作者以其作品提供"原意"；而读者"阅读"，则在"原意"的基础上，创获"意义"。我们从《津子围〈十月的土地〉研究论集》中，正是可以获得这样两个方面的意义。细品其中的评论和研究论述，我们领略到大的方面的、宏观的"津子围的文学世界"：他的"文学世界"是何等"风光"、何等意义、何等价值。至于作品具体方面的意义，则有诸多"意义链"丝丝扣扣，连绵而出。如："'东北'

的'泥土性'""兵荒马乱中的大地传奇""东北地方的历史低语""东
北土地的魂魄"等；更进一步，则有"土地的诗""土地的悲歌""土地
精魂""土地与人的亲缘"；再进一步，还有作品的"精神诉求——身与
心的生生不息""执守大地的温情与温暖""文化精魂""女性关怀"等；
还有作品的艺术性评骘："家族小说的别样叙述""作为艺术的家国史""东
北地域文化叙事""苦难史与伦理寓言"等。

进入第二层面意义的追寻，我们则可以领略到评论家和研究家的"意
义世界"。他们的"阅读"和"诠释"是一种"细读""精读""深读"，
并进行各自独到的诠释。这正是罗兰·巴尔特所说的做了"读者的工作"，
所以才能进入"原意"，又深察"原意"，提炼精粹，创获了"意义"。
而这"意义"又是具有多层次、多侧面、多意蕴的。总括地说，就是进入
审美的、艺术的、哲学的层面，它们不仅引领读者进入作家和作品的艺术
世界，而且可以深入其思想—文化—哲学的基底。这使我想起古斯塔夫·缪
勒的话："艺术不应被看作是为艺术而艺术，而是为哲学而艺术"。众多
评论与研究，正是应了缪勒所说：他们把"文学活动里的哲学"揭示给读
者们领略了。

我曾写过一系列议论"阅读"的文字，其中结尾篇则是："冲破阅读
的樊笼"，也就是庄子所说的"得鱼忘筌"。这"樊笼"—"筌"，包括
语言的多义性、作品的多义性与"隐蔽义"以及作品的非浅白、富韵味、
经咀嚼、难体味，还有读者自身的、海德格尔所说的"三前"（前有、前识、
前设）的障碍。而评论与研究论文的作用和价值，就是能够帮助读者越过
这些"樊笼"，将之——"突破"，从而进入作家的世界，进入他的作品
的意义世界。《津子围〈十月的土地〉研究论集》的出版，意义正在于此。

仅述说一些感想，以表对于津子围和评论家、研究家们的敬意。

权为序。

目 录

Contents

对津子围文学世界的审视与探寻

——关于《十月的土地》研究的观察、思考

叶立群

津子围的长篇小说《十月的土地》一经问世，即引起了国内文学界、学术界的关注。有数十位研究者将这部长篇小说纳入了自己的研究视野并形成了评论文章、学术论文；包括《光明日报》《文艺报》等在内的多家报刊相继刊发了相关研究成果；在辽宁省作家协会、大连大学、辽宁文学院主办的津子围小说创作研讨会上，众多专家、学者就津子围文学创作情况进行了学术研讨。在辽宁大学文学院主办的"明德学堂——当代作家进校园 第一期 津子围与《十月的土地》"活动中，多位专家、学者和津子围一起，围绕《十月的土地》进行了对话和讨论。

《十月的土地》作为一部有着独特的文学价值、深刻的文化内涵、多重阐释空间的文学作品，作为东北文学的力作，必然会引起学界的关注和深入研究。津子围已在文学园地耕耘多年，创获了一个属于自身的文学世界。对《十月的土地》的研究，实际上也是对津子围文学世界的审视与探寻。在文学史上，理论家们曾从不同角度阐释过文学研究特别是文学评论的重

要性、必要性及其核心价值。如别林斯基认为，文学批评是"把真理从艺术的语言译成哲学的语言，从形象的语言译成逻辑的语言"。普列汉诺夫认为："批评的首要任务乃是一定艺术作品的思想从艺术语言译成社会学语言。"[①] 根据韦勒克和沃伦的理论，因为"每一文学作品都兼具一般性和特殊性"[②]，我们才能对文学作品进行科学概括和典型剖析，寻找带有规律性的东西，"从而使文学研究可能超越个人鉴赏的狭隘的主观性、片面性，而成为一门科学，成为一个不断发展的知识和判断的体系"[③]。福柯理想中的文学研究，"是给一部作品，一本书，一个句子，一种思想带来生命，它把火点燃，观察青草的生长，聆听风的声音，在微风中接住海面的泡沫，再把它揉碎。它增加存在的砝码，而不是去评判；它召唤这些存在的符号，把它们从睡梦中唤醒"[④]。

　　近年来，国内文学研究的视野不断得到拓展，观念不断得到更新，并以特有的思想性陈述对应着社会发展进程与时代变迁的轨迹。文学研究与作家、作品的关系，文学研究与社会文化的关系，文学研究与历史、时代和未来的关系，也发生了一定的变化。在此过程中，文学研究对作品、作家、社会、时代所形成的影响和产生的价值，也显得更加突出、重要。可以说，文学研究的过程与成果，是作家、作品价值体系的重要组成部分。基于此，对《十月的土地》的研究现状特别是研究成果进行梳理与评介，是必要的，也是有意义的。相信这种阶段性的梳理和挂一漏万式的评介，能够在一定程度上起到导引的作用，使读者从一个侧面了解这部作品的价值，也有助

① 唐正序等著：《马克思主义文艺批评学》，成都：四川人民出版社，1999 年版，第 336—337 页。
② ［美］韦勒克、沃伦著，刘象愚等译：《文学理论》，北京：生活·读书·新知三联书店，1984 年版，第 6 页。
③ ［美］韦勒克、沃伦著，刘象愚等译：《文学理论》中译本前言，北京：生活·读书·新知三联书店，1984 年版，第 4 页。
④ ［法］米歇尔·福柯：《权利的眼睛：福柯访谈录》，上海：上海人民出版社，1997 年版，第 104 页。

于广大读者特别是研究者了解关于作品研究的相关情况。

· 一 ·

广阔视野下的多维度考察

二十世纪八十至九十年代，在一系列新的文化理论得到确立或被接受后，一些研究者倡导通过"文化""现代化""家族""民族""时代""世界"等重新定位中国现当代文学特别是其创作规律、文学价值，扩大了研究的视野。二十世纪九十年代中期后，现代性成为理论研究的热点，并先后被引入思想文化领域、美学和文学研究领域，国内的现代文学研究开始由以革命为基点转向了以现代性为基点。随之，文学研究的视野也得到了调整和进一步展开。现代性的内涵是极其宽泛的，涉及哲学、美学、政治学、经济学、社会学、人类学、伦理学等诸多范畴，它是"人们对近二三百年来现代现象的认识、审视、反思，是对现代化进程的理论概括和价值判断"①。进入二十一世纪，宇宙，全球，社会，人的文化心理结构，人类的思维方式和行为方式，人对外部世界和自我的认知等，都发生了巨大而深刻的变化。作为开放系统和具有动态接受功能的文学和文学研究，同样发生了相应的转变。其中重要转变之一，就是文学研究视野得到了新的拓展并发生了相应的变化。这种变化主要呈现出如下三个方面的特点，一是全球化、世界性的意识得到了强化。将中国文学更加深入地纳入世界文学中进行总体观照、将学术视角转至世界性问题，在全球、世界的背景下强调双向交流、多边交流并努力构建中国话语；二是跨文化、跨学科进行研究的趋势得到了强化；三是重提人文精神，更加重视人类价值标准，以构建人类命运共

---

① 俞兆平：《现代性与中国现代文学的研究视野》，《文艺争鸣》，2003 年第 3 期。

同体为新的尺度和研究视角。

在对《十月的土地》的研究中，研究者以现代的、全球化的眼光和观念审视、考察了这部作品，主要在家族、民族、社会、历史、时代、世界等广阔的视野中认识和诠释作品、作家及相关问题。

家族是人类社会发展史上出现的一种重要文化现象。家族是多个家庭的聚合，一般来说，这些家庭"虽然已分居、异财、各爨，形成了许多个体家庭，但是还世代相聚在一起，按照一定的规范，以血缘关系为纽带结合成为一种特殊的社会组织形式"①。中国自古以来就是一个宗法家族制社会，"家族是中国文化的一个最主要的柱石"②。围绕《十月的土地》所表现的家族史、家族文化、家族纷争等一系列的内容，研究者们从叙事模式、母题模式、家国关系等多个角度进行了分析和探讨，深入解析了作品所具有的文化内涵，也厘清了一些有关家族叙事的理论性问题。

民族是在历史上形成的具有共同语言、共同地域、共同经济生活和表现在共同文化上的共同心理素质的稳定的人类共同体。民族也通常用来指一个国家或一个地区的各民族，如中华民族等。文学研究中的民族视野有着丰富的内涵，其中最为核心的内容是指以"民族性""民族精神""民族意识"等为重要参照系，对作品的思想价值、艺术价值进行分析和判断的思维方式和研究路径。目前学界对《十月的土地》的研究，多以民族的精神准则、民族文化心理为重要坐标，破解作品中所蕴含的属于民族的"符码"，并由此去探寻更为丰富、广阔的意义世界。

文学与社会的关系是极其密切、复杂的。从文学的本质来看，它是一种以语言为媒介的社会性实践活动；文学所表现、再现的生活是一种社会现实；文学具有一定的社会功能；社会环境影响着人们对文学作品的审美

---

① 徐扬杰：《中国家族制度史》，武汉：武汉大学出版社，2012年版，第4页。
② 钱穆：《中国文化史导论》，上海：商务印书馆，2007年版，第51页。

评价和创作导向。总之，"文学无论如何都脱离不了下面三方面的问题：作家的社会学，作品本身的社会内容以及文学对社会的影响等"①。因此，将文学纳入社会视野进行考察是必要的，这是学界的共识。在对《十月的土地》的研究中，研究者没有满足于从传统的社会文献、社会史大纲等角度概观作品所折射的社会形态，而是在不断拓展社会视野的基础上，着重阐明了潜在的社会意义，并做出了具有前瞻性、预言性的分析。

历史视野，是指一个人在历史方面的思想、观念，其中最为核心的部分是其对待历史科学的见识、理解与形成的格局。文学研究中的历史视野，首先是一种观察、解读文学作品的方式。这种解读方式，要求研究者具有广阔的视域、深邃的思想、独特的认知能力。对于《十月的土地》的研究，反映出研究者具有着强烈的历史意识和开阔的历史视野。他们强调作品与历史的关系，善于将作品置于特定的历史背景下解读其意义，衡量其价值。以"文史互通"和"史诗互证"的方式解读文本。同样重要的是，他们能够以具有现代意识的历史观观照历史和文学文本，从而发现文本的历史基因和更为丰富的精神内涵。

在创作过程中，作家总是要处于一定的社会历史环境、地理文化环境和时代社会关系之中，在某种程度上，文学作品既是社会文化的产物，也是时代的产物。任何题材的文学作品，都要根植于社会、生活和时代的土壤。因此，文学研究应该在更广阔的背景下以时代的视角审视作家、作品，特别是要关注其与所处时代的关系。在对《十月的土地》的研究中，研究者在把握时代特征、时代方位、时代问题等的基础上，根据自己的理解，从不同的角度诠释了作品的内涵，挖掘了作品的价值。

在现代语境中，世界与本土已不再是两个对立的概念，而是相互渗透、

----

① ［美］韦勒克、沃伦著，刘象愚等译：《文学理论》，北京：生活·读书·新知三联书店，1984 年版，第 94 页。

互为补充的两个意义的世界。在学术研究中，有学者将世界视野视为学术方法论的"元方法"。开放性的世界视野，也已经成为中国当代文学研究者的自觉追求，他们在跨国的、跨文化的和全球的视野中考察文学文本、创作现象，有效地拓展了文学的研究范围，使研究的价值得以延伸。在对《十月的土地》的研究中，有相当一部分研究者以全球化为背景，以世界文化、文学发展现状为参照系，对作品进行了深入考察和分析，并提出了诸多新的观点。

· 二 ·

文本细读、批评阐释与理论建构

中国学者应用的文本细读理论，是以西方新批评派文本细读理论为基础，吸纳了中国古代细读理论的精华并进行发展而形成的一种理论。根据中国学者的理解，文学文本的细读是指"从接受主体自己的文学理念出发，对文学文本细腻地、深入地、真切地感知、阐释和分析的模式和程序"①。在方法上"从形象结构的逻辑起点上，做分析的和综合的、逻辑的和历史的展开"②。在文本细读过程中，格外重视 E.M 福斯特所提出的小说所具有的"额外的意义"和"附加的意义"③，强调对"言外之意"的探寻。

在对《十月的土地》的研究中，多数研究者做了文本细读。他们穿行于多重话语之间，分析文本的语义，解读文本的深层逻辑，阐释形式背后隐秘的意义，最终指向于发现津子围这部新作的终极价值所在。研究者对于《十月的土地》的文学价值的揭示和评述，既比较全面，又堪称深刻。

---

① 王先霈：《文学文本细读讲演录》，桂林：广西师范大学出版社，2006 年版，第 4 页。
② 孙绍振：《文学性讲演录》，南宁：广西师范大学出版社，2006 年版，第 16 页。
③ 焦玲玲：《E.M 福斯特的边缘写作研究》，哈尔滨：黑龙江大学出版社，2017 年版，第 85 页。

因篇幅所限，此处择其要者做一评介。

根据笔者的观察，多年来，研究者对于津子围文学创作的总体评价是：在近四十年的创作生涯中，他没有亦步亦趋地跟随文学创作潮流，而是一直坚持在顺应大趋势的基础上，保持着自身的独特性，在确立主题、萃取题材和艺术表现上，均有着属于自己的选择和视角。这一特点，在《十月的土地》中，得到了更为集中的体现。

研究者认为，津子围以自己对文学的独特理解和独具特色的写作实践活动，以属于自身的方式凸显了作品的文学性。根据雅各布森等人的理解，文学性是使一部作品成为文学作品的最为核心的东西，是文学之所以成为文学的本性。根据国内当代学者的观点，"文学性"的外部表征可具体化为"审美性""审美意识形态""语言性""想象性""虚构性""创造性"等[1]。研究者在对《十月的土地》进行文本细读的基础上，围绕上述各项特性，分析阐释了作品文学性的生成路径和主要形态。

研究者认为，津子围的这部作品，在体现"思想进入文学的真正方式"上，做出了独特的思考、理解和探索。韦勒克和沃伦在《文学理论》中提出了上述问题，认为文学创作的关键在于思想如何进入文学，这也是判断文学价值的重要标准。津子围的创作，将他所要表达的思想，如对民族精神的弘扬，对蕴含于人民身上的精神力量的挖掘，对土地道德的追寻，对东北大地的热爱，对现代性的反思，对神秘、魔幻的东北文化的开掘，注入了人物形象、故事情节、人物心理、语言、叙述方式、结构等种种"文学因子"之中，使思想与艺术成为一个融会混合的整体。在一定程度上达到了韦勒克和沃伦所描述的理想的境界，"那就是思想放出了光彩，人物和场景不仅代表了思想，而且真正体现了思想，在这种情形下，哲学与艺

---

[1] 姚文放：《"文学性"问题与文学本质再认识———以两种"文学性"为例》，《中国社会科学》，2006 年第 5 期。

术确实在某些方面取得了一致性，形象变成了概念，概念变成了形象"①。

　　研究者重点关注的《十月的土地》的价值，还体现于通过文化积淀形成的文化基因，被充分地灌注于作品的"肌理"之中；作者以深刻的文化反思意识，对人的文化心理结构和深层次的历史文化问题进行了审视。文学孕育于文化，也内蕴着文化。只有将文学研究的对象视为文化的产物，深入剖析文本内外的文学与文化的关系，才能更加深刻、全面地认识作品的意义和本质。根据研究者的分析，津子围在生发作品主题，萃取题材，选取叙事方式，形成语言风格的过程中，均体现出强烈的文化"相"。他的作品，就是一种民族文化文本，地域文化文本，其潜在或外显的文化意识，被充分地融会于故事、情节、人物形象和叙事结构之中。在文学叙事中，通过文化反思，能够实现对历史文化、地域文化的理性观照，完成历史视野和现实视野的融合。同样值得注意的是，文化反思的另一面是文化创造。津子围的文化反思，不但从地理人文、文化——心理结构的背景上表现了深沉的民族性格，还用他的"心灵之眼"揭示、创造出了更多的文化蕴涵，从而拓展了作品的意义世界。

　　在文学研究中，有很多研究者常常止步于批评性、阐释性言说，或者说是仅作个体审美批评。但在关于《十月的土地》的研究成果中，我们发现，有相当一部分研究者没有仅作文本细读基础上的批评阐释，而是致力于或客观上提出了价值理论，以建设文学价值观念为核心，完成了理论的增殖、更新、重构。

　　一是对文学观念的理论构建。研究者在对津子围创作现象和作品进行考察、分析的过程中，在对作家文学观念做出的抽丝剥茧式的勘探中，通过历史与文学观念的对话、生活与文学观念的对话、文化与文学观念的对话、

---

① ［美］韦勒克、沃伦著，刘象愚等译：《文学理论》，北京：生活·读书·新知三联书店，1984年版，第129页。

伦理与文学观念的对话、情感与文学观念的对话等，提出了新的理论观点，形成了新的接受体验，使人们对文学独立价值及其意义的理解得到了深化，在一定程度上完成了文学观念的理论构建。

二是对文学叙事模式的理论构建。有部分研究者在进行文本细读的基础上，通过对作品特色和艺术价值的阐释和解读，完成了对文学叙事模式的理论构建。他们的探讨，涉及叙事结构、叙事修辞、叙事角度、情节范型等多个问题，如，作品在叙事结构上实现了哪些突破，作品的叙事修辞谱系是如何构成的，叙事角度是如何确立和调整的，对于情节范型是如何选择的等。这种既系统又充满理性，既基于传统精神又具现代意识的探讨及其结论，具有重要的现实意义和理论价值。

三是对文学批评范式的理论构建。在研究津子围作品及创作现象的过程中，虽未有人专题探讨过文学批评范式的问题，但有部分学者的研究成果在不同程度上包含了相关内容。他们在观念、方法、话语等诸多层面，提出问题并进行了分析，如文学批评中如何处理传统与现代、本土与西方的关系，如何正确认识文学批评审美独立性的问题，当下如何认识文学批评的价值等，提出相关问题并展开讨论，在客观上完成了文学批评范式的理论构建。

· 三 ·

需强化的研究领域和有待于回答的问题

尽管有众多学者对《十月的土地》及津子围文学创作进行了系统、深刻的研究，但客观地说，目前仍存在一些需要强化的研究领域和有待于回答的问题。

需强化的研究领域，一是需要对作家即创作主体的心理世界进行更为深入的研究。文学的四个世界，即客观存在（第一世界）、作家（第二世界）、作品（第三世界）、读者（第四世界）是一个彼此渗透、相互交融、密不可分的功能系统、运作系统。在这一系统中，创作主体的重要性是毋庸置疑的，任何文学艺术作品，都是"主体（作家）见之于客体（作品）的，是主体（作家）作用于客体（生活）的，也是作家对生活的理解和诠释"①。目前，对津子围创作心理的研究，虽在部分研究成果中有所涉及，但尚有较大的挖掘和发现空间；二是需要将《十月的土地》及津子围文学创作置于文学史的视域中，找准参照系，进行更为系统的研究。目前的研究成果，有一部分体现出了较强的文学史意识，注重将作品放在特定的历史背景下进行分析、比较。但从总体上看，以文学史为坐标，对作家、作品进行深入、系统研究的成果还不多。需要更多的研究者将作品和作家的创作实践放在文学史的某种特定范畴内进行考察，使其在文学史的背景前，浮现出自身的光彩和特色；三是需要加强接受学研究，即对读者的研究。从包括《十月的土地》在内的津子围作品的印发量及社会反响来看，津子围拥有着一个颇具规模的读者群。文学艺术作品的价值、意义，在一定程度上需要接受者去创造。因此，进行接受研究，具有更为重要的社会意义、现实意义。从目前的研究成果来看，此方面的研究较为薄弱，需进一步强化。

关于《十月的土地》及津子围文学创作，有待于研究者回答的具体问题仍有很多，笔者认为，其中较为重要的有三个：一是津子围的文学创作，是通过什么样的路径创获现代性的，作为他的初始经验的意识根源究竟是什么？近年来，有多篇研究成果涉及到了津子围作品现代性的问题：认为津子围的作品具有较强的现代性，并就此进行了探讨与分析。但遗憾的是，其中最为核心的"密码"，仍有待于研究者进行破解；二是如将津子围的文学创作视为一个小的系统，那么，它与更大的系统如东北现代文学——

---

① 彭定安：《小说：创获一个"第三世界"》，《彭定安文集》卷18，沈阳：东北大学出版社，2021年版，第58页。

东北文学——东北地域文化之间，与中国现当代文学之间，与世界文学之间，究竟是什么样的关系？此前，虽有研究者进行了探讨和阐述，但仍缺乏完整的答案；三是今后津子围的文学创作将向何处去，应该向何处去？尽管作家的创作走向不是由评论家决定的，也不是研究者能够完全回答出的问题，但它是专业研究者应该高度重视并认真予以回答的问题。

（叶立群：辽宁社会科学院文学文化学所地方文学与地域文化研究室主任，美术研究中心主任。）

土地的悲歌与情结

——试评《十月的土地》

陈晓明

　　津子围潜心多年，突然出手很不寻常的《十月的土地》。津子围更加老到，历史文化视野更广阔深沉。这部小说以一个因患霍乱游走在生死边缘的孩子的视角开始了对一段恢弘壮阔的民族历史的书写。事实上，这段历史已经被无数作家书写过，那些国家危亡之中的民族大义，那些战争年岁里的人情冷暖，那些混乱时代里的是非黑白，每一个优秀作家都有自己的一副笔墨，都足以将这些主题描摹得跌宕起伏，其中当然不乏发人深省的经典之作。《十月的土地》似乎有明知不可为而为之的勇气，但换个角度看，这何尝不是津子围的正义，书写的正义，更是他观察与认知历史的正义。

　　《十月的土地》的句式似乎难免让人想起那首著名的《五月的鲜花》，"五月的鲜花，开遍了原野，鲜花掩盖着志士的鲜血"。作为二十世纪三十年代著名的革命歌曲，这首歌表达的革命激情与爱国情愫感染了一代甚至几代人，而在和平年代重新回望历史的津子围选择这样一个同句式的标题，不管是有心还是无意，我们或许都可以做一些潜在关联的探讨。"五月"是鲜花盛开的季节，而"鲜花"掩盖的是革命志士的鲜血，那么"土地"里有什么？"十月"的土地又是怎样的呢？小说书写了清末民国初年到抗战时期近五十年的历史，风云变幻的宏大叙事中更为坚韧的线索其实是土地，或者说，是"十月的土地"，是丰收，是灿烂，是永不枯竭的生命力。章家的发迹依靠的是土地，第二代也依然靠着"莲花泡"维持着最基本的家业，而最被当家人章秉麟看好的第三代章文德却也早早辍学务农，甚至认为，"庄稼活儿累，可读书更累，两个必须选一个，我选种地吧。"不管是在战前还是战后，不管是对老掌柜还是对家族新一代，"土地"始终构成最本质性的存在。

对土地的眷恋和执着在中国作家笔下并不罕见，尤其是对有着多年乡土经验的五零、六零一代作家，《秦腔》《笨花》《生死疲劳》都是这方面的代表作品，但津子围的独特在于，并不像其他作家一样把乡土—城市或者乡土—革命处理为两个对立或并行的线索，也不处理二者的互相影响，而是始终以乡土为底色，或者说，乡村与土地始终是这部作品的基调，改变了整个国家和民族命运的革命与战争似乎只是这个基调上不和谐的几个音符，旋转跳跃以后，终究要跟随整个乐曲的基本篇章。最鲜明的一点便是小说中从头至尾贯穿的谚语："雨天下雪，冻死老鳖；老鳖告状，冻死和尚"，"跟我学，长白毛。白毛老，吃青草"，"蛤蟆，蛤蟆气鼓，气到八月十五，八月十五杀猪，气得蛤蟆直哭"，这种俗称"顺口溜儿"的句子其实是几千年农业文明积攒下来的生活智慧，而在小说中，这种本来应该是某种老成和经验象征的话语却都是出于孩童之口，甚至成为他们之间的日常比赛性的游戏，在我们都还对贾平凹多年前以"秦腔"之名唱响的乡土文明的挽歌心有余悸时，这片土地上"八九点钟的太阳"自觉自愿又欢乐地承继了祖辈的智慧，这不能不说是一种令人欣喜的"土地"赞歌。

对革命和战争的书写在小说中当然也是重要且精彩的，老掌柜的仁义，新掌柜的堕落，第三代人的不同抉择，都在时代的风云变化中体现出来，比之其他作品对这段历史的书写，津子围的叙事显然多了几分弓马娴熟的引人入胜。仅仅是章文智从被绑架到落草，最后成为抗日队伍的重要成员就轻松集结了畅销小说的诸多重要因素。值得注意的是，作为新一代家族代表的章文德参与到战争中去纯属"被迫"，是《五月的鲜花》中所唱的"再也忍不住这满腔的怒恨""被压迫者一齐挥动拳头"，章文德的理由其实只有一个：种地。去替哥哥守矿是遵循父命，也是为了得到四十亩地；去日伪政府任职，是为了学习科学种地的知识；最后不得不走上抗日战场，是因为自己的土地要被吞没。最朴素的愿望却也是最根本的动力，这种动力的分量可能也超越所有积极正面的抗战宣传。如果对土地的执念也是一种"迷信"的话，津子围笔下的人物或许正是践行了泰勒所说的"本真性认同"，虽然泰勒的这一观点被很多学者批判，认为这一认同最终指向文化召唤，具有霸权性质，压制了个人的主体性，但对特殊年代的，甚至是对和平年代的广大中国农民来说，这种对土地与土地内外生活方式的执念何尝不是一种社群现象？当作家和无数知识分子将持续了几千年的农业文明一次次诉诸笔端或置于显微镜下时，是否也曾意识到以章兆仁、章文德为代表的有点憨傻的农民无意识中追求的"承认的政治"？他们或许不懂什么是民族社群，不懂什么是文化霸权，但他们在用血肉之躯保卫一种生活方式，也用随口而来的"顺口溜儿"抚慰着粗糙却真切的人生。

当然，小说中也有一些怪力乱神，比如灵魂寄生，鬼神托梦等，可以从中看出津子围力图达到的效果，也可以看出东北文化传统的特点，似乎唯有如此才可以赋予这块土地以另类的情致。然而，这其实都不构成小说的重要线索，也并未动摇小说的基本结构和逻辑，倒是成为某种通俗意义上的土地文明的点缀。小说真正的灵魂依然落脚于这块土地的歌唱，赞歌或挽歌，浸透着革命历史的血泪，也洋溢着民间智慧的灵晕。这种血泪和灵晕组合下的土地的内在性灵，才是这片土地上的人们真正的生存本质。

《十月的土地》在这样的意义上并不是不必要的重复之作，而恰恰是再一次向文坛证明，那些历经风霜洗礼依然肥沃的土地，有着多么深沉的内在本质与慷慨悲歌。

原载 2021 年 2 月 10 日《光明日报》，发表时题为《土地始终是本质性的存在》。

（陈晓明：著名评论家，北京大学中文系原主任，国务院参事。）

东北风俗画中的人性与历史底色

——论津子围《十月的土地》

张福贵

　　1928 年，离京赴哈尔滨教书的冯至写下《北游》组诗中的《哈尔滨》
一节，记录他的东北印象：

<blockquote>

为听那怪兽般的汽车，

在长街短道上肆意地驰跑，

瘦马拉着破烂的车，

高伸着脖子嗷嗷地呼叫。

犹太的银行、希腊的酒馆、

日本的浪人、白俄的妓院，

都聚在这不东不西的地方，

吐露出十二分的心足意满。①

</blockquote>

---

① 冯至：《冯至全集》（第一卷），石家庄：河北教育出版社，1999 年版，第 157 页。

诗中所呈现的只是有关东北的一个小小样本，但足以提示我们东北历史和文化基因的复杂。此时此地，前现代与现代一同发出轰鸣，本邦与外族相互遭遇，此外还有更多冯至短暂的北游所未曾接触的东西，碰撞出的火花更难以由一首小诗容纳。提及这首诗，不是要条分缕析地介绍东北的历史，而是因为这首诗以其在场的笔致，对于我们进入《十月的土地》的方法作出了提示。正如冯至抵达哈尔滨，从真切的场景中发现东北多元化的文化基因，发现交织于东北生活中的灯火通明与贫苦交加，津子围的小说《十月的土地》同样凭借在场的优势，以在场的方法呈现东北。

《十月的土地》依托于二十世纪二十到四十年代波澜壮阔的历史背景，描绘东北乡村间章氏家族的苦痛挣扎，勾勒出章兆龙、章兆仁两个家族分支的不同命运，并以家族的内部斗争和各自的抗战经历映射着历史和民族的丰富记忆。小说如同一幅奇幻的风俗画卷，以浓重的魔幻现实主义风格凸显东北大地的传奇色彩。但深入文本便可发现，在场的笔致贯穿始终，在丰富而不动声色的细节中，藏着东北历史、文化与性情的纷繁线索，由此形塑着属于津子围的厚重鲜活而有血有肉的东北。

· 一 ·

"人是大地的记忆"

小说借章氏家族的老族长章秉麟之口发出了一句深沉的慨叹："人是大地的记忆罢了。"[①] 这句话几乎可以作为整部小说的文眼。它承载着对于辽阔恒久的大地上人类脆弱命运的体认，本该是沧桑而无奈的。然而，这分慨叹中另有一种奇异的力量，提示我们或许存在另一种双关：正是作为

———————

① 津子围：《十月的土地》，长沙：湖南文艺出版社，2021 年版，第 366 页。

记忆的人在塑造着大地的历史，我们对于大地的记忆归根结底都是对人的记忆。由此，我们回想起马克思的胸怀："任何人类历史的第一个前提无疑是有生命的个人的存在。"①《十月的土地》以家族作为叙述的经纬，却并未尝试如同《白鹿原》抑或《古船》那样建构家国同构的宏大史诗，在民族与文化的种种选择之间进行一番悲壮的较量，从而全景式地呈现历史去向的艰难抉择。《十月的土地》将视线牢牢地牵系于人本身，将历史内化为质地粗糙的生活，在人物的切身经历、体验与选择之中，着力追踪人心与人性的踪迹，以此抽丝剥茧地分辨历史的端倪。

小说以一个经典的魔幻现实主义场景拉开了序幕，身染霍乱的章文德恍惚间回想起那个诡秘的古老预言："总有一天，世间百兽一齐下山吃人。"②这个开篇如同打开了潘多拉魔盒，成为对小说叙事走向的预言，围绕章氏家族发生的故事建构起一片人性的试验场。

在这场试验当中，津子围首先要探究的是土地的道德。受大地哺育、在大地上求生的人们，从土地中获得衣食住行；同时也受制于土地的秩序，延伸出属于土地的朴素伦理和道德准则。小说主人公章文德从土地中获得重生，也成为了土地的精神象征和道德尺度，他和父亲章兆仁一样坚守着土地上的生活，也在土地上磨砺出勤恳踏实，温厚和善，待人以诚的性情，把土地和道义看作"天大的事"，心中惦念的始终是"不能耽误了种地"，嘴上常挂着"不能丧良心"。而土地则回馈以生活的安稳和精神的充实，尽管屡次流离失所，一家人仍然能靠着勤恳开荒重新发家，从寄人篱下的章家"二份儿"变成殷实富足的"掌柜"。这也是小说为土地的历史所作的注解——勤劳与厚道是土地上恒常不变的道理。

---

① 马克思、恩格斯著，中共中央马克思恩格斯列宁斯大林著作编译局编译：《马克思恩格斯选集》（第一卷），北京：人民出版社，1995年版，第67页。
② 津子围：《十月的土地》，长沙：湖南文艺出版社，2021年版，第1页。

对于那些本分的农民而言，这种永恒的道义几乎成为一种信仰。因而，当章兆仁的妻子章韩氏得知，章兆仁在闯关东路程中走失的弟弟章兆义其实死于一场谋财害命的欺诈，她并未如实转告章兆仁，而是编造出一则故事中的故事，称章兆义为了保护他，跟试图谋害他的凶手拼了命。事情的经过加上了一个波折的情节，加入了道义和情感的色彩，便从冰冷残酷的真相变成了血脉亲情的赞叹。而章韩氏改编真相的行为本身，更为这个小故事注入了一种质朴而真诚的浪漫，也确证了"道义"本身在人们心中的分量。

值得注意的是，尽管作为土地的精神象征，章文德也并不是《白鹿原》中白嘉轩那样凝聚着传统乡土中所有美好品质的理想化身，他的身上展现了土地的弱点。他胆小懦弱，遇事犹疑不决，对土地的过度重视还时常让他表现出一种不合时宜的执拗，这种执拗让他反对弟弟章文海在抗日救国军向章家征粮时给予援助，也让他在战火即将蔓延到章家老宅时，仍然坚持地里的"活儿也不能干一半儿"[1]。然而这些弱点也让他的一切行动更加真实、更加耐人寻味。

家族"大份儿"章兆龙一家则站在了土地的对立面。对于他们而言，利益和欲望成了压倒一切的准则，传统宗法中的仁义道德在章兆龙的家庭中全然失效，连亲情也变得不堪一击。二儿子章文礼并不守礼，反而成为家族礼制的破坏者，叔嫂乱伦、强娶堂弟章文德的未婚妻、为了争夺家产而设计谋害哥哥章文智，在家族内部积累下多重不可化解的仇恨。而随着章兆龙与章兆仁决裂，惊心动魄的兄弟反目透露出人性的暴戾和冷漠。章兆龙把分家的谈话变成了一场谈判，其间充斥着算计和博弈，他罔顾两个家族之间理不清的深重恩情，冰冷地声称"亲是亲财是财""你只是我家

---

[1] 津子围：《十月的土地》，长沙：湖南文艺出版社，2021年版，第324页。

的劳金"①，一套机关算尽、缜密周详的底牌早已备齐，只为让章兆龙一家净身出户。原本互相扶持的"大份儿"和"二份儿"在他口中演化为等级森严的权力关系，亲情在利益面前变得不值一提。这是家族分崩离析的开端，此后"大份儿"无可挽回地走向颓败，但这场家族争斗并不能归结为所谓的宗法伦理在时代推动下的崩解消亡。祸起萧墙，摧毁家族秩序的是人性，是作为"大份儿"的章兆龙一家放纵利益和欲望、背离情谊与人心的结果，借此，津子围严肃地重申土地中生长出来的朴素的品行、道义与良知。

小说并未仅止于重演有关善恶的古老证词，而是进一步开掘人性内部的冲突，呈现土地本身的危机。在土地的秩序中，恩情相报的"良心"远远重于个人的真实情感。章桂兰两次追寻自由未果，从此被捆绑在土地上，那个抗拒裹脚的小女孩变成了笃行"嫁鸡随鸡，嫁狗随狗"观念的妻子，无奈地接受了父亲为她指派的婚约，又在丈夫为了自身的安危出卖朋友之后选择追随丈夫，画地为牢地领受情感撕扯的痛，在道义与情感的冲突间逐渐耗尽了生命力。章秉麟为了不辜负旧日情分，强行促成章文智与故人遗孤郑四娘的婚姻，更是从此把他们推进人生的悲惨境地，由章文礼和郑四娘的乱伦引发的道德拷问和情感折磨成为他们各自苦难的开端。

石龙、石豹兄弟则代表着土地上隐藏的另一种危机——无知的恶。土地上的辛劳承担不起母亲的一场葬礼，兄弟俩欠下一身债。艰难时刻，两人想起"当响马，快乐多，骑着大马把酒喝，搂着女人吃饽饽"②的歌谣，便幻想着当土匪的美好生活，又从"插""抹尖子"一类的黑话中，一知半解地推测土匪绑架的手法，一时兴起，绑架了章文德，又二话没说先割掉了章文德的两只耳朵。无知让他们无力分辨是非，也无法形成对生命的尊重，肆无忌惮地行事而不考虑后果，制造了这一出荒诞的闹剧，也在章

---

① 津子围：《十月的土地》，长沙：湖南文艺出版社，2021 年版，第 217 页。
② 津子围：《十月的土地》，长沙：湖南文艺出版社，2021 年版，第 89 页。

文德一生的悲剧中重重地画下一笔。

综观小说，我们可以分辨出审视土地的三重尺度。章文德投身于土地，把自己化作土地的精魂，寻得了生命的归宿。而身为家族的"老掌柜"，章秉麟在章文德身上灵魂附体，以身临其境的旁观者视角游离于入俗和出世之间，进行着对土地的审视。附身的奇幻情节赋予了小说一抹永恒的宿命色彩，让章秉麟在对大地长久的观察中，梳理着人与大地之间复杂深刻的情感联系，完成了自我身份的确认，也洞察了无穷的人们世世代代在大地的滋养和束缚中不断轮回的苍凉命运。

章文智则独自对抗着章文德和章秉麟形成的合力。他追溯自己一生中接踵而来的劫难，终于厌倦了把冤冤相报当作公平、把苟且偷生当作幸运的"无知"，厌倦了把自我寄托在大地上的"无我"，尝试跳出土地的伦理，以个人为尺度，从"我"本身寻找自我，有感于"替穷人撑腰，给穷人出路"的"穷党"即布尔什维克的理想，"要活出尊严，活出个人样儿来"[1]。小说在他身上建立起一条人性的启蒙维度，实现了发端于个体内部的觉醒，因此才能在结尾发布新时代的宣言："我们不能被这巴掌大的土地给束缚住了，还是要睁开眼睛看看外面的世界，我们要从这盘剥人、捆绑人的土地上解放出来，还回做人的尊严，真正为人民争取当家做主的权利。"[2] 尽管这份宣言过于宏大，有几分说教色彩，但的确朝向大地发出了属于个人的呐喊。随着这声呐喊，《十月的土地》完成了人对土地的回忆，也即对土地所象征的漫长历史，以及与这段历史相关的道德伦理、身份秩序和精神归宿的辨证、通透的回忆。

更加难得的是，津子围精心描绘人物不可捉摸的行动轨迹，如同抓住了本雅明指出的那些"灵韵"乍现的时刻，照亮了隐藏在阴影中的游动之物，

---

① 津子围：《十月的土地》，长沙：湖南文艺出版社，2021 年版，第 262 页。
② 津子围：《十月的土地》，长沙：湖南文艺出版社，2021 年版，第 368 页。

得以一窥人性的谵妄与迷离。

　　纯净无瑕的人性难能可贵，或许只存在于乌托邦的理想之境。俗世无法通透，寄身于血肉的俗世中人总是牵牵绊绊、犹疑不定，所谓善恶好坏，有时也逃不开时机与立场这两个前提。津子围尽管旗帜鲜明地称颂善良与道义，但并不把善恶绝对化。章兆龙在兄弟反目时冷漠决绝，到了重病时刻却也迫切渴望见到章兆仁，病情好转后又打消念头，取消了这次见面。而章文德这般温厚良善之人也经受不住自我的不断拷问，曾经"真的觉得自己有罪"[1]，这种微妙的体验源于好与坏本身就是微妙的。

　　在这种"灵韵"的映照下，《十月的土地》中的抗战叙事也突破了《闯关东》等作品中抗战书写的模式化，在英勇与惨烈之外赋予战争更加丰富的细节，不仅呈现出别样而真实的抗战经历，更为侵略者形象谱系增添了鲜活立体的独特人物。

　　章文德在加入革命军之后依然胆怯，以至于曾在冲锋时一动不动，一枪未发，突围时也只能紧闭双眼胡乱扫射。直到一次战场上回想起父亲临终前的嘱托："只有守住了地，咱的子孙后代才有落地生根的泥土"[2]，才真正激发出章文德的野性。这个时刻，章文德个人的命运和子孙后代、和整个民族的命运产生了联系，个人的安居愿望转喻为家国情怀，身处群体之中的归属感让他获得了勇气，而获得这种归属感的源头却仍然是对于土地的执着。这种野性也有时限，他常常想回家，辗转作战几年后，他也终于脱离队伍选择回归了土地。由大烟鬼组成的"秧子队"满腔热血中也掺杂着对战争的迷茫，正如彼时染上烟瘾的章文智决定加入革命军不仅为了守卫国土，也是为了逃离偷抢拐骗、浑浑噩噩的生活，重新找回自己，改变旁人的看法。然而"秧子队"并不了解真正的战争，训练的疲惫与无聊

---

① 津子围：《十月的土地》，长沙：湖南文艺出版社，2021 年版，第 362 页。
② 津子围：《十月的土地》，长沙：湖南文艺出版社，2021 年版，第 329 页。

超出他们的预想，一次参与布防让他们兴奋起来，因为终于有新的事情可做，却不知道他们将要面临的是真正的战争，更不知道在这次惨烈的战斗中，几乎所有人都将丧命于此。但也正是如此，"秧子队"在交战时刻的英勇、坚韧和豪情显得格外悲壮动人。

自从日本人岩下和朝鲜人金英豪、朴银高在一场大雪中被章文德救下以后，三人便跟章家产生了微妙的情感联系。从事地质勘探工作的岩下有着研究者的单纯与专注，相比于"县公署的工作，他更愿意到实验室和研究所房后的试验田里做实验"①。他始终惊叹于章文德对土壤的敏锐直觉，多年后仍然念念不忘地邀请他到伪满研究所任职。作为殖民者，他兢兢业业地为日军"开拓团"征占的土地进行规划；作为个人，他真诚地感念曾经的救命之恩，感激章文德带给自己的启发，也常常伤感地吟诵小林一茶的俳句，排遣难以言明的情感。而金英豪跟随岩下在伪满政府出任官职，凭着一张嘴周旋于复杂的政局之中。朴银高则加入人民革命军，以团政委的身份周详谋划，以智取的方式带领众人屡次获胜，最终为了跨越民族的理想与正义，在东北大地上奋战至死。

津子围的抗战书写，遵循着战争的逻辑，更开拓着人性的场域。他以人性的视角追踪众人的行动，呈现不可变易的立场对立，呈现艰难的博弈和较量，当然也呈现不可计数的血腥和罪恶。但同时也呈现真诚的友谊和敬重，呈现鲜活的情感和性格。在种种对照和碰撞中，最终呈现的是在至死方休的残酷之外，别样的战争和历史情景。

---

① 津子围：《十月的土地》，长沙：湖南文艺出版社，2021年版，第310页。

· 二 ·

在场的民俗与生活

《十月的土地》操持着浓重的东北口音，讲述着花样繁多的民俗活动、烟火缭绕的生活细节，以鲜明的地域性塑造着文本独特的情绪、形貌和气质。然而，地域性的要旨并不止于民俗民风的展览、奇景趣闻的大观，津子围借此作为进入东北、实现在场书写的手段，讲述的是扎扎实实、日复一日的生活，是由点及面的心灵写照，也是东北人性情、文化基因的确切来由。

在许多关于东北的传奇想象里流传着闯荡山林、开辟荒土的热血故事，抑或是"棒打狍子瓢舀鱼，野鸡飞进饭锅里"的丰饶富足。那些也许是真相，而《十月的土地》则要继续追究："虎山在满语里叫库勒克阿林"，大家伙儿却称其为"苦了渴山"①，似乎以此声明，在场的书写重视传奇故事背后更确切的真相，重视"苦了渴"所代表的身心磨难。津子围对东北的细节了然于胸，他要展现的是美感与危机并存的东北，是广阔沃土上难熬的荒寒气候，是繁茂山林里环伺的狼虎猛兽。因此我们才能看到，聪明狡诈的独狼会"咬着猪的耳朵，用尾巴打猪的屁股"②，把猪赶走吃掉，也会在悄悄搭上独自走夜路的人的肩膀，引人回头后咬断脖子。这让读者对东北大地的认识得以聚焦，落到了实处。当这种认识投向人，我们便看到这样的细节——章兆仁和章韩氏夫妻常常在黑夜谈心时发生矛盾，激烈地争吵、打架，天亮后又包扎着彼此的伤口互相心疼。章秉麟病重，二人仍旧较量着来世要"托生成克你的那个动物"，却又笑得"嘶哑而空洞，

---

① 津子围：《十月的土地》，长沙：湖南文艺出版社，2021 年版，第 2 页。
② 津子围：《十月的土地》，长沙：湖南文艺出版社，2021 年版，第 129 页。

一直笑出了眼泪"①，终于在三天内先后离世。民间的情感粗糙生硬，有时会驱使人不顾颜面、失去理性，却也在暗处隐藏着浓重的温情，让互相支撑着"遭了一辈子的罪"的生命发出深沉的共振，而这种共振力道万钧，直抵人心。

有"苦了渴"这样的真相做背景，在场的书写让《十月的土地》中的生活自然而然地变成了一门精深的学问：夏天要万分小心地对付隐藏在高粱穗里的乌米，冬天要利用低温冰冻粪肥来掩盖气味。在山林里一旦迷路，可以通过树皮和年轮辨认方向。阿满爱吃的"黏耗子"用糯米、红豆和苏子叶做成，风味十足又解饿管饱。赖以为生的技艺编织进了有关天气和农作物知识的农谚，在章家口口相传直至第三代人。羊骨制成的"嘎拉哈"、吊在房梁上的婴儿"摇摇车"，既是消遣的玩具，也是生活的智慧。这些生活场景无不代表着丰富的经验、巧妙的技艺和勤恳的钻研，津子围将其穿插在小说当中，借以表明众生皆是生活的专家，传递的是对于众生的关注、敬意与赞颂。

独特的生存环境让生活场景染上了生动鲜活的审美意趣，同时也塑造着这一方土地的性情，面对无可改变的自然条件和无可抵抗的漫长生活，唯有乐观是生存之道。东北人的乐观，不仅见于方言上的热情直爽，"说啥都咱咱的"，也见于小说所展示的"口舌之快"，不仅仅是吃与喝，也是说与唱。小说中，孩子们常常互相对峙着叫嚷"大反话"这样无意义的饶舌段子，向玩伴抖机灵、逞威风。老庄头荒腔走板、百无禁忌的"四大""瞎话"作为成年人漫长的劳苦生活中一剂生猛的调味品，在赶车途中博得众人哄笑。这些俗语土话固然浅陋粗糙，不堪细细品味，但在"尿冻成了黄褐色的冰柱儿"②、"寒风把新雪刮起来……打在人

① 津子围：《十月的土地》，长沙：湖南文艺出版社，2021 年版，第 289 页。
② 津子围：《十月的土地》，长沙：湖南文艺出版社，2021 年版，第 18 页。

的脸上，就如同被糜子笤帚抽打过一般"①的气候里，在终日奔波于田间地头的劳作中，这是人们打发寒冷漫长的日子，扛过繁重枯燥的劳动的手段，是一种顽强的苦中作乐。因而，这些时刻里人们无需担心打扰旁人，反而越喧哗、越张扬、越富于表演性越好，这是对自己的宽容和抚慰，如此才能搭配着大锅慢炖的"四大名菜"里蒸汽翻腾的热汤白肉，抵御住漫天风雪，经营起热火朝天的生活。在场的笔致，让东北人的幽默豪爽冲破了观众们从喜剧小品中得来的单薄印象，不再是单纯的取笑和卖丑，而是透出其下属于艰辛生活的辛酸底色，变得更加复杂与坚韧。

更具冲击力的是新鲜、原始的萨满式民俗。当然，与其说这些民俗属于宗教信仰，不如说是人们对于生活的期待与求告、对于生命的敬畏与珍重。依照萨满的泛神论观念，遍地的生灵都有神性，不仅有法力无边的"狐仙""黄仙"，哪怕植物都个个灵气十足，连被疯狗咬过的老榆树都会发疯。而人的魂魄却不是那么稳固了，因此"掉魂"时要用黄表纸写"拘魂码"，求遍土地、灶神、夜游神和五道将军，漏掉一句话就不灵。女性生产时，"屋子里所有的箱子、柜子、抽屉、盆子、锁头之类的东西，凡是能打开的都得开一道缝儿"②。自然的强大力量、命运的不可捉摸让生活危机四伏，人的能力如此微弱，只能从神明处寻求依靠。而众神各司其职，分工合作，正如弗雷泽《金枝》的洞见，巫术在本质上是一种模仿，东北的萨满民俗借由生活的规律编织出严丝合缝的逻辑，是一套威信长存的严明规矩，需要生活中处处留心，时时谨记。

基于神秘的萨满风俗，沟通阴阳、灵魂附体便成了可能。章秉麟的灵魂能够附身于章文德，小货郎身为"赊刀人"游走于阴阳两界，以及小说中多次出现两人进入同一场梦境的情节，都让人物获得了一种奇异动人的

---

① 津子围：《十月的土地》，长沙：湖南文艺出版社，2021年版，第59页。
② 津子围：《十月的土地》，长沙：湖南文艺出版社，2021年版，第93页。

生命力，也营造着小说的奇幻氛围，构成审美上的新鲜和愉悦。同时，借助这些情节给出的众多预示，暗中应和着民间生命存在轮回的观念，制约着人物的言行举动，也传递出民间传奇背后神秘、沧桑而满怀敬畏的生命观。这种生命观进一步催生了民间"因果轮回""善恶有报"的朴素伦理，正如章秉麟对章文礼的训诫："算计来算计去，到头来都是在算计自己……"[①] 郑四娘在梦中递给曹彩凤的白绸在叙事上是一笔远远埋下的伏笔，预示着曹彩凤的命运，而对于故事中的人而言，它充当着民间伦理的警钟，警示人们终将难以逃脱善恶有报的审判。小说告诉我们，曹彩凤"为什么上吊自杀，没人能说清楚"[②]，却又透露了一个细节，再次被弟弟敲诈时，曹彩凤回忆起幼时父亲叮嘱姐弟俩远离的"二十大坏"。她追问弟弟还记不记得二十坏的内容，似乎又是在追问自己的一生。这分回顾童年的自省无疑让"善恶有报"变得更加有力，因为它不是天然自在的客观规律，而是社会生活对人永恒的道德拷问，这种拷问不仅来自于他人的注视，更存在于自我的凝视。而当郑四娘说起此事时，"十分平静，没幸灾乐祸，也没扼腕叹息"[③]。这种平静更为这种善恶有报的传统道德伦理添上一分沧桑，因为在这里，一切的因果轮回显得如此自然而然，众生皆身处其中，也就无需惊讶或是感叹。

　　小说中的猎人们却对这些规矩不太在意，深入人心的"狐仙""黄仙"的传说也并不使他们畏惧，因为猎人遵循的是山林的生存法则。尤其是属于山野的猎手狗剩儿，自由自在，野性十足，只信奉猎人的一身本领，对他而言，最神圣的护身符是猎人们自己狩猎得来的虎牙，他甚至能细致地分辨出牙的不同位置、不同等级。在山林的强悍法则下，小说在呈现打猎

---

① 津子围：《十月的土地》，长沙：湖南文艺出版社，2021 年版，第 321 页。
② 津子围：《十月的土地》，长沙：湖南文艺出版社，2021 年版，第 336 页。
③ 津子围：《十月的土地》，长沙：湖南文艺出版社，2021 年版，第 348—349 页。

的巧妙技艺的同时，也不避讳其中透着的血腥残忍——例如对付"黄皮子"要用烟熏，用麻袋封住它们出没的洞口，将其赶进麻袋摔打致死，"每摔一次，里面的叫声都十分惨烈"[①]。跟狗剩儿游刃有余的自信和豪迈相照应，狩猎的场面令人揪心，但谁又能对此横加指责呢？在你死我活的山林间，这种情景也总是不可避免。对于猎人而言，把对猎物的物尽其用发挥到极致，就是他们对生命致以敬意的一种方式。因而他们发现，獾子除了皮肉可以供给吃穿之外，"獾子血是治疗痨病的特效药"，"烫伤抹獾子油最管用"[②]。生猛野性的狩猎文化，也成为了东北民间文化中不可或缺的一脉分支。

无论民间风俗还是奇幻故事，都凝结着东北的集体经验和共同的审美旨趣，经由长久的岁月累积，沉淀在东北人的情感世界里，演化为一种无意识的集体文化认同。它生机不绝，传承在一代又一代人之间，即便到了动荡难测的时节，也能让不安迷茫的心受到一丝情感的抚慰。而这种认同在小说结尾出现了转折。随着抗战的胜利、党的大部队即将到来，附身于章文德身上的一只蝴蝶飘然离去，章文智宣布所谓灵魂附体为迷信，而"天马上就亮了"[③]。坚如磐石的传统至此被撬开一条缝隙，预示着新时代势不可挡的力量，也让我们发觉，相比于城头不断变幻的大王旗，日常共识的颠覆、生活方式的变迁、内在观念的更新更能让时代的终结与开启变得清晰。

但仍有一个问题需要引起注意。毋庸置疑，民俗使独属于东北的生活情貌清晰地投映于读者眼前，然而当许多民俗标记无谓地堆叠甚至出现重复的时候，读者是否会对作家的津津乐道感到疲惫与麻木，小说又是否会流露出过于明显的展示意图，反而陷入"掉书袋"的嫌疑之中？

---

① 津子围：《十月的土地》，长沙：湖南文艺出版社，2021年版，第131页。
② 津子围：《十月的土地》，长沙：湖南文艺出版社，2021年版，第59页。
③ 津子围：《十月的土地》，长沙：湖南文艺出版社，2021年版，第368页。

· 三 ·

"图说"式的温情叙述

许多评论家都曾经注意到津子围的叙事能力。正如同李敬泽说："津子围是一个爱讲故事，同时会讲故事的作家。""他知道故事该朝什么方向发展，该把什么东西夸张渲染，他也善于设置悬念，编制故事的路径。"①某种程度上，津子围的叙事有传统说书人式的创世和赋形的野心，始终秉持着一种谨慎的控制欲。他明白抛出什么样的诱饵能迅速聚集读者游移的注意力，也知道怎样的精心调度能够填平叙述上的断裂与沟壑，使叙述变得光滑顺畅，惯力绵长。

如何使小说的世界具体可感、易于进入？图像学告诉我们："图像叙事是一种在场的'图说'，因为视觉器官的观看之道是'陷入'世界并栖居其中，在'看'与'被看'的紧密相拥中自恋自乐，沉醉其中而物我两忘。"②《十月的土地》恢复景物描写的伟大传统，充分调动感官尤其视觉，用"图说"式的叙述把读者迅速拉进小说，栖居在小说的风情中。当章文德"骑着青斑马走在银白色的大岭上，太阳出来了，晃得人睁不开眼睛"③，我们也随之一起在马蹄的韵律中被阳光笼罩着，看到了瓦蓝的天空、清爽得像水洗过一样的林子和漫山遍野的大雪。车老道在夜晚为人推算命运时，木板房外飘荡的鬼火和"烟袋锅闪烁的红光"也映照在我们眼底，让这个场景中本不可见的神秘气氛变得可以被捕捉。小说以不断出现的大幅画面强调环境的重要性，让风景成为东北故事的一部分，也注入几分古老的寓

---

① 贺绍俊、李敬泽：《故事高手津子围》，《文化艺术报》，2006 年 5 月 31 日。
② 赵宪章：《语图叙事的在场与不在场》，《中国社会科学》，2013 年第 8 期。
③ 津子围：《十月的土地》，长沙：湖南文艺出版社，2021 年版，第 33 页。

情于景的诗意，绘制我们对东北的想象。

以视觉为基础，小说延伸出一系列叙事上的结果。当章文智回想起自己在匪帮经历的血腥、背叛和构陷，小说展示给我们的是"空中飞着小咬"，而"小咬咬得不小，那种别名叫'刨锛儿'的飞虫，咬住你就叨下一块肉来"，以及地上的"蜈蚣，蝎子和草鞋底子，有时候毒蛇就卧在鞋窠儿里"①。津子围是现象学的践行者，把形而上的不可见之物寄托在可见的、具象的事物之上，让意义和意识图像化。因此，对事物长久的注视替代抒情，成为《十月的土地》抒情的方式。这种抒情方式是广阔而宽容的，因为它给出素材，却不框定答案，而"有视觉都有一种根本的自恋主义"②，身为读者的"我们被邀请来重新定义看者和被看的世界"③，从这个世界中得到自己幽微的认识。

小说中多次出现蒙太奇式的转场，让故事随着视线的移动而激活动力，在纷繁的叙事脉络之间自如流动，以其灵活巧妙、流畅自然来满足感官的愉悦。一根流血的手指，就能将视线从田间劳作的父亲转移到屋里缝制衣服的母亲身上，也串联起两颗同时为儿子悬起的悲痛的心。一场似曾相识的严冬大雪，就把时针拨动到下一个故事发生的时刻，开启一段新的叙述。

视线的缺失则制造出另一种叙事效果。在狗剩儿与五个日军狙击手的战斗中，津子围极尽详实地铺陈开日军的前期准备，从狗剩儿隐秘住处近旁的石砬子和活泉眼，到制定好战术后，五人喝酒时庄严而凝重的神情，再到围剿开始前，藤崎被捕兽夹夹住的情节波折，一切细节纤毫毕现。小

① 津子围：《十月的土地》，长沙：湖南文艺出版社，2021 年版，第 158 页。
② ［法］梅洛·庞蒂著，罗国祥译：《可见的与不可见的》，北京：商务印书馆，2008 年版，第 172 页。
③ ［法］梅洛·庞蒂著，罗国祥译：《可见的与不可见的》，北京：商务印书馆，2008 年版，第 99 页。

说以一帧帧精准对焦的近景镜头，放缓叙述节奏，将动作逐帧拆解以显示叙事的功力，也把紧张情绪调动到制高点。然而，战斗的具体场景被安排在了叙述的视线盲区，紧接着，我们和村民一同看到战斗结束的场景——一架爬犁拉着四具尸体下了山，其中一具属于狗剩儿。小说以精妙的技巧，借助村民们满含敬畏的视角，用极为克制的转述呈现故事最震撼人心的部分，通过必要的张弛和节律迸发出扣人心弦的力量，在最紧要处以留白的形式留下神秘、传奇和苍凉的色彩，完成了言简意深、余韵悠长的英雄写照。

此外，如同特写镜头一样的大量细节成为了小说叙事层面上那支"挂在墙上必然会响的枪"，埋伏着等待日后的响应。而在《十月的土地》中，这些成为伏笔的细节又几乎处处有回应，相互勾连着重现传统小说完满的整体结构，满足着读者的预期，应和着与读者心照不宣的默契；甚至很多看似无意的闲笔也会随着故事的发展而猛然炸响。但这都并不值得深究，古往今来的文学作品中，伏笔早已不是什么新鲜手段。事情的关键在于，枪声会在什么时候响起，以什么方式响起，又会响几声。某年的大年初三，章文德出门前顺手扔掉了家里的垃圾。这个情节平实自然，丝毫不引人注意，而不久后小说告诉我们，"正月初三之前不能扔东西，扔就扔掉一年的财气"①。已经挂好的枪露出枪口，我们战战兢兢地等待着变动来临。直到许久后章家决裂，导火索是章文礼强占薛莲花，我们终于听到了枪声，同时回忆起章文德在扔垃圾那天得到了一个惊喜：薛莲花拉着他的手，默默表达了情愫。借助这些意外、隐蔽、此起彼伏的草蛇灰线，津子围牢牢控制着小说的走向和速度，也游刃有余地调动着读者的情感。

小说交代众人命运的口吻更能说明问题。曹彩凤对于弟弟曹双举的诅

---

① 津子围：《十月的土地》，长沙：湖南文艺出版社，2021 年版，第 128 页。

咒抑或是警告话音未落，小说的视野顺势切换，让日后出门避难的阿满在街上偶遇落魄流浪的曹双举，揭示出曹双举的下场。而阿满是扎扎实实的在地者形象，因而阿满之死要纳入按部就班的日常生活中，由章文德对儿子的一句简单叮嘱："别忘了去你娘坟上烧纸"①，看似随意地表露迹象。善于讲故事的人能够捕捉并重现生活某个瞬间外在的重要性和确实性，这些瞬间经常突然来临，或是半途终止。津子围在叙事的时间线上辗转腾挪，精心调度情节的显隐，在平静流淌的生活中突然投入石子，激荡出叙事的内在韵律。而与狗剩儿那场战斗的神秘玄奇口吻相对照便可发现，津子围为不同的人物安排了各自不同的叙事表情，这种叙述方式上的"各安其所"，让叙事的安排承载了有关生命的、沉甸甸的分量。

在调度全篇的视觉性之外，我们还不得不关注小说的时间和生活的虚实。小说结尾那段章秉麟有关附身的回忆，不仅仅意味着离奇的情节和双重视角，它同时改变了小说的时间运行方式。当祖孙的人生发生重叠，章秉麟原本苍老的生命重获轮回，章文德刚刚开始的人生又与章秉麟漫长的几十年相接续，小说结构成首尾相连的莫比乌斯环，时间也在祖孙二人身上形成了奇妙的循环。从此，往事也许可追，旧日似乎重现，因为对他们而言，所有的苦难与荣耀、安稳与动乱往复循环，沧桑流变却又生生不息。

小货郎与小丁姑的故事另有一番耐人寻味。小说前半部分中，小货郎行走于田间地头贩卖杂货，也游走于阴阳之间沟通生死，无论是他带来的五花八门的商品、传递的生死之间的消息，还是赊出的刀、给出的预言，一切细节历历在目，看起来无比真实。直到跟郑四娘的侍女小丁姑结婚，两人开了一家杂货铺，才在章氏家族的生活中隐去身影。然而最终，郑四

---

① 津子围：《十月的土地》，长沙：湖南文艺出版社，2021年版，第360页。

娘却称从没见过小货郎，小丁姑也并未出嫁，而是死在了寒葱河的章家老宅中。故事从此变得比单纯的沟通生死更加奇幻，郑四娘的说法让故事本身的存在变得可疑，为小货郎、小丁姑，乃至为章家众人的生命笼罩上一层难辨虚实的雾气。

至此，《十月的土地》的传奇气质有了一种别样的内涵。小说中的民间萨满风俗去除了浪漫与离奇，每个步骤被逐一分解并落实在近景长镜头般的观察中，被事无巨细、扎扎实实地记录下来之后，巫术的模仿本质水落石出。而人物命运经过叙述的巧妙安排，在必要时刻逸出生活，被有意赋予了宿命般的色彩。津子围在为民俗祛魅之后，又为生活附魅，让生活变成了一个不可参透的谜，又或者生活原本就是谜团。他让最微不足道、随处可见的日子因为不断绵延而获得了主宰的力量，同样，在长久的生活中被不断磋磨的人似乎也染上一分坚韧不屈的神性。因为这样的注视，《十月的土地》在冷静透彻的目光背后流露出彻底的温情、体谅与悲悯。

如今，东北的不如意已经是不可争辩的事实，而且这种不如意是多方面的——东北经济的现状令人感到不平，东北文学的现状又令人感到不安。无论是从自然风光还是历史文化来说，东北文学都有着其他地域不可企及的先天优势。东北作家也不负期待，在不同时期都为中国文学奉献出具有特色和影响力的佳作，丰富了中国百年来的文学史。但应该说，进入新世纪之后，东北文学大致处于一种不温不火的发展态势，有个体的优秀作家，但是作为作家群体和流派在中国文学版图中并不占据重要位置，和陕军、湘军等地域文学相比有着明显的差距。此时，《十月的土地》是对东北文学的有力补充。在东北复杂的现实之中，如何写好东北故事成为所有东北作家所面临的考验，而津子围以真实的魔幻现实主义风格、深刻的人性和厚重的历史感做出了他的回答。在不动声色的注视中，津子围牵引着叙事的线索，从对东北深沉的爱与痛抵达每个人难解的故乡情怀，进而对历史、对乡土、对人性生发深切的悲悯情怀。

原载《当代作家评论》，2022 年第 4 期。

（张福贵：著名评论家，吉林大学哲学社会科学资深教授，教育部中文专业类教学指导委员会主任委员，国家教材委员会专家委员，教育部新文科工作组成员。）

东北土地的魂魄书

——津子围《十月的土地》人物析

贺绍俊

　　津子围的《十月的土地》讲述的是发生在东北黑土地上的故事，具有醇稠的东北味。津子围生于东北，长于东北，他对东北这片土地不仅熟悉，而且也充满了感情。这部小说或许是他倾诉这一乡土情感最放肆的一次写作。津子围爱他的家乡，爱他家乡黑油油的土地。但津子围其实是一位很有理性的作家，他讲礼貌，懂得节制，俨然一名儒者，我很少从他的小说中看到他放纵自己情感的叙述。哪怕他对东北文化很熟悉，但他在小说写作中似乎也不会刻意去强调这一点，因此他以往的小说不会给人具有突出地域文化色彩的印象。我想，也许是他特别珍惜自己所掌握的东北文化资源，他不愿意随意地挥洒掉。他在深思熟虑，不断地消化，一再地酝酿。终于，他出手了！他一下子打开了闸门，蕴藏在心中的对于东北的文化记忆、知识积累、情感积淀汇聚在一起倾泻而出，从而就有了这部《十月的土地》。我得承认，这是一部只有在东北土地上才能长出来的文学作品。也是只有一位作家对东北这片土地有着深刻体验才能写出来的文学作品。小说非常形象地描绘了东北地域在中国现代化进程中最初始时刻的原生状态，围绕人与土地的关系书写东北历史风云和人物命运变迁，是一部关于东北土地的魂魄书。

津子围充分发挥了他讲述故事和塑造人物的特长，小说写了数十位性格各异的人物，精心塑造人物，是这部小说成功的重要原因。小说以民国初年至抗战时期东北某地章姓家族的命运变迁为主要内容，这是一个与土地有着密切关系的家族。津子围重点写了章家三四代人的生命延续，通过这些人物形象表达了土地魂魄的主题。

章家的爷爷章秉麟是当年闯关东的一员，他的创业充满了艰辛，也充满了传奇，津子围讲述章秉麟的创业故事时故意语焉不详，他在后代的眼里也成为一个神奇的人物，关于他的创业演绎出了很多神秘而又荒诞的传说。但无论如何，他攒下了丰厚的家产，成为那一地带最大的富豪。津子围以这样一个地方上的富豪家族为书写对象，应该说具有一定的典型性，因为这能够比较典型地反映民国初年以后近半个世纪以来东北社会的主流。这个家族里的不同人物又各自体现了不同阶层的意识和精神状态。章秉麟追随和信奉着传统文化的精英，他把自己关在玄薇居草屋里，这座草屋的门上挂着"读舍"两字，他是相信天下是属于读书人的。他看上去推崇儒家文化，但也不尽然。他受东北民间神秘文化的浸染也颇深，他的文化心理可以说是中原文化与东北文化两相中和的产物。章秉麟虽然仍是章家最威权的人物，但他越来越游离于世事之外，竟在后辈们为他举办的寿诞上失踪了。这似乎暗示出过去主宰东北的传统文化意识已经无法掌控急剧变化的现实了。

章家的第二代是章兆龙和章兆仁两位堂兄弟。他们都是土地的获益者，但他们对待土地的态度截然不同。章兆龙虽说是大掌柜，但他对土地上的农事毫不感兴趣，把运作农庄的事情全都交给章兆仁去打理，而把精力和心思主要用在生意上，当然章家的生意做得也红火，如百草沟金矿、绥芬河货栈、三岔口油坊和烧锅等。他也根本看不上章兆仁，认为他除了开荒种地，别的什么都不懂。当然他有理由看不上章兆仁，因为他的生意远远要比章兆仁的农事要赚钱赚得多。他总能抓住时代的机会，努力追赶时代的步伐。在追赶中他也越来越远离了土地。更决绝的事情是他还把章兆仁赶走了。但是他没想到当他这样做时，他的厄运也就开始了。他后来惊恐地发现，离开了章兆仁后，章家的农业就开始走下坡路了。这时他才意识到，过去他根本看不上的章兆仁，才是为章家立下了汗马功劳的人。这时他迫切想见到章兆仁，可是一切都晚了。章兆仁则是把自己绑在了土地上的人，他的一生都是在土地上度过的。他把土地看成是自己的命根子。

章兆龙和章兆仁这一代人明显属于土地的一代，土地是他们的根。而到了他们的下一代：章文智和章文德等人，就有了更多的选择。因为一个新的世界逐渐在他们的面前打开，这个新世界与他们脚下的土地并不接壤，它从西方飘过来，充满现代气息。这一代人的最大特点便是他们不能再像老一代人那样平静地守着土地过日子了。他们必须面对现代性的入侵。现代性是工业文明的产物，代表了一个新的时代，它来势汹汹，要取代从土地上长出来的农业文明。这是一个新旧交替的时代，这一代人便处在新旧交替的时刻，而且他们也将成为新旧激烈争斗的主力一代。章文智和章文德则分别代表了两种类型。章文智属于亲近现代性的类型。这得益于他较早接受了西方现代教育，他喜欢这种现代气息，并被这种现代气息搅得神魂颠倒，比如虽然他的生活仍然与土地有关系，但他对种地不感兴趣，而是对农作物改良有着浓厚兴趣，显然他一知半解地学到了嫁接的知识，于是他把茄子嫁接上辣椒，把洋柿子嫁接上黄瓜。他的这种反常行为被他的妻子看成是魔鬼附身了。章文智曾迷上了两件来自西方的洋玩意，一件是一个瑞士的座钟，一件是放大镜。没想到正是这两个小物件泄露了章文智这一类型的内心。现代性首先就是一种时间观念，瑞士座钟代表了现代时间，但依存于土地而生活的人们所遵循的是"日出而作，日落而息"的自然时间。津子围最精彩的一笔是他写章文智仿佛是被座钟精制的结构和神奇的功能勾住了魂儿，他为了探其究竟，竟专门磨制了一把螺丝刀，将座钟全部拆开，但他怎么也没能把这座钟复原。也许通过拆解座钟这一细节，我们可以看到章文智在时间上的错位。事实上他在精神上还没有做好准备，又怎能按照现代时间的序列往前走呢？而他所着迷的放大镜，似乎在暗示着现代性所带来的新鲜放大了他的世界的认知，可惜的是，他只能囿于自己的经验去利用放大镜。拆解座钟和放大镜寓意着章文智既有着追随现代性的冲动，又改变不了传统对自我人格的形塑。明白了这一点，也就对他后来的一切看似匪夷所思实则又很顺理成章的行为不会感到意外了。章文德显然属于固守在土地上的类型。小时候，章文德的爷爷章秉麟很喜欢他这个孙子，希望他好好读书，他读书也的确很有灵性。如果不是他的父亲坚决要他跟着去地里干活，也许他就成为了一个读书人。但从骨子里来说，他是属于土地的。当爷爷再一次想劝他读书时，还特意问了他一个问题，在读书和种地之间，问他愿意选哪一项。章文德的回答很有意思，他说，庄稼活儿累，可读书更累，两个必须选一个，我选种地吧。孟子说过"劳心者治人，劳力者治于人。"章文德看来宁肯做一个"治于人"的人，他的理由不过是"劳心"更累而已。爷爷对章文德的选择也很释然，因为他毕竟还是懂得土地对于人类的重要性，无论是劳心者，还是劳力者，最终都得靠土地养活。孟子就在那句话后面接着说了，治于人者食人，治人者食于人。这意思说是说，无论是治人还是治于人，最终都要靠劳力者从土地上获取食物。当然，对于章文德来说，更重要的还不是他选择了种地，而是他是从土地出发来思考问题的。章文智曾将放大镜当成稀罕物在章文德跟前显摆，章文德尽管也觉得很新奇，但新奇劲儿很快就过去了，他不会被放大镜牵着走。他的爷爷送给他一个精致的木漆小盒，盒子里装的是带壳的谷子，这是章秉麟垦荒第一年的种子，具有极其重要的纪念意义。章文德收下后感叹道这是宝贝。章秉麟不知孙儿所说的宝贝是指盒子还是指种子。津子围这一笔寓意深远。盒子是一个精致的工艺品，象征着财富和高贵；种子则象征着土地和勤劳。这可以说分别代表了两种世界观。章文德把种子看成宝贝，显然他一直是通过土地来看世界的，这是一种世俗的、也是现实的世界观。

小说写了一群女性形象，个性鲜明，她们的命运似乎都逃不开"凄惨"二字，但津子围的描写也许印证了这样一个历史事实，女性的命运是一个时代的晴雨表。章吴氏、章韩氏、曹彩凤属于章兆龙、章兆仁那一代的女性，这一代女性基本上依附于男人，就像依附于土地一样。佳馨、桂兰、郑四娘、薛莲花、阿满等人属于章文智、章文德那一代的女性，时代的变化也给她们摆脱土地和男人提供了可能性，叛逆的愿望在她们内心生长，她们对自己的爱情和婚姻有了更多的自主性，比如佳馨宁愿以妾的身份来到袁骧的身边，阿满主动将自己嫁给章文德。

章兆仁和章文德是父子俩，这一对父子塑造得很生动形象，是一对具有典型意义的父子形象。也许这部小说还有一些可商榷或可修改之处，但即便如此，有了这一对父子形象，这部小说就可以说大获成功了。章兆仁是章秉麟的侄子，在老家因穷困跑到东北投奔叔叔，章秉麟不仅收留了他，还认他为儿子，因此他在农庄里被认为是二掌柜。但事实上他就是一个种地的农民，他把所有的心血都挥洒在土地上。在他的堂兄、农庄的大掌柜眼里，他就是一个雇工而已。他的妻子章韩氏一直就质疑他的这个二掌柜的身份是不靠谱的。章兆仁应该感到得意的是他有一个好儿子承继了他的梦想，这个儿子就是章文德。这一对父子让我们看到，在东北动荡不安的二十世纪中期，土地的魂魄是怎样通过血缘关系延伸下来的。章兆仁和章文德父子在土地上可以说都是强者、胜者。但有意思的是，这两人从外表上看一定也不强悍，在人们的印象中更多的是窝囊、懦弱。小说的一开头便是章文德在死亡线上挣扎的描写。他染上了霍乱，生命垂危，人们用尽所有民间的办法也无力回天，只好将他扔到后山，免得传染给别人。幸亏他的爷爷派人将他背了回来，用一个古方救了他一命。章兆仁则是一直拖着痨病的身子，好几次都差点死了过去。读到这些描写，我很沮丧地想起了一个很有羞辱性的词语："东亚病夫"，我必须承认，恰是这一点，也许证明了津子围对这两个人物的刻画颇具有历史的典型性。他们的病体正是当时中国积弱积贫的真实写照，但同时，他们尽管只有一副患病的躯体，却有着旁人难以想象的坚韧劲。这种坚韧劲更能代表中国人在那个特定时代的特征。章兆仁的坚韧就体现在他一生都在开垦荒地。他在莲花泡开了四十垧地，又在寒葱河开了四十垧地，为章家立下了汗马功劳。他被章兆龙赶出去后，又是凭着自己的坚韧带领孩子们在蛤蟆塘开荒种地。因为开荒种地，章兆仁把蛤蟆塘置办成了一大片自己的产业，在旁人眼里这里都富得流油了，在他苦命的几十年里，总算在风烛残年之际满足了心愿。章兆仁深深懂得土地的重要性，他是这样教育孩子的："农民没有土地，就像没娘的孩子！文德你要记着，一辈子都给我死死地记着，没啥也不能没有土地，地就是咱农民天大的事儿。"章文德在这一点上完全继承了父亲的精神，他把自己的精力都用在了土地上，并且他对土地的理解也超越了他的父亲。

章兆仁和章文德这一对父子形象，最大的意义就在于他们表现出土地是农民的魂魄。章文德的弟弟章文海曾经比较过父亲与哥哥在对待土地上的不同之处，认为父亲稀罕土地主要是稀罕土地种出的粮食，而哥哥章文德稀罕土地是真稀罕，像稀罕命一样稀罕。也就是说，父亲章兆仁还只是从土地上获取物质，这是生存的需要，而章文德完全把自己融入了土地之中，土地就是他的魂魄，或者反过来说也成立，他就是土地的魂魄。当然，对于章兆仁来说，土地也是他的魂魄，这是中国农民的基本性格。章兆仁早就看出了蛤蟆塘是一块风水宝地，但当他对"二掌柜"这个身份还抱有幻想时，就相当于自己的魂魄被拘禁了起来，他就忽略了这块风水宝地。他没有了"二掌柜"的身份后反而意味着魂魄回来了，于是他面对蛤蟆塘这片荒地，看到的却是"长满了庄稼，郁郁葱葱"的美丽蓝图："开春先开东山西坡和北山岗子的地，西坡种玉米、高粱，北山岗子种黄豆，春播之后再沿西坡向下面延伸开垦。今年，咱可以在那些低洼地上种些耐涝的糜子。"章文德既佩服父亲对土地的谙熟，他会吸收父亲的智慧，同时又会有所发展。后来他父亲的基础上要继续在低洼地开垦出种稻谷的田地，他坚持植树的举动，都让父亲看到了儿子有更远大的构想。章文德对父亲的超越尤其突出体现在灵魂的沟通上，他与土地似乎是一种"心有灵犀"的关系。津子围用很多细节来描写来烘托他们之间的"心有灵犀"。比如他写到章文德"可以闻出土的味道儿，一闻就知道土从哪儿挖的，山坡来的还是河套来的。"章文德的这一灵性让专门从事地质勘探的日本人岩下惊异不已，直问他是不是"从泥土里长出来的"，津子围完全把章文德写成了一个由土地变过来的人形儿，无论在什么场合下，他与土地才是最亲近的。章文德被派去管金矿，他对金矿的事不感兴趣，倒是发现那里的土质非常好，不种可惜了，于是便起早贪黑地翻地、背垄、撒种、浇水，把百草沟的淘金工看蒙了，怀疑他是冒牌的章家少爷。后来他被当成人质卷进了马蹄沟的胡子窝里，又是土地拯救了他，胡子困在山里没有吃的，"不起眼的章文德却发挥了无法替代的作用，虽然他不会舞枪弄棒，但是他会种地。"于是胡子们跟着章文德开荒种地了。津子围所写的时代正是社会最为动荡的年代，革命风起云涌。但章兆仁和章文德并没有革命的冲动。当他们被章兆龙一脚踹出门变成一无所有的，想到的也不是革命，而是去开荒种地。这大概就是土地魂魄的真实写照。

但是，章文德最终还是参加了革命。这大概是中国现代革命时代中最重要的魂魄改造！章文德参加革命还是与土地有关。日本军队占领东北后，准备把东北变成自己的家园，他们美其名曰征地，其实就是强行霸占中国人的土地。章文德在蛤蟆塘开垦出来的土地也在被征之列。这等于是要夺去他的命。他说了一句硬气的话："我的命没了地也不能没了。"就跟着弟弟章文海组织起一支自卫军要抗击东洋鬼子。尽管如此，章文德的革命性也表现出不彻底的一面。这一笔也是非常重要的啊，这就是中国土地的魂魄！当然，时代的大潮会推着章文德们往革命的方向走下去。津子围以非常客观冷静的态度书写了章文德在民族危亡和时代剧变下的选择，他没有将章文德塑造成一个农民英雄或一个勇敢的革命者。这是因为章文德还保持着土地的魂魄。由此可以看出这部小说的历史反思和历史批判具有较大的容量。

最后，津子围告诉我们，章文德的躯体内承载着章秉麟的灵魂，这一构思顿时将作者写作的用意全盘托出，它把从章秉麟到章文德的几代人的魂儿连成一条线，暗示着土地的魂魄是由传统文化建构起来的。当然这一构思貌似一种非现实的手法，与全书的写实风格是否有不谐调之处？我想，也未必。因为东北的神秘文化渗透在民间的日常生活之中，小说中对东北神秘文化多有描述，我们读到"章秉麟从章文德的躯体里钻出来，飘浮在半空中"时也不会觉得突兀。其实，东北神秘文化就是在东北土地上生长起来的，它飘散着土地魂魄的精气。这种精气也萦绕在津子围的笔端。但在小说结尾，津子围让沉睡在章文德身体内的章秉麟的魂魄醒了过来，他想到这样一个问题，人的魂儿被身体囚禁，而人的身体却被大地囚禁着。"说到底，无论你怎么折腾，永远都离不开脚下的土地，土地不属于你，而你属于土地，最终身体都得腐烂成为泥渣，成为了土地的一部分。"这段话不是分明要把小说精心编织起来的一本土地的魂魄书要解构掉吗？或许这才是这部小说的真正用意。

原载《当代作家评论》，2021 年第 2 期。

（贺绍俊：著名评论家，中国现当代文学研究会常务理事，沈阳师范大学中国文化与文学研究所教授。）

致土地的诗

——评津子围新著长篇《十月的土地》

程光炜

　　近年来，作家津子围活跃于长篇小说领域，先后有《口袋里的美国》、《同名者》和《童年书》等，以及中短篇小说集《大戏》问世。自二十世纪九十年代中期起，长篇小说在小说界一直持续热烧，诞生了诸如《心灵史》《废都》《生死疲劳》《长恨歌》《许三观卖血记》《白鹿原》《装台》和《应物兄》等优秀的作品。全景观、大视野的长篇小说纷纷涌现，这与历史从这一段落转向另一个段落，中国社会转型的急遽调整有极大的关系。这就要求作家告别局部眼光和情怀，把思想和激情投入到一个整体性、地域性的题材中去，当然，长篇小说对一个作家思想境界和艺术水平的考验，也被大幅度提升了。在我看来，这是津子围花费很大精力，苦心经营《十月的土地》这部新长篇的一个出发点。

　　处理历史题材，长篇小说有多种招数，有的是追求过程或结局的戏剧性，有的类似长篇抒情诗，有的以故事见长，有些则长于思想，并不尽然。《十月的土地》以清末民国初年到抗战这五十年的风云变幻为背景，选择东北某地章姓家族两代人的故事，叙述了历史巨变中家族结构的逐渐衰微。在这一过程中，时所难免的是兄弟反目，两代人冲突，人性的丑陋等，但就在这幕历史壮举中，章文德、章文智的感人形象也跃然纸上，引起读者普遍的注意。作为小说历史框架，民族危亡、家族衰微和各种斗争，尽管是它内在的骨架，但萦绕其中，各种人物精神眷念的，还是他们对于这方土地至深的感情，所以，称之为"致土地的诗"，是恰如其分的。

除此之外，津子围发挥了自己擅长讲故事的特长，在人物关系的酝酿、萌动和发展过程中，非常注意其中的逻辑性和周密性，而且这些故事经常一波三折，对读者有强烈的吸引力。例如佳馨与袁骧的情爱故事。袁骧是一个新派人物，他在女子中学演讲时，认识了热烈大胆的女孩子章佳馨。很快两人你来我往，变得难舍难分，而且佳馨的感情投入，似乎比袁骧更直接大胆一些。但是，谁都没有想到他们之间，还会有什么变故。东北是一片泥土气息非常浓厚的广阔的大地，男女爱情，在这片历史空间中，实际寄寓着人们对生养他们的土地的热烈情思。因此，佳馨与袁骧的缠绵，正是这土地情诗的绵长的延展，而他们的戏剧化变故，也便令人痛惜不已。

《十月的土地》的语言，也十分生活化，有一种与那片苍茫大地水乳交融的朴素的美。例如，作品有对金矿周围环境的细致描写："百草沟原来叫白草沟，据说那个绵延几十里的大沟塘里长着一种细草，秋天，细草的穗子粉里透白，在阳光下闪着银光，从远处看那里白茫茫、银闪闪一片。"如果有到东北旅行的读者，读到这段描写，立即会唤起一种十分熟悉的回忆。再看章文德到金矿视察时，金锁对正在挖矿的工人的招呼："金锁站在一个小沙坡上，大声对淘金工人说：'东家三少爷章文德来了，大家都抽袋烟吧，听三少爷给大家训话。'金锁话音一落，淘金工人们便呼呼啦啦地放下手里的工具——锹、镐、钉、丝、麻什么的，围拢过来，有的坐着，有的站着，直盯盯瞅着章文德。"

因此，我们所说的"致土地的诗"，这不是一个空洞的概念，而需要突变的历史风云、家族剧变引起的阵痛、人物的一言一行，乃至这种十分生活鲜活的环境描写和氛围勾勒去实现。而《十月的土地》在这方面的功力和表现，是很突出的。

原载 2021 年 5 月 1 日《南方日报》，发表时题为《致土地的诗》。

（程光炜：著名评论家，中国人民大学教授、博士生导师。）

从自然到历史

——津子围《十月的土地》的风俗与革命

刘大先

随着几位东北青年作家获得媒体的青睐以及流行文化如电视电影与网络短视频中东北形象的想象与传播，近几年，"东北文艺复兴"逐渐从一个戏谑式的提法变成了一种官方的话语。但是真正要提到"复兴"的层面，显然需要进行双重建构——重新书写那块土地及其人民所经历的曲折历史，重新建构当代东北的人文形象，并且在这种建构中塑造出一种独属于东北而又具备普遍可接受性的文化精神。在这个意义上，津子围《十月的土地》[①]以重写近现代转型背景下的农民挣扎、奋斗、抗争与觉醒做出自己的尝试，它用一种准自然主义式的叙述描绘了一幅从清末民初到抗战胜利约五十年间东北农村的缓慢变化，在对地方习俗与农事相关的精雕细刻中充溢着与土地的深情厚谊。津子围写实地再现了在近乎半封闭的乡土文化遭遇内部

---

① 津子围：《十月的土地》，长沙：湖南文艺出版社，2021年版。本文涉及该书的引文均出自此版本，后文不再一一标注。

各种力量此消彼长和外部帝国主义入侵的多重合力中，农民生活和意识发生的相应裂变，其生存与生活状态由"自然"进入"历史"。因而，这部小说带有文化象征的意味。

《十月的土地》以中俄边境地带的寒葱河（绥芬河支流）章家大院几代人的经历为中心，讲述从清民之交至抗战胜利这个时段的黑龙江与吉林交界地带的往事。从空间上来说，这是多族群生息繁衍、跨国交流频繁之地，实际关联着整个东北亚近现代以来的地缘政治关系，包括中、日、俄、朝鲜。从时间上，则可以上溯到近代的东北开发——章家的第一代是山东闯关东的移民，章家在东北开宗的灵魂人物章秉麟即是晚清移民实边的要员吴大澂的下属。小说的主体部分则是以章兆龙、章兆仁两家的线索展开，两人虽为堂兄弟，但地位并不平等，大掌柜章兆龙是章秉麟亲子，执掌货栈、矿场；二掌柜章兆仁是由关内逃荒而来的侄子，主要负责带领帮工开垦荒地，种植粮食作物。这意味着前者是乡绅，后者还是一个农民。在后来的情节发展中，家族故事逐渐向抗战故事转变，这种阶层身份上的分歧愈加变得明显，也日益显示出中国文化的现代转型、乡土中国的自我更新。

说起来"现代转型"这种大词，尤其是涉及到以家族史为题材的长篇小说，很容易让人产生刻板印象式的联想，因为自二十世纪九十年代的"新历史小说"以来，此类以家族盛衰变革、子弟命运起伏映照时代与社会嬗变的小说层出不穷，渐呈僵硬模式，很难出新意。不过《十月的土地》倒是给人意外之喜，它并不是将大历史与个人遭际机械地嫁接在一起，或者让家族命运成为大历史的注释；也没有让自己沦为以日常生活抵御意识形态话语的陈旧套路，而是聚焦于家族人物的生存与生命体验，让他们的生活过程成为主体。宏阔的历史裂变固然冲击着人们的生命历程，但退隐为背景和框架，活跃在文本中的是土地本身及生活在这块土地上的一个个鲜活的人物。这一点在故事盛行的小说写作整体环境中显得尤为醒目，因为它显示出一种精气神儿，一种来自于人与土地之间亲缘关系的激情，这种激情伴随着历史进程向前推衍所发生的变异，从而导向于对于开发土地、守护土地的认知与情感的变化。

认知与情感的变化实际上是世界观与价值观重新确立的过程，与人物在历史行进中的命运转折紧密联系在一起。原本章家大院地处偏僻角落，远离政治与经济中心，过着一种怡然自足的生活，尤其是章兆仁一家在莲花泡的农垦，浸润着乡土中国农民的典型生活方式与世界观。就像章兆仁对儿子章文德所说：“农民没有土地，就像没娘的孩子……没啥也不能没有土地，地就是咱农民天大的事儿。”历史与个体人物之间的互动，通过土地这一核心意象铺排开来。正是围绕着土地才产生了那么多的恩怨与生死，章兆仁一家被赶出大院落脚蛤蟆塘重新开荒立户，张文德落入匪群在马蹄沟带着土匪种地维持补给，后来的日军侵华派遣“开拓团”占领中国农民的土地……一切都围绕着土地展开。“地”不仅仅是农民天大的事，实际上也关乎着国家的主权与人民的命运。

土地与人之间有一种仿生性的同构，这种彼此互文的关系几乎贯穿于整个叙事的自始至终。小说开篇的情节就是一个“疾病的隐喻”：十二岁的章文德罹病霍乱，父亲章兆仁和母亲章韩氏束手无策，将他丢弃在后山关帝庙听天由命，幸亏章秉麟没有放弃，居然用古方将他救过来。“章文德恢复得很快，仿佛春天干涸、龟裂的土地，只要风从地皮上滑过、雨水浸透了，马上就现出了生机和活力。”这是一个具有神话原型意味的开头，遭受苦难与病痛折磨的少年奄奄一息，然而叔祖父没有放弃，终究挺过了最危险的关口，像经历严寒酷冬的土地看上去毫无生机，一旦春天来临，立刻重新焕发出郁勃而持久的生命力。如果我们做一个家国寓言式的粗暴解读，那么可以将患病的章文德视作彼时饱受内忧外患的中国，章秉麟则是内生的传统，正是根植于本土传统的文化让病危的少年历劫重生。

“春天的大地升腾起一阵一阵的潮气，那股潮气中挟带着草木发酵后的味道。……那味道里隐含着一股酸味、一股腥臊气，还裹挟着一丝丝的甜味儿。春天是万物生发的季节，山川、大地、河流，动物、植物都在萌动和鼓胀，章文德的身体里也有一种不可抑制的能量在向外萌动和鼓胀。"如同青春期勃发着情欲的乡土少年，老旧帝国在血与火的洗礼中依然葆有着青春的能量，这是自然生命及由之发展出来的文化所本有的原始能量，有着自己的尊严和庄重，但是这种能量是一种盲动的能量，并没有获得其真正意义上的自觉，那还需要在不断的遭遇各种磨难和磨炼中成长。这个过程就是自然的历史化，或许可以将之类比为斯宾格勒所说的"命运和律动的世界"和"原因和张力的世界"、"作为历史之世界"和"作为自然之世界"，[①] 但我们不必拘囿于斯宾格勒的界定和描述，而在一种马克思主义的历史发展观中将其理解为从实然向应然、从无明到自觉的转变。

整个小说共九章，前面六章也就是大约三分之二的篇幅都是描写章兆仁、章兆龙两家作为传统中国农民或地主的家长里短、农事生产、工商兼营、兄弟相争、姅娌龃龉等诸如此类的日常生活。尽管现代性的力量已经出现，但尚未全然介入到这个偏远之地。众人只是如同萧红的《生死场》中的那些与动物类似的乡村人物一样，"忙着生，忙着死"[②]，在生存的本能中辛苦劳作，沿袭着千百年来的生活法则。他们的生活当然较之此前纯农耕文明中的农民有了一些不同，毕竟现代性与工业化的事物已经渗透进来并潜滋暗长，但那些只是工具器物层面的，顶多有一些由于政治权力交叠所带来的制度方面的些微差异，在观念和精神层面上他们并没有太多的改变，没有作为主体意义上的身份意识。

在漫长的篇幅中，津子围浓墨重彩地铺陈了乡土文化的方方面面，几乎可以看作是带有怀旧色彩的记忆留存。那些乡土生活既是地域性的，也

①［德］奥斯瓦尔德·斯宾格勒著，吴琼译：《西方的没落》（第 2 卷·世界历史的透视），上海：上海三联书店，2006 年版，第 17—18 页。

②萧红：《生死场》，北京：中国城市出版社，2012 年版，第 72 页。

是文化性的，从具体的农技、农谚，到民风和习俗。比如写到由于气候反常，"黄豆在生长期里接连遭遇病虫害，花荚期有蚜虫和红蜘蛛，后来又出现了豆荚螟和瓢虫，更糟糕的是前几天还下了场暴雨，河西和北甸子黄豆地都被水泡了，所以趁着天晴，章兆仁得赶紧带领长工们给大田排水，并且要把大片倒伏的植株扶正。……章兆仁并不只是图快，活儿干得也十分仔细，扶正倒伏的黄豆秧，同时将地垄上的蓼吊子、苍耳、水稗草和接骨草统统拔掉。……老庄头过来拉章兆仁，发现他的手指还沾着血污。豆荚进入成熟期已经坚硬锋利起来，不戴手套干活儿，白白自找罪受。"短短的描写充满了扎实的细节和知识，这种经验性的细节在如今的小说中已经属于稀有的品质。又如章文德认识高粱中的"乌米"："'乌米'一般都长在矮小的植株上，旗叶紧包的病穗中间鼓突，剥开包叶，里面多是豆绿色的丝状物，有的瘤子里包着黑粉。……发现'乌米'就得将高粱棵子砍倒，不能把'乌米'包弄破，不能抖落出粉末来，割下的高粱棵子要拉到地外边烧毁埋掉，不能喂牲畜，也不能沤粪，以消灭病毒传染源。"又如写到山林生活："闯林子的人都知道，冬天不睡石，夏天不睡木，容易招病不说，严重了还能丢命。……麻达山就是困在山林里找不到方向、瞎转悠。一旦麻达山了，要'转向看树皮，北边粗南边细'，'还可以看树墩，年轮也是南松北紧'……那种秃梢无冠的立木叫蜡杆子，一脚踩空，木头内部腐朽成粉末状的叫红糖包。"这些如同民俗学和人类学记录式的文字，切进乡土的肌理，让文本具有了浓郁的文化意味。毫无疑问，那些积累许久、延续了多年的生存智慧和经验技能，在今天的时代如果不能说全然失效，至少也即将成为遥远的过去，仅从这个意义上来说，《十月的土地》也有其不可替代的认知价值。

但它并非仅是某种纪念性的文化小说，而是一部具有多重阐释空间的作品。它情节复杂、人物众多，比如大家庭中的勾心斗角与现代情感结构的变异，东北地方性风物、饮食、信仰、风俗与民间智慧，抗日战争中官方、

共产党、苏联人、土匪、汉奸、乡绅、农民等各方力量的复杂性，边疆地
带满汉朝鲜等民族的交融、个体在乱世中的微渺与坚韧、普通民众由蒙昧
到自觉的成长过程……任何一个角度切入都可以进行纵深的讨论，但无疑
对于土地的感情与依赖是其最为突出的部分。小说中引用的大量农谚令人
印象深刻，有时候从行文的简洁凝练角度而言甚至有些冗赘。但津子围并
没有舍弃与精简，我想这本身可能与他自己在情感上与乡土中国的亲近性
有关。那些农谚从章兆仁一直到他的孙子章廷喜和章廷寿那里口口相传，
朗朗上口，实际上是对于土地情感的传承与延续，也是乡土中国的根性所在。

　　这种根性也并非固化不变的所在，而是在遭遇挫折与危机时的适应性
和转变，进而焕发出凤凰涅槃般的生命力。在适应和转变过程中，处于不
自觉状态中的自然人融入大历史的洪流中，实现了成长，改造了自身，也
改造了乡土中国的面貌。小说中有一段描写颇具点题色彩："章兆仁蹲在
背阴的垄沟里，此时，泥土里还残存着冰碴。他伸手抠了一把土，用力攥着，
土块儿一点点软了，从他的指缝间流了下来。也许是命运捉弄，他章兆仁
最爱泥土也最恨泥土了，后来到了章文德那里，爱和恨都传承下来，泥土
的成分里融合了爱和恨，如同自己的身躯和血液一样，注定一辈子无法分
离。"这个细节如同梁斌的《红旗谱》中严志和难以割舍失去的土地，去
看最后一眼时忍不住啃起了地里的泥土一样让人印象深刻。[①]那是一种农
民与土地之间的血脉联结。随着日本殖民的深入，章兆仁临终前意识到：
"开地，更要守住地……只有守住了地，咱的子孙后代才有落地生根的泥
土"。这一点张文德始终记在心里，也行之于行动之中，他加入到抗日的
队伍中，但在抗联被打散后他重回马蹄沟，找到在战争缝隙中偷生的家人，
又对土地发生了新的认识："地哪有命重要"——土地的重要性和意义建

---

① 梁斌：《红旗谱》，北京：中国青年出版社，2012 年版，第 180 页。

立在人的生命力之上，他们一家在落魄潦倒几乎山穷水尽时也没有丧失心气，在荒滩野岭中用双手开辟出一个新的家园，正是这种生命力的体现。因而，《十月的土地》不仅讴歌丰富博大的土地，更是颂扬蕴藏着顽强深厚生命力的人民，从而超越了一般的家族史与抗战题材小说。

"人民"并非天然形成的，作为政治主体是在历史中逐渐塑造出来的主体。这同近代以来殖民主义与帝国主义的入侵密切相关——他们不仅带来了鸦片和坚船利炮，同时也使得中国人接触到了"民族—国家"的观念以及与现代民族国家相联系着的一系列关于政治、文化、社会和人的理念。"人民"这一本土旧有的词语在跨语际实践中获得其现代内涵[1]，同时也在反封建与反帝国主义的斗争中逐渐被革命话语赋予了其阶级主体地位[2]。正是在日本入侵和自发反抗的过程中，《十月的土地》中的农民接受多方面的影响（日本民族主义的示范、共产国际的感召以及自我教育）而将自己塑造成了历史的主角。

在自然史和风俗志中只有自发的、不由自主的个体与"群氓"，他们缺乏自明的主动性，如同地下的原油，只有遭遇到火种才会迸发为燎原的烈火。即便是受过教育的人，其知识体系和认知结构也需要经受现实的淬炼。小说中的章文智是一个受过教育的地主家少爷，对新鲜事物和科技充满好奇之心，但那种天然的兴趣让他把精力用在稀奇古怪的事物上，不过是一种闲情逸致式的爱好。因为意外被土匪绑架，又遇到了具有革命自觉的姜照成，在与东北军、日本侵略者的一次一次战斗中才逐渐明白革命的意义。较之于有文化基础的章文智，更多的是底层则无知无识，完全是在

---

① 李建军在《现代中国"人民话语"考论》中对晚清以来中西交通中的翻译与现代民族国家想象所构筑的现代"人民"话语有详细论述，并对"人民"与"国民"做了概念分辨，博士论文，第 23—78 页，华中师范大学，2006。
② 戚学英：《"人民"话语与阶级 – 民族国家想象——1940—1970 年代文学中"人民"话语的建构》，《江汉论坛》，2014 年第 5 期。

命运中随波逐流，因而发生各种分化，有人走上抗日救亡的革命之路，有人堕落沦为汉奸，充分显示了历史的复杂性。

其中，颇能代表底层农民的是石龙与石豹兄弟，他俩原是烟农，在他们蒙昧的视野和认知中，"并不是认为当胡子是逼上梁山，属于脑袋掖在裤裆里的凶险营生，相反，他们觉得当胡子威风、快活。老娘在的时候，他们还规规矩矩，现在他们就成了两匹脱了缰绳的野马"。"当地流行这样的歌谣，兄弟俩都会唱：'若要官，杀人放火受招安；若要富，跟着皇帝卖酒醋。''当响马，快乐多，骑着大马把酒喝，搂着女人吃饽饽'。兄弟俩虽然想当胡子，可一时还找不到当胡子的门路。常在一起商量怎么能找到入伙的机会。哥哥石龙十四五岁时曾跟着上过西山，那时他不过是个小拉巴丢儿，连黑话都没学会几句。所谓的上西山，就是每年立春以后，个别荒沟一带的农民到西山沟建'胡子窝棚'，三五成群，表面上上山采人参、采木耳，实际上干抢劫、砸孤丁、绑票的勾当。秋后落雪就插枪下山猫冬，变成'良民'。"因为愚昧而作恶，两个人误打误撞绑架了章文智，但并不真正懂得土匪的做法，稀里糊涂地在乱世中折腾，石豹被剿匪的自卫队打死，石龙与章文智阴差阳错进入了另一伙由中东铁路回来的华工姜照成带领的胡子"云中雁"队伍中，章文智落草为寇改名为张胡。姜照成虽然并非共产党人，但接受过苏联布尔什维克的教育，对革命有着朦胧的认识，将这帮土匪改造成了游击队。在与地方自卫队和日本侵略军的交锋中，石龙慢慢与章文智同仇敌忾共同御敌。当他们加入抗联与日伪军作战时，石龙牺牲，章文智则改名为章文海，纪念已经牺牲了的战友和兄弟。与之形成对比的是章文礼、曹双举、肖成峰这样反面人物，用通俗来说，他们都是在时代的熔炉中成长或沦落。章文智—张胡—章文海的姓名改换，直观地呈现出自然的人成为历史的人的过程。

这并不是说类似章兆仁、章兆龙、老庄头、郑四娘、薛莲花、赵阿满、丛佩祥、狗剩儿这些形形色色的人物游离于历史之外——他们每个人的形象都鲜明生动，都有值得探讨的空间——而是说他们依然生活在自然史之中，甚至章文德也并没有发展出全然的自知与自明。章文智、章文德都是被动地卷入到世界历史的现代性进程之中，唯其在精神上成长的缓慢与困难，正写实地呈现出中国农民的命运在现代转折中的曲折与艰难之处，也恰于此显示出二十世纪中国革命的全球性和伟大之处——它让一块传统因袭已久、精神结构几乎板结的土地和民众的内在变化展现出来，那不是骤然之间的颠覆或者带有戏剧性的浪漫想象，而是在血与泪的斑斑印痕中步履维艰、蹒跚前行。《十月的土地》因而如前所说，超越了二十世纪九十年代以来关于家族史的叙事模式与语法。

小说的结尾，有一段总结式的描述。章秉麟的魂寄宿在章文德的身体里，"他追随着章文德开始新的人生，人情冷暖，恩恩怨怨，生离死别……不管是直的路还是弯的路，都得走过去，不管是深的河还是浅的河，都得蹚过去。很多往事都是重复的，春天来了，夏天到了，秋天过后，冬天走来。日复一日，年复一年。他不知道他是在经历自己的事情，还是在经历孙子的事情。"老灵魂寄居于新身体，但他们的命运与人生并没有发生根本性的变化，时间轮回往复，他们都是在同一条轨道中重复。当此之际，章秉麟也不由得进行反思："人的魂儿被身体囚禁，而人的身体却被大地囚禁着。那种感觉，就像不知不觉流逝的岁月，人是大地的记忆罢了。说到底，无论你怎么折腾，永远都离不开脚下的土地，土地不属于你，而你属于土地，最终身体都得腐烂成为泥渣，成为土地的一部分……"这种人与大地之间的关系是固化了的，直到章文智以新的身份（小说中暗示他已经成为人民解放军的一员）归来，告诉章文德，所谓他被章秉麟的灵魂寄生在身体里的事情不过是受到太多挫折和委屈造成的精神创伤的结果，是一种"迷信"："我们不能被这巴掌大的土地给束缚住了，还要睁开眼睛看看外面的世界，我们要从这盘剥人、捆绑人的土地上解放出来，还回做人的尊严，真正为人民争取当家作主的权利。"这是革命对不断重复着的过去历史的祛魅，逐渐将不自觉的农民从神权、族权、父权桎梏中解放出来，从而呼应了"命"比土地重要，人作为中心的主题。

《十月的土地》继承了端木蕻良的《科尔沁旗草原》、萧军的《八月的乡村》这一系列东北书写的遗产，与同时代描写类似历史题材的刘庆的《唇典》、周建新的《锦西卫》各呈异彩，开拓出了"大地之子"般的新的境界与意蕴，可以说是对梁斌《红旗谱》传统的延续。在它所营构出来的境界与意蕴中，土地承载着人们的艰辛与收获，人们赋予土地以希望和未来，东北民众的形象成为中国人的普遍性写照，黑土地上颠簸跌宕而又生生不已的故事则成为一个共通性的现代中国故事。

原载《当代作家评论》，2022年第4期。

（刘大先：著名评论家，中国社会科学院研究员，中国老舍研究会秘书长。）

身与心的生生不息

——长篇小说《十月的土地》中的精神诉求

李一鸣

于人类而言，也许没有任何东西能如大地一样，为生命奉献永恒的供养，那些时间中的浩浩荡荡，及空间中的永不休止。

东北，我国地理意义上的大区，这片土地有着很深的历史渊源，是中华文明重要的发祥地之一，更是华夏民族传统的聚居地。东北地域广阔，气候类型多样，尤其冬季长达半年以上，而雨量则集中于夏季。森林的覆盖率大，无形中拉长了冰雪消融的时间，从而使得森林贮雪极为有助于农业及林业的发展。

水绕山环、沃野千里的大东北，自古就有"寒暖农分异，干湿林牧全，麦菽遍北地，花果布南山"的盛誉。其独特的历史风俗习惯及语言特色，更是与关外形成了鲜明的对比。正是这样的泥土，以至于连之上发生的离合悲欢，情仇爱恨，以及那段近半个世纪的家国民族进程史，都显得格外粗粝悲情，神秘醇酽，狂野炽烈，如同北方大地上近现代一曲曲壮美的华章。

作者一反多年城市写作的语境和基调，甚至无须乡土生活经验作为创作底色，毅然进入了民国初年以来，大东北风云跌宕近半个世纪的乡村及文化流变。于文本的意义上，实现了一场历史与现代的美学对话。

如果以章文德章文智等章家家族的兴衰历程作为全书的明线，二爷章秉麟则是全书自始至终的暗线，生日、难产、绑架、云游、"鬼胎"，以及最后亦真亦假的"复活"，可以说就是全书的灵魂之所在。如果说整部作品就是一台波澜壮阔的舞台剧，那么就在章秉麟古老预言中拉开序幕：总有一天，世间百兽一齐下山吃人；手指可要小心啊，中指血是有灵性的，要是血滴到什么东西上，那东西就会成精……五十年的近现代血泪史逐一上演，而后，在章秉麟意味深长而诡谲迷幻的梦境中，大地拉上了剧终的大幕。

但历史不会分秒停滞，因为时间滚滚的车轮下，新时代的号角已然远远吹起，旗帜已然迎风招展，革命的洪流，一路荡涤、席卷，吸纳途经的小溪小河，形成一个国家一个民族伟大的滔天巨浪与滚滚江河。

作者心力宏阔而心思缜密，在作品的行文中，巧妙地以特定时代下的片段社会环境描写来展示特定的时代背景，令读者一目了然；历史真实的充分展示，必然会呈现出当时真实生活环境，这就使得时代的特有民俗文化得以纷繁呈现。如此一来，自某一维度而言，就成了一幅东北大地上真实的、特定历史背景下的民俗风情画卷：那个悠车是用椴木板做的，两端都煨成了船型，整个悠车漆成了暗红色，四周用银粉描边绘画，虽然看起来花纹已经磨损了，但是上面"长命富贵"四个字还依稀可见。那个悠车吊在被称为"子孙椽子"的房梁上，横梁和悠车两端都镶嵌铁环，连接铁环的是牛皮绳子，上面还挂着小铃铛和布老虎……车把式老庄头唱不完的小曲；以及一代代孩子口中唱着的农家谚语：春天不忙冬天无粮，老天爷快快下，高粱谷子没长大……抓嘎拉哈，抛布子儿，尤其是东北大年的年俗，几乎就是一幅大地上的年俗长卷。这一切就是这片土地代代流传的天歌，是大地上天赐的诗行。

时代是强大的，强大到可以捉弄人的命运，二爷生日那天的两件大事证实了这一点：云游四海悄然消失的二爷；章文智莫名被胡子绑架的荒诞命运。那个年代，少年胡子心狠手辣，与忠义麻木的老庄头，都成了命运的隐喻。作者的意向已然很明显，那就是在某些特定的时刻，个体被命运的操控在所难免，无论你愿不愿意。而其极具洞察力的叙述与不落世俗的表达，是驱策读者从历史中探寻大地深处秘密的原动力。

自然环境的描摹生动诗意，营造出故事所在的社会环境的真实性，从而将作品的艺术价值进行了从容提升。在对人物丰富的心境、复杂的性格的刻画上，作者把那些足够影响人物命运的历史背景、文化与民俗背景铺陈得素朴而强大，真真假假又无可辩驳。二爷给文德讲人死后的事情，那些自古流传于北方民间公开的秘密，是北方大地上纷繁跌宕的民俗图景，仿佛是时间深处褪色的连环画，古旧，神秘，忽而质疑忽而相信，忽而惊悚忽而慰藉，却引人入胜如斯。再比如：二爷曾经与货郎做了同一个梦，章兆仁和媳妇也做了同一个梦，这几乎是不可能的真实，时而就神异到令人质疑，与其质疑，却又不如相信，相信在这片壮美辽阔的北方大地上，一切都是真的。而当二爷说出："小小儿啊，我所以讲这些是想告诉你，人的一辈子不容易，一定要做个好人啊。"刹那令人豁然，也许那些惊悚神异的传说，皆是源于世代先民先祖，对后人人心向善的度化与引领也未可知。

作者满怀激情，对这片土地之下的精神进行了执意探究，显示出创作审美的辨识度，以及一个作家创作的文学思想深度。正是在这样的深度之内，才有了这样一个家族，从只为一家之利的开疆辟土，到面对倭寇时惊天地泣鬼神的守家卫国，世代生活在这片土地上的章家人，这个于时代跌宕中正不断出现危机的大家族，在此刻民族危亡的生死关头，面对铁蹄践踏之下伤痕累累血泪横流的土地，家族的私怨悄然后撤，取而代之的，是这片土地上从未消逝的生命激情，是这片土地供养的人民血液中从未泯灭的血性，是对倭寇的同仇敌忾，是面对强敌的无畏无惧与矢志不渝，与血与泪浸透了的生生不息。

生生不息不仅仅是为了生存，而是为了生活，为了做人的尊严，为了成为命运的主人。因为尊严，才是人之为人的全部。而对于土地之上的人们而言，土地已然是自己的生命。正如加里·斯奈德说的："我们的地方早已融入我们的生活之中，成了不可或缺的一部分或者全部。"

土地，万物之母，支撑一个国家民族一切，人民，粮食，未来，以至包括历史；种子，革命的雏形；十月，象征着我们伟大的国家，是新生命，新世界的深情指向。一幕幕话剧在上演，离合悲欢之际，细碎而感人，平凡也壮美。二爷给了文德种子，这种子，必定是文化的种子，文明的种子，生活的种子，生命的种子……种子就是希望，就算已经不能发芽，但是哪怕只是放在心里也是希望。

精于天地玄学的二爷爷秉麟，精于农事乐于农事的文德，精于思路自幼多病却最终为了革命毅然战死沙场的文海，歼敌无数的孤胆英雄狗剩儿，命运跌宕历经险境绝境死里逃生，最后终归走上革命道路的文智，老宅里寻找父亲的廷喜和廷寿……亡故的人在消失，但新生命的速度仿佛永远比流逝的要快，这片泥土上的一代代人，这些北方大地上的生灵，生命与精神联袂而在，像北方大地上蓬勃野性的庄稼，是的，永远生生不息。

本文部分内容原载 2021 年 4 月 30 日《中国新闻出版广电报》，发表时题为《身与心的生生不息》。

（李一鸣：著名评论家，中国作家协会办公厅主任。）

历史风云与不屈的土地精魂

——关于津子围长篇小说《十月的土地》

王春林

　　面对津子围苦心酝酿多年的长篇小说《十月的土地》，我们首先应该注意到那不无奇幻色彩的关于开头与结尾的特别设定。作家津子围是从男主人公章文德 12 岁时一次起死回生的神奇经历写起的。那一次，章文德不幸身染霍乱，生命垂危，"章文德想起了二爷章秉麟说过的古老预言，总有一天，世间百兽一齐下山吃人"。借助于章文德神智不清时的缥缈思绪，津子围重点交代了两方面的事实。一个，章氏家族是从山东那个地方闯关东来到东北这块神奇的土地上的，"章秉麟说，是呀是呀，关东跟咱山东老家不一样，这地方啥都能成精……"在交代章氏家族来历的同时，作家的着眼点其实更在于所谓"这地方啥都能成精"这句话。唯其因为东北曾经是一块普遍流行过萨满教的土地，所以，才会形成一种充满"怪力乱神"色彩的另一种精神意识形态，或者说地域文化色彩。这种"啥都能成精"的精神意识形态，明显区别于儒家文化发源地的山东。从根本上说，津子围之所以要专门强调这一点，既是为章文德不无神奇色彩的起死回生做铺垫，也更是在为小说结尾处的相关描写奠定基础。再一个，则是在交代二爷章秉麟其人其事的同时，也交代了章文德与二爷章秉麟之间的某种奇特渊源。早在庚子年（一九〇〇年）的时候，章秉麟就已经把家业传给了儿子章兆龙。紧接着，在打造好玄微居之后，自己一心一意地"闭门读书，修禅悟道"去了。正因为如此，所以，"在章文德眼里，章秉麟是个神神秘秘的老头儿，性情也有些古怪，常神龙见首不见尾"。当然，幼年的章文德，根本就不可能预料到，当他生命垂危的时候，使用小货郎带来的中草药把他从死亡线上挽救回来的，正是这位充满诡异色彩的一向"神龙见首不见尾"的二爷章秉麟。自然，关于章文德的死里逃生，在母亲和伯母曹彩凤那里，也还有另外一种说法。她们坚持认为，章文德的魂儿是汤仙姑做法后才给呼唤回来的。

关键的问题在于，依据小说结尾处的相关描写，章文德与章秉麟之间，更有着一种彼此互为寄托的"替身"或者说"寄魂"的神奇渊源。当然，类似的奇幻故事，大约也只能够发生在"啥都能成精"的充满"怪力乱神"色彩的东北这块神奇的土地上。"就在那天早晨，章文德恍惚在半梦半醒之间……章文德的身子一抖，模糊的意识清晰起来，原来自己是章秉麟！""章秉麟从章文德的躯体里钻出来，飘浮在半空中，他俯瞰着躺在炕上的章文德，眼前是迈向老年的章文德，而童年的章文德仿佛就在眼前……在章家的后代中，他最中意这个小小儿，不知道为什么，他就是觉得跟小小儿有眼缘儿，合秉性。"一方面，眼看着章文德奄奄一息，另一方面，自己也已日渐衰朽，所以，一贯喜欢修禅悟道的章秉麟才会突发奇想："如果自己能借尸还魂那该会是怎样一番情景呢。"也因此，尽管内心里仍然颇为犹疑不定，但他最终却还是进入到了章文德的躯体之中："如果自己的灵魂被置换到章文德的躯体里，他真的有勇气要放弃自己、那个叫章秉麟的人生，而选择孙子、那个叫章文德的人生吗？""他真的可以活出一个崭新的人生吗？章秉麟越想越头疼，越来越不能自控，等那一切恢复过来时，为时已晚，他觉得自己已经进入了章文德的躯体。"就这样，最后的结果是："章文德苏醒了，章秉麟却失魂落魄一般，成了章家大院里不愿远离的游魂。"只有到这个时候，我们方才可以明白，小说开篇后不久的章秉麟，为什么总是会呈现出那样一种令人难以捉摸的虚幻状态。却原来，他早已变成了寄托在孙子章文德身上的一缕游魂。但由此而生出的一种疑问自然也就是，如果章秉麟的确已经寄魂于章文德身上的话，那么，我们在这部《十月的土地》中所读到的，到底是属于章文德，抑或还是属于章秉麟的人生故事，也还是值得思考的问题。又其实，津子围之所以要把他们祖孙二人的人生叠合在一起，除了打造渲染东北地区特有的一种充溢着神巫气息的地域文化氛围之外，更多地恐怕还是想要通过他们的叠合传达出闯关东的几代人对脚下那片土地满满的一腔真情。

某种意义上，这部《十月的土地》可以被看作是一部聚焦家族内部矛盾冲突的家族长篇小说。关于章氏家族的来历，小说中有着具体的交代："按理说，章韩氏说得没错，章秉麟是章兆仁的叔叔，章兆仁这一支儿才是大份儿，据说，章兆仁的父亲章秉麒吃糠咽菜，勒紧裤腰带供弟弟读书，弟弟章秉麟才有了后来的功名和家业。后来，山东老家遭遇天灾，章秉麒因病过世，章兆仁只好带着弟弟章兆义到关外投奔叔父章秉麟，不想逃荒路上章兆义丢了，生死不明。好在章秉麟认亲，收留了章兆仁，帮他娶妻生子，留下这一支儿血脉。"因为章兆仁是章文德的父亲，所以，章秉麟自然也就成了他的二爷。由以上介绍可知，第一，章氏家族是因为闯关东才从山东老家来到东北的；第二，更重要的一点是，章氏家族的两个支脉之间彼此互有恩德。先是章兆仁的父亲章秉麒，对弟弟章秉麟有恩。如果不是有他的鼎力支持，也就不会有章秉麟的功名和家业。但到了后来，却变成了身为叔叔的章秉麟对章兆仁有恩，如果不是有叔叔的好心收留，那也就不会有他在东北的成家立业，更不会有章文德的降生于世。关键的问题是，不论是章秉麟，还是章兆仁，他们都无法预料到，章氏家族彼此互有恩德的这样两个支脉之间，到后来不仅酿出各种错综复杂的矛盾冲突，而且竟然发展到了水火不容的严重地步。也因此，虽然津子围不仅把章氏家族的故事纳入到了自晚清一直到抗战近五十年的时间范围之中，而且也把很多笔墨延伸出去描写再现整个东北地区的历史风云变幻，但从实际的阅读效果来看，真正能够吸引我的，一方面是章氏家族数十年间的内部争斗；另一方面则是主要通过男主人公章文德而体现出来的对土地的那一腔迷恋与深情。

章氏家族两个支脉之间的矛盾冲突，早在小说开始不久跑老毛子的相关故事情节中就已经初露端倪了。在东北，章氏家族有两处宅子，一处是他们现在居住的寒葱河，另一处则是老宅子莲花泡。莲花泡是章氏家族最早发迹的地方，当年的章秉麟曾经在那里开垦了大片土地。但到了后来，"中东铁路通车之后，原来的驿道荒废，加之细林河改道，莲花泡从此变得远离人烟了。庚子年之后，章秉麟陆续将家当迁移到了寒葱河，莲花泡只留下老宅和一些雇工，那里是章家的农场，也是不显山不露水的大粮仓。"既然有这么一个老宅在莲花泡，那么，当章氏家族要跑老毛子的时候，莲花泡就会成为首选的目标。问题在于，不仅章兆仁在面临危险的时刻被指派留守在寒葱河，而且在逃难的路上，他们家也明显地受到歧视，"晌午没过，章家的家眷就呼呼隆隆上路了。一共四辆马车，章文德一家四口儿被安排在最后一辆马车上。那是一辆老旧的板车，出了寒葱河大车就颠簸起来，仿佛要散了架一般。颠簸不说，车轴还发出吱扭、吱扭的噪音，一刻也不停歇"。就这样，尽管事后方知这场跑老毛子事件不过是一场波及周边十几个村庄的误传，但仅只是借助于跑老毛子逃难这一个情节，津子围就已经揭示并挑明了章氏家族两个支脉之间矛盾冲突的客观存在。矛盾冲突的关键处在于，从章文德他们家的角度来说，虽然并不想挑战章兆龙身为一家之主的掌家权威，但作为章家的成员，他们却本能地要求必须如同主人一样地获得相应的权益与尊重，但在章兆龙他们一家的心目中，尤其是章兆龙、章文礼以及曹彩凤他们几位的理解中，却从来都没有把章兆仁他们作为主人看待。很多时候，章兆龙他们只是把章兆仁一家看作是方便使唤的仆人而已。既如此，那章氏家族内部的纷争以至于到最后的彻底决裂，也就是顺理成章的一种结果。果不其然，等到章文礼不顾兄弟情义，竟然不择手段地以生米做成熟饭的方式硬性霸占了原本对章文德情有独钟的薛莲花，章文德的弟弟章文海为哥哥打抱不平，因行刺章文礼而惨遭曹彩凤弟弟曹双举毒打的情况下，两个支脉终于被迫在摊牌后彻底分道扬镳。然而，同样是分道扬镳，两个支脉的想法却有着根本的不同："章兆仁下决心跟章兆龙决裂，章兆龙也是这样想的，只是两个人对'决裂'的内容和方式理解并不一样。章兆仁和章韩氏想的是分家，起码他可以拿到莲花泡河西那四十垧土地，那些土地都是他领着人开垦出来的，他手里还攥着章秉麟的转让文书。章兆龙想的却是清理门户，他的目的是要把章兆仁和章韩氏赶出章家门楣。"然而，正所谓"胳膊拧不过大腿"，虽然章兆仁和章韩氏他们的要求不管怎么说都合情合理，但到头来却仍然落了个两手空空。尽管他们也曾经百般努力，但最终却还是无法改变残酷的事实："打官司不行，动武也不行，尽管章韩氏的几个兄弟都义愤填膺，扬言要讨个公道，可几条莽汉怎么可能对付章家的几十条枪？到了最后，章兆仁和章韩氏只好认栽了。"在他们的对垒中，章兆龙有如一只威风八面的老虎，章兆仁或者章韩氏不过是一只小兔子。章兆仁他们不管不顾地打拼了很多年，没想到最后却就这样两手空空地被章兆龙"清理"出了门户。

怎么办呢？一家数口人总不能去喝西北风吧。万般无奈之下，章兆仁和章文德他们一家五口人只能够被迫到已经被人们弃置很久的蛤蟆塘去开垦土地了。请一定不能忽视津子围如此一种情节设定的精妙所在。人都说如同章氏家族这样的山东人闯关东的关键是要开垦土地，但到底是怎么样个开垦法呢？在这里，借助章兆仁一家万般无奈下地去开垦蛤蟆塘，津子围正好可以形象地把开垦土地的状况描摹展示在广大读者面前。具体来说，蛤蟆塘之所以一直未被开垦，与它的实际情况紧密相关："由于地势低洼，没人愿意到那里开垦土地，北方人习惯种旱田，可那里即使开垦出来也是低洼地，很多农作物都无法种植。离开莲花泡之前，章兆仁和章文德曾去过蛤蟆塘，章兆仁说，如果在这里开荒种地，只能选靠东山高岗的那块地了。章文德却说，低洼地水源充足可以种水稻啊，粳米的经济价值更高。章兆仁说，难哪！咱祖祖辈辈只会在大田里种小麦、玉米和高粱，不懂种植水稻的门道啊，章文德沉思良久。"实际上，也正是在父子两人争执的过程中，津子围已经强烈暗示出章文德肯定会在蛤蟆塘这个低洼之处，最终成功地把水稻种植出来。一种无法被否认的事实是，章兆仁他们一家，尤其是章文德，在开垦蛤蟆塘土地的过程中，付出了极其艰辛的劳作与汗水："应该说，开荒付出的辛苦和汗水比种地要大得多，尤其是清理冻结在地里深处的'卧槽木'、从地里往外抬被水长期浸泡处于水饱和状态的'水罐子'、抠木纹理极度扭曲与交织的'盘丝头'树根，这些力气活儿，劳动强度极大。劳动强度大的活儿，干一两天还行，可是天天不停地干，章文德自己也顶不住了，晚上到家，他的腰都不敢沾炕席，伸个懒腰都觉得自己的腰像是要断了似的，再到后来，腰上那种剧痛感没了，取而代之的是麻木，好像他根本没长过腰一样。"请原谅我对劳动过程如此这般的照本全录，若非如此，我们就难以对当年那些闯关东的汉子们艰难无比的开荒历程有真切的理解和认识。但正所谓"功夫不负有心人"，经过章兆仁一家人，尤其是章文德的艰苦努力，蛤蟆塘终于被开垦成为产量颇丰的良田，变成了所谓"东北的好江南"："转眼到了民国二十年，那一年中国发生了很多大的事情，只是那些事情似乎与章文德无关，蛤蟆塘地处偏远，仿佛是一块世外桃源。""那几年，在章文德的带领下，章家在蛤蟆塘开垦出了三十多垧地，地肥粮多，牲畜成群，没能及时卖出去的粮食都发了霉。"需要注意的一点是，章兆仁他们一家在蛤蟆塘开垦发家的过程，也正是章兆龙他们家开始走下坡路，开始逐渐败落的一个过程。对此，置身其中的章兆龙自己可以说有着殊为真切的感受："过去那些年，他从没把章兆仁放在眼里，在他心目中，章兆仁就是一个大捞金，除了开荒种地，别的什么都不懂、也不会。可事实证明，离开了章兆仁，章家的家业开始走下坡路了。"从土地的情况看，莲花泡在章文礼经手后渐趋衰败，而原本被抛荒的蛤蟆塘却被章兆仁和章文德父子经营成了风水宝地。从个人的对比来看，看似窝窝囊囊，一副熊到家模样的章文德，表现出了生机勃勃的生命力，反倒是看似精明过人的章文礼，不仅在种地上比不过章文德，而且还一贯地胡作非为，日渐呈现败象。不比较就没有伤害，正是在两相对照的前提下，章氏家族的两个支脉方才显示出了根本的不同。

举凡是优秀的长篇小说，大约总少不了对人物形象相对成功的刻画与塑造。很多时候，一个作家对人性世界的理解、挖掘与勘探，只有通过人物形象的刻画塑造才能够得到充分的体现。具体到津子围的这部《十月的土地》，在摹绘历史风云，展示章氏家族内部矛盾冲突的过程中，值得注意的一个方面，正是对若干人物形象的成功勾勒与塑造。粗略计来，诸如章兆仁、章韩氏、章文礼、章文智（也即后来成为革命者的张胡）、曹彩凤、章兆龙、佳馨等人物形象，皆有可圈可点之处。但相比较而言，小说中最引人注目的人物形象，恐怕还是作为土地的精魂而被特别刻画塑造的章文德其人。章文德与土地之间的渊源，其实早在小说开头处就已经被作家暗示出来了。那一次，章兆仁意欲带领尚且年幼的章文德去田里铲地，在门外和章秉麟不期而遇。围绕到底该不该让章文德下地干农活，他们之间曾经产生过一番争执。章秉麟认为读书更为重要，但章兆仁却坚持要让章文德辞学后专门去种地，"我掂量过了，这小子将来准是个像样的庄稼把式"。尽管在当时章兆仁迫于叔叔的威仪让章文德去了学堂，但从章文德后来的人生轨迹来看，他其实还真的更适合到田里去侍弄庄稼。实际的情况是，或许与人贪图享受惧怕劳作的天性有关，章文德一开始的时候也并没有对土地产生那么大的兴趣，借用叙述者的话来说，就是"土地对于章文德来说，一时半会儿还热爱不起来。"从这个角度来看，他对土地强烈兴趣的生成，也是被父母日常规训或者说言传身教的结果。首先是父亲，章兆仁在口口声声强调自身农民身份的同时，特别告诉章文德土地的重要："农民没有土地，就像没娘的孩子！文德你要记着，一辈子都给我死死地记着，没啥也不能没有土地，地就是咱农民天大的事儿。"然后是母亲："章文德跟章韩氏也学了不少，他能分辨出白皮葱中哪个是鸡腿葱，哪个是仙鹤腿，还能分辨出宽叶韭菜、窄叶韭菜、马莲韭菜和竹叶青，分辨出辣椒中的猪嘴椒和羊角椒，豆角的种类更多，章文德认识兔子翻白眼、大姑娘挽袖、长豆角、油豆角、刀豆角、胖孩腿、玻璃翠、黄眼夹等。章韩氏也觉得奇怪，她对章兆仁说，文德这孩子怕是不能大出息，读书认字他记性不好，可讲起农活农事却头头是道儿。章兆仁说，这样好，实实在在做个农民比啥都强，一辈子心里踏实。"事实上，一方面出于自己的天性，另一方面也与来自于父母的日常规训和言传身教紧密相关，反正后来，当章秉麟再一次询问章文德未来的人生选择的时候，章文德给出的明确答案就是"种地"，"原来不喜欢，后来一点点适应了，喜欢是什么感觉我还说不好。庄稼活儿累，可读书更累，两个必须选一个，我选种地吧"。面对着章文德如此出乎意料的一种选择意向，章秉麟给出的评价是"命该如此吧，也罢，种地有种地的好处，朝土背天，春耕秋收，平常年月里一辈子不会大起大伏，只是，不知道这世道会不会总是风调雨顺呀"。正如同小说文本已经展示的那样，这个世界无论如何都不可能总是"风调雨顺"，比如，伴随着抗战的爆发，原本只想好好侍弄土地的章文德，也被迫离开了那片念兹在兹的土地，不无被动地加入到了抗战的时代进程之中。但即使如此，章文德也仍然还是无法丢弃他那简直如同性命一般重要的土地。这一方面，一个不容忽视的细节就是，到了小说结尾处，章秉麟和章文德祖孙业已"合二为一"的时候，出现了这样一段叙事话语："章秉麟（其实也是章文德）还想到这样一个问题，人的魂儿被身体囚禁，而人的身体

却被大地囚禁着。那种感觉，就像不知不觉流逝的岁月，人是大地的记忆
罢了。说到底，无论你怎么折腾，永远都离不开脚下的土地，土地不属于你，
而你属于土地，最终身体都得腐烂成为泥渣，成为土地的一部分……"如
此一种明显带有哲思色彩的人生感悟，与其说是属于章文德或者章秉麟的，
莫如说更是属于作家津子围自己的。简言之，作家借助于章文德或者是章
秉麟之口所表述的，也正是津子围自己创作《十月的土地》这部长篇小说
的某种思想主旨。

　　说到作为土地精魂或者土地化身的章文德，小说中的这样几个重要细
节，无论如何都应该引起我们的高度注意。一个是，看似木讷笨拙的章文
德，年纪很小的时候，就已经可以把各种与土地有关的农谚口诀记忆到了
滚瓜烂熟脱口而出的地步："春耕结束时，章文德不知不觉学会了很多东
西，他知道粮食怎么种了，也知道种粮食有多不容易，还学会了很多农家
谚语，比如'春天地盖一床被，秋天枕着馒头睡'，'牛粪凉来马粪热，
羊粪啥地都不错'。比如'燕子来在谷雨前，放下生意去种田'，'五月
立夏到小满，查苗补苗浇麦田'。还有看天气的，比如'日光生毛，大雨
淘淘'，'天上扫帚云，三日雨淋淋'"……再一个就是，不管自身处于
什么样艰难的险境之中，章文德所念念不忘的，肯定是他的土地以及土地
上的那些粮食。这一方面，又分别有两个细节可以给读者留下难忘的印象。
一个是在章兆仁被章兆龙要挟诱骗，被迫答应让章文德去百草沟金矿接替
章文礼临时"稳定军心"的时候。那个时候的章文德，明明身为"大掌柜"，
但却仍然把全部精力都不管不顾地投入到了开荒种粮的事业之中，"章文
德到了百草沟之后，发现那里的土质非常好，不种地可惜了，巧的是，他
在库房里真还发现了农具和种子，可惜那些种子不是用来种大田的，是菜
种。菜种就菜种吧，反正自己闲得难受。章文德不想辜负春天的好时光，
起早贪黑地翻地、背垅、撒种、浇水"。身为大掌柜的章文德对土地和粮
食的如此一种专注程度，直让那些淘金工们都要怀疑他不过是一个假冒的

东家。但在另一方面，也正是章文德在种菜方面的出色表现，没用多长时间就彻底征服了这些原本就是农民出身的淘金工："他们觉得章家这个少爷动真格的了，并且还有真本事，毕竟，大多数淘金工是农民出身，他们知道什么活儿好什么活儿差。"另外一个是，即使章文德不幸被"土匪"，其实是被姜照成与张胡他们"绑架"为人质，他也竟然能够置个人的安危于不顾，一心一意地继续侍弄他所心心念念的土地。这一次，章文德的出色，集中表现在他对未来天气的准确预测上，"章文德非常懂天气，预测得十分准确。开始姜照成不服气，头一天晚上问章文德第二天天气，章文德说，大晴天。第二天果然长天老日，天空连一丝云彩都没有。章文德说阴雨天，第二天就阴雨绵绵，一下就是一天。姜照成问章文德，你有神本事？章文德说哪有啥神本事，就是多攒一些经验"。事实上，章文德之所以会在未来天气的预测上显得这么神乎其神，与他对土地农事的格外用心紧密相关。正所谓"靠天吃饭"，土地上的那些农事，几乎桩桩件件都与天气的阴晴变化有着内在的关联。既如此，一心牵系土地的章文德，能够对未来的天气状况做出准确的预测，也就自在情理之中了。也正因为章文德一门心思地扑在了种地的事情上，所以，秋天的收获也就是一种必然的结果："一晃小秋到了，马蹄沟的农作物取得了大丰收。农作物丰收出乎姜照成河张胡的预料，也出乎那几座窝棚里所有人的预料。按照作物收成情况看，他们一冬天不用为吃喝发愁了。"究其根本，大约也正是因为章文德对土地有着太过于深情的眷恋，所以在他的人生过程中，虽然有几次离开土地改变命运汇入外面更为广阔的世界的机会，也都被他义无反顾地拒绝了。也因此，尽管当下时代的中国已然置身于城市化的进程中，尽管以土地为中心的农业时代已经不可逆地成为过去，但在阅读津子围这部长篇小说的过程中，我却还是被章文德那样一种坚执不弃的土地情怀所深深地打动了。就其对土地的深情眷恋来说，章文德其实是一个难能可贵的理想主义者。唯其坚执于土地，一直对土地不离不弃，所以我们也才可以把这样的一个人物形象，看作是土地上一个不屈的精魂或土地的化身。

　　某种程度上，我们完全可以用所谓的"恋地情结"来概括指称章文德的基本性格特征。所谓"恋地情结"，是美国一位人本地理学家段义孚，在他出版于一九四七年的一部学术著作《恋地情结：环境感知，态度和价值的研究》中提出的说法："'恋地情结'是一个新词，可被宽广地定义为包含了所有人类与物质环境的情感纽带。……这种反应也许是触觉上的，感觉到空气、流水、土地时的乐趣。更持久却不容易表达的感情是一个人对某地的感情，因为这里是家乡，是记忆中的场所，是谋生方式的所在。"①针对段义孚的这种说法，梅新林曾经从人文主义地理学的角度给予高度评价："'恋地情结'……对于文学地理学空间情结动力的探讨同样具有重要的借鉴与启示意义。"②具体来说，我们的这篇批评文字虽然与文学地理学无关，但还是非常乐于借用"恋地情结"这一概念来判断指称土地精魂章文德的性格内核。

　　在结束我们的这篇评论文字之前，有一点不能不指出的就是，津子围之所以一定要把故事的终结点设定在抗战胜利的时候，主要因为接下来发生的那些历史风云，其实已经不适合他更进一步地思考表达类似于章文德对土地坚执不弃的那样一种思想内涵了。道理其实非常简单，等到土改或者说农业合作化运动发生的时候，如同章文德这样一个土地精魂式的人物形象的不合时宜，简直就如铁板钉钉一般确凿无疑。大约也正因为如此，所以，津子围笔端围绕章氏家族所发生的那些土地故事，也就只能够在这样的一个时间或者历史的关节点上，以如此一种方式戛然而止了。

---

① [芬兰] 约·瑟帕玛著，武小西译：《环境之美》，长沙：湖南科技出版社，2006 年版，第 196 页。
② 梅新林：《文学地理学原理》，北京：中国社会科学出版社，2017 年版，第 421 页。

本文部分内容原载《长城》，2021 年第 1 期，发表时题为《评津子围长篇小说〈十月的土地〉》。

（王春林：著名评论家，《小说评论》主编。）

家族小说的别样叙述

——读津子围《十月的土地》

张学昕

在中国当代作家中，津子围无疑是内敛低调的。早在一九八〇年代他就开始文学创作，有评论者称，相较于余华、苏童等知名作家，津子围是"被落下的人"，语义之中不无惋惜。诚然，在四十多年的创作生涯中，津子围并没有在文学的天空划过石破天惊的绚烂彩霞，但他长久的坚持，默默的坚守便是对文学最为虔诚的致敬。他以写实的态度注视生活，探求为生存苦苦挣扎的小人物的命运，尽管他的线条粗粝，却描摹出社会众生相的真实底色。尤其是大量的中短篇小说，更是在那些为生存而奔波的都市知识分子和各色小人物身上，折射出一个时代的精神内涵。所以，当我翻开他的长篇小说《十月的土地》，便有了一丝惊诧，因为我看到的是一个完全"陌生"的津子围。《十月的土地》讲述的是东北某地章姓家族两代人在时代巨变中的风雨沉浮。从民国初年到抗战时期，时间跨度整整半个世纪。这里有家族成员之间的相互残杀、乱伦、背叛；也有在国难当头之际的不同人生选择，家族叙事与历史叙事、乡土叙事"混搭"出镜，所有这些似乎都与那个一度沉浸在日常生活中，去探求人生意义的津子围截然不同。然而，当我读完这部三十多万字的长篇，我似乎又看到了那个熟悉的津子围。在《十月的土地》中，津子围没有延续《白鹿原》《古船》《旧址》《红高粱家族》等宏大的家族叙事路径，他书写的依然是沉淀在历史尘埃中的小人物，不动声色地注视黑土地上一个家族的变迁，以"零度"姿态投入到波澜壮阔的历史洪流中，弱水三千只取一瓢。没有史诗的悲壮，没有对英雄的歌颂，没有"横眉冷对千夫指"的批判，只是在回到事实本身的"现象学"中，让读者自己去触摸来自那个遥远家族的声音，从而，在各自的经验世界里更有温度地去感受，去理解，去思考。

在中国当代文学中，家族叙事并不陌生。钱穆曾指出："家族是中国文化的最主要的一个柱石，我们几乎可以说，中国文化，全部都是从家族观念上筑起，先有家族观念乃有人道观念，先有人道观念乃有其他的一切。"[1]家族是中国传统宗法社会的基石，数千年来"家国同构"的文化观念影响深远，由此，在中国当代文学中家族小说成为一个重要的支脉。这些家族小说常常将家族置于宏大的历史背景中，或以村落史的模式，在乡村的兴衰沉浮中隐喻一个民族的历史；或以权力斗争的模式展开家族之争，由此，像普希金说的以"家庭的方式"表现宏大的历史。换句话说，这些家族小说大多是以家族为叙事原点，最终将民族、家族和个人整合到一起，在叙事上表现出对民族国家想象的诉求。与此相比，津子围可谓另辟蹊径。尽管他依然在民族危难中书写一个家族的命运，但他更多的是将视角聚焦到家族的内部，在家庭成员之间的矛盾与争斗中去挖掘人性，同时，去探究一个乡村的大家族是如何从内部腐朽坍塌的，让历史在家族伦理的印记里呈现出别样的色彩。我认为，这无疑是

---

[1] 钱穆：《中国文化史导论》，北京：商务印书馆，1994年版，第72页。

对家族叙事的一种有益尝试。

津子围的家族叙事有着明显的伦理预设，文本聚焦于章姓家族的两个支脉——章兆仁和章兆龙两家，隐含着善与恶的对立分野。章兆龙是家里的大掌柜，统领整个家业，一生坏事做尽，成为传统道德链条中脱钩的"逸出者"。他读过书，去海参崴跑过买卖，"城府太深，心肠太硬"，他不顾章兆仁多年为章家的家业尽心尽力，将章兆仁一家赶走，净身出户；在金矿受到土匪威胁时，他昧着良心让未成年的侄子顶替自己的儿子去送死；在章兆龙那里，一切家族伦理，如忠孝、慈爱、仁义等，都被彻底颠覆了。而这种摧毁性的邪恶力量在他的家族中传承下去。他的二儿子章文礼与嫂子通奸乱伦，强行霸占堂弟的未婚妻，甚至不顾亲情，在大哥章文智被绑票后，竟然想趁乱杀死章文智，借此独吞父亲的财产。在此，人性的欲望遮蔽了家族伦理和亲情，道德堕落、两性乱伦与血缘危机，已经深入到家族制的肌理层面，将运行了千百年的家族制机器溶蚀成一滩模糊不清的腐烂器官，而传统家族文化的消散自然成为乡土精神衰亡的隐喻。

然而，津子围并不是一味地书写衰败，他也让我们看到了希望：那就是章兆仁一家。与章兆龙不同，章兆仁诚实本分，热爱土地，靠勤劳致富，累积家产，符合农业文明时代的集体想象。尤其是他的大儿子章文德，更是贯穿文本始末的精神象征。章文德从小受父亲影响，不仅对土地有深厚的情感，而且还有着超乎常人的特殊禀赋：他能够嗅出泥土的味道，深谙什么样的泥土适合种植什么样的庄稼。土地是他的安身立命之本，也是他生命的唯一价值和意义。实际上，土地作为农业文明时代最重要的生产资源，构建了中华民族的心理意识和心理结构。"女娲造人"的神话言说的就是人与土地的关系。人是大地之子，土地凝聚着中华民族的精神内涵。在文本的开篇写到，得了霍乱的章文德被家人扔到村口的关帝庙。濒死中的章文德恍恍惚惚觉得自己"变成了一颗发芽的豆子，一点点伸展着腰身，一点点向上努力着，他在拼尽全力拱破地皮，只是，头顶的地皮太硬了，坚硬如石。他艰难地生长着、从泥土里挣扎着……露水打湿蒿草的时候，章文德闻到了腥丝丝的泥土味儿，好像女人生孩子后，丈夫在炭火铁盆烘焙胞衣时散发的那种令人钻心入肺的腥味儿，只是这里的气味更浓厚、更丰富、更复杂一些。"这段带有象征性的梦魇意味着重生，从此，章文德的血液里便深深植入了泥土的气息。文本中多次提到，是土地赋予了章文德生命。章文德在大地的根性里呼吸着传统，传承着家族的血脉，以至成为一种传奇。文本多次描写二爷章秉麟的魂魄在章文德身上附体。作为章姓家族的创业者，章秉麟是家族精魂的所指隐喻，也是正德修身、克己爱人的儒家传统道德的理想载体。我认为，在一定意义上，中国历史和文化始终有两条线索贯穿始终：一是农耕文明，一是儒家文化。千百年来，两者已然沉淀为中华民族的集体无意识，并深深地融入中国传统家族文化的肌理中。一如《白鹿原》中田小娥，在临死前，对杀死她的家公凄楚地喊出"大呀……"，便是她的意识与潜意识对传统伦理秩序的双向认同。由此看来，津子围将农耕文明和儒家文化的精神命脉凝聚到章文德身上，是将他作为挽回摇摇欲坠的家族文化的希望。从这个角度看，津子围无疑站在维护传统家族文化的立场。津子围正是通过家族内部的"看得见的矛盾和看不见的抵牾"，呈现了历史转型时期家族秩序的日渐解体，但是，他并没有发出感伤的哀婉，而是乐观地给予未来更多的希望。所以，在文本的最后，章文智用章文德弟弟章文海的名字，更换了自己的名字。这不仅是为了纪念在抗战中牺牲的章文海，同时也是对自己家庭的背叛，是对中国传统家族文化和家族精神的认可。

当然，家族的发展不可能游离于历史和时代。在《十月的土地》中，随着日本人的入侵，文本由家族内部叙事逐渐转为家族与革命关系叙事。章姓家族的第三代"文字辈"纷纷走出家庭，加入历史变革的巨大洪流中去。这些"逸出者"由此呈现出家庭伦理和社会伦理的双重身份。这种双重身份既显示了社会变革对相对封闭的家族影响，同时，也揭示出家族文化在历史进程中的作用。然而，总体来看，文本中革命叙事在一定程度上是依附于家族叙事的。我们看到，一个个家族"逸出者"往往带有家族标识的伦理预设。章兆仁一脉的章文德和章文海加入抗日的队伍；章兆龙一脉则更多地沦为民族败类。即使是加入抗日队伍的章文智，最终也选择了对自身家族的背叛。由此来看，《十月的土地》中的革命叙事实际上是家族伦理叙事的延续。正因为如此，章文德在加入抗日队伍后，在"家"与"国"之间选择了"家"。文本中有一段章文德与章文海兄弟二人的对话很值得回味："父亲忌日那天，黄昏时分，章文德与章文海点起了篝火。篝火点燃后，章文海冲着东方大声喊道：'冻死迎风站，不做亡国奴！'……章文德突然落了泪，他说：'不知道你嫂子和孩子现在怎么样了。……我跟你嫂子有个约定，如果蛤蟆塘没了，我们就去马蹄沟开地，那个地方我待过，还建过地窝棚。你嫂子会不会去那里种地了？那个地方巴掌大，虽然开不出多少熟地，但是养活一家子人还没问题。'"

显然，章文海是典型的从家庭走出去的革命者形象。麦金太尔指出，团结是无产阶级的美德。所以，革命伦理是以集体主义为导向，强调无私、牺牲、奉献，在崇高的革命理想和神圣的革命事业面前，个人是微不足道的。在民族危亡之际，章文海以自己的生命去践行革命伦理，而章文德则顾及更多的是自己的小家。他最终离开抗联部队，回归了家庭。我注意到，对于章文德并不坚定的革命意志，津子围给予的不是批判，而是更多的理解和宽容。这一点，既不同于构建民族国家想象的家族叙事，也不同于张扬个体生命精神的家族叙事。我认为，在章文德和章文海两兄弟身上，分别承担了"家"与"国"的责任与义务。"修身、齐家、治国、平天下"既是一种递进的人生理想模式，又是一种平行关系，"平天下"在一定意义上也是为了更好地"齐家"。由此来看，章文德从"平天下"回归"齐家"的人生路径，并没有偏离中国传统文化的轨迹，而且，在此基础上，也是对带有普世性的人类生命情怀的尊重。一如陈思和所指出的，"体现了民间不以胜负论英雄的温厚的历史观"①。

在我看来，津子围实际上秉承着一以贯之的写作姿态。他以一个现实主义作家高度的自觉，去勘探历史中一粒粒尘埃的故事，不动声色，以悬置的姿态让历史说话，让人物说话，力求去还原真实的人性，真实的历史。作为一部家族小说，《十月的土地》是优秀的。尽管文本的叙述节奏略显拖沓，一些情节缺少必要的铺排，导致阅读上的突兀感。比如，文本中章秉麟于章文德身上托魂一事，就显得与整体情节游离，无法真正把想要表达的家族根脉传承不息的主题呈现出来，但我们并不能因此否定这部作品。其实，每一位作家都会面临各种不同的潜在的写作困境。判断一部作品的优劣，依然需要将其放在时代的语境中去审视其价值和意义。就家族小说而言，不同历史阶段的家族小说都是对一个时代的文化语境的深度折射。二十世纪三四十年代，老舍的《四世同堂》、巴金的《家》《春》《秋》、路翎的《财主底儿女们》通过对封建家族制和封建文化的批判，表达着对建立现代民族国家的时代精神。到了五十至七十年代，"家族作为一种创作母题开始与革命历史的叙说结合，作家书写你争我夺的家族之间的斗争史、复仇史、苦难史，形成了革命历史叙事与家族叙事相互交织的文学格局"②。进入 1990 年代，面对文化全球化所带来前所未有的"身份焦虑"，家族小说呈现出浓郁的"恋家"情结，有着强烈的民族文化忧患意识和民族精神的重建情怀。从这一点来，津子围的创作同样也是时代精神的折射。同时，津子围又能够发出自己独特的、具有强烈辨识度的声音。他对家园意识的肯定和张扬，无疑为当代家族叙事增添了新的写作维度。

---

① 陈思和：《历史—家族民间叙述模式的创新尝试》，《当代作家评论》，2008 年第 6 期。
② 杜云南：《20 世纪中国家族小说之历史变迁》，《北方论丛》，2009 年第 4 期。

原载《出版人》，2021 年第 9 期，发表时题为《家族小说的别样叙述》。

（张学昕：著名评论家，大连理工大学中国文学与文化研究所所长，教授、博士生导师。）

打开"东北"的"泥土性"

——读津子围的《十月的土地》

岳 雯

近年来，以双雪涛、班宇和郑执为代表的"东北书写"为文学界所瞩目，其影响力不断外溢，与诸多文艺作品一起，被大众传媒称之为"东北文艺复兴"。他们的书写以一九九〇年以来社会经济体制改革对工人及其子弟的影响为主要题材，形塑了闪烁着铮铮铁光的废墟式的"东北"形象。但是，衰落了的"共和国长子"并不意味着"东北"形象的全部。事实上，"东北"的复杂性远远超出人们的想象。从这个意义上说，津子围的《十月的土地》贯穿了从清末民国初年到抗战时期近五十年的历史，以家族史的叙述方式，聚焦于人与土地的关系，打开了"东北"形象的另一种面向。

小说以章文德的梦拉开序幕。在梦中，他变成了一颗发芽的豆子，嗅着浓郁的泥土气息，用尽全力拱破坚硬的地皮，艰难地从泥土中挣扎出来。这个颇具象征色彩的梦境尤为提请读者注意人与土地的关系，并规定了全书的叙述方向。那么，土地对于人们意味着什么呢？

对于农民来说，土地是生产资料，是衣食来源。章兆仁与弟弟之所以要闯关东，是因为老家山东的土地不足以养活自己。因此，当章兆仁看到一望无际的黑土地，特别是自己拓荒的土地，情不自禁地会萌生成就感和自豪感。他感慨道，他的父亲没有亲眼见到，所以，他无法想象，天底下会有这么辽阔的土地，黝黑黝黑的土地。这是对于东北的"泥土性"的直接抒情。正因为大片大片土地的存在，拓荒就成了章兆仁人生最重要的使命。一开始，他是为了章家垦殖，也是为了一无所有的自己得以在章家立足。劳动磨炼了他的性子，也造就了他沉稳踏实的性格。当章兆仁与章兆龙彻底决裂之后，章兆仁带着一家子离开寒葱河，奔向蛤蟆塘，此时，就意味着他们要熟悉新的土地样貌，要在全新的世界里建立自己的领地。津子围深情地抒写一个普普通通中国农民开荒的艰难历程——丈量地块、划定边界、砍伐矮树和藤条、放火烧荒、挖草皮、刨树根，平整出黝黑黝黑的土地。当农民们把自己全身的力气、汗水，以及对未来生活的憧憬毫不保留地悉数投入土地时，他们又何尝不是在土地中发现了自己，乃至于整个世界的投影。

土地凝结着人的情感，蒸腾着生活的希望。小说写道："章兆仁最爱泥土也最恨泥土了，后来到了章文德那里，爱和恨都传承下来，泥土的成分里融合了爱和恨，如同自己的身躯和血液一样，注定一辈子无法分离。"爱，是因为一切生活所需均取之于兹；恨，则是因为土地在供给生活的同时也是对他们的束缚。拥有一块土地的人们，注定了不能像鸟儿一样自由翱翔。事实上，较之于父辈，章文德与土地的关系更为复杂。在父亲的言传身教下，他渐渐明白农人与土地，相当于孩子与娘的关系——"没啥也不能没有土地，地就是咱农民天大的事儿"。不管他热爱与否，他确实与土地之间建立了更亲密的关系。仅仅靠嗅闻，他可以准确地辨认出那些土地从哪儿挖来的，山坡来的还是河套来的，适合种土豆还是大豆或者玉米。他简直洞悉了土地全部的秘密，以至于日本人岩下甚至猜测，他是从泥土里长出来的吗？这似乎在暗示，章文德与土地具有某种同一性。于是，我们看到，在风雨飘摇的年代，每一个人都身不由己地遭遇种种意外和不测，比如瘟疫，匪乱，情变等等，土地成为章文德的精神支撑。仿佛只要有不倦的耕种，有较好的年景，农人就重新回到了安稳的日子里，可以抵御屋外的狂风暴雨。更为神奇的是，在几次生命遭遇不测的时候，只要将他像庄稼一样种到土壤里，他就能从大地中汲取养分，重新活过来。

有意味的是，土地不仅与农业关系密切，是几千年来农耕文明的象征，某种程度上还是现代化的根基。在东北土地上做勘察的日本人岩上为章文智描述了一幅未来的景象——"要不了多久，这里就会成为新工业区，到时候，这里到处是机械，有楼房和高高的烟筒……"彼时的章文智当然想不到，这幅美妙的现代图景建立在日本对东北的殖民基础上，建立在东北人民的血泪之上。吊诡的是，从根本上说，这一切筹划的根基在于土地。"牛信山南面，那一片低洼地的土质非常好，微酸性到中性，有机质、氮磷钾均衡，还有较高的阳离子带换量和盐基饱和度，可以种出优质的寒地大米，质量不会比日本新潟大米差。牛信山西面，山里有煤炭和黄金，你们这里可是了不起的宝地呀。"因此，《十月的土地》对于乡土所包含的多种可能性的叙写，可以看作是对"现代性"前史的追溯，或者说另一种现代性。

另一种现代性还意味着，不以单一的地理、行政单位和封闭的空间作为想象"东北"的限定性框架。"东北"的复杂性正在于，"它并非孤立于其他文明，也并不只是几个民族国家相互交叠的边缘地区，这个地域在历史上联结了多个亚洲社会。""边疆和周边社会的互动，同时是内向的吸收和外向的扩散，正是这种多边互动（交往、融合、对立、冲突），不断改变着该区域，既让它成为20世纪前期东亚最为'现代'的地区之一，也让它在冷战后全球资本主义体系重塑过程中逐步衰退。"无论是在小说中影影绰绰出现的俄国军警，还是鬼鬼祟祟勘察土地并给人们带来深重灾难的日本人岩下，抑或是对于章秉麟发家史的种种猜想，无不将"现代"

的发生置于全球的视野中，指认为多重合力的结果。因此，我们有理由相信，《十月的土地》是破除人们刻板的"东北"印象，历史化与内在地理解"东北"的一个重要尝试。

原载 2021 年 2 月 21 日《工人日报》。

（岳雯：著名评论家，中国作家协会研究员。）

兵荒马乱中的大地传奇

韩春燕

关于东北的长篇小说，可能大家记忆最深的是迟子建的《额尔古纳河右岸》，当然，迟子建还有《伪满洲国》《群山之巅》等长篇作品，因为《额尔古纳河右岸》获得了茅盾文学奖，其影响当然是其他作品所不能比拟的。近年，刘庆的《唇典》以及孙惠芬、老藤、周建新等人的长篇新作也在中国产生了一定影响，长篇小说的东北军团正在崛起，而东北书写也正越来越得到学界的关注。

津子围的长篇小说《十月的土地》应该是东北文学的最新收获。我认为《十月的土地》具备以下几个特点。

· 一 ·

史诗性

从清末民国初年到抗战结束，这部作品描写了东北大地近半个世纪的历史风云，呈现了那些小人物在历史洪流中的悲欢离合与命运浮沉。作品布局宏阔，内蕴丰沛，诗与史在小说中高度遇合。

· 二 ·

地域性

文学是作者在自己经验的基础上创造出来的艺术世界，作者的经验是创造的基础。《十月的土地》贡献了一个独具美学魅性的大东北。作品有着深刻的东北印记，东北的风情画、风景画、风俗画在作品中得以完美呈现。东北的地域文化是作品表现的一个重点，东北婚丧嫁娶的礼俗，过年过节过生日的规矩和禁忌，民谣、童谣的不断穿插为小说增添了独特的魅力。

· 三 ·

传奇性

这部长篇小说内容饱满，超现实的故事情节设计很多，比如寄宿于章文德肉身的章秉麟的灵魂，比如穿行阴阳两界作为赊刀人的小货郎的神秘，还比如汤仙姑借助附体神灵的法力、看坟的旗人车麻子打卦算命的本事等。这些一方面与大东北蛮荒的气质、神秘的地域文化相契合，一方面也为文本增添了美学魅力，当然，有些超现实情节的设计，作者是饱含深意的，其承担着独特的叙事功能。除此之外，小说中还写了命运跌宕的少爷、追求爱情的小姐、各色各样的土匪（胡子），英勇抗日的大烟鬼，神勇的猎手，粗俗的赶车人……当小人物遭遇大时代，当神奇的地域文化遭遇神圣的抗日战争，这部小说无疑上演的是一部传奇大戏。

· 四 ·

知识性

这部作品针脚绵密文本结实，其包罗万象的生产生活知识和地域文化知识彰显了作者的功力。

· 五 ·

艺术性

（一）结构

作者将个人命运、家族故事置于时代大戏之中，以章家三代人串联起整个东北的历史画卷。

（二）人物

小说塑造了血肉丰满各具特色的人物形象。章家的男人，勤劳厚道的章兆仁不同于心狠手辣的章兆龙，踏实胆小的章文德不同于"潮乎人"章文海，也不同于追求新事物的章文智，但这只是他们性格中的一面，胆小的人有勇敢的时候，冒失鬼也可以意志坚定，浮夸的公子哥也可以成为革命战士。而小说对于东北女性的塑造更是精彩，尤其是章韩氏这一女性形象非常具有光彩，泼辣能干敢爱敢恨有情有义，她既有普通女人的缺点，更有光彩照人的品格。小说中乱世中的所有人其实都是可怜人，哪怕强横一世章兆龙和刁钻蛮横的曹彩凤，作者写出了人物性格的丰富性。

（三）语言

小说语言是多种语言风格的杂糅，除了绵密细致的叙述语言，既有对东北大地山川河流的诗性描写，也有契合人物身份和东北俗文化气质的粗俗语句，有古诗词、有土语、有俚语、有黑话……这不同气质风格的语言构成了小说语言的交响。

· 六 ·
思想性

小说有骨有肉也需要有灵魂。这部作品通过章秉麟、章兆仁、章文德等人物的刻画，深入探讨了人与土地的关系。小说两次写到土能生人的场景，一次是开篇章文德得了霍乱，埋在土里活过来；一次是章文德把死过去的章文海埋在土里救活过来。土生万物，也可生人，小说写透了农民对土地的感情和土地对农民的意义。土地养育了人，同时土地也局限了人，土地赋予了农民很多优秀的品质，但土地也限制了他们的眼界和思考。

总之，《十月的土地》既是东北文学的收获，也是中国当代文学的收获，它贡献出了一幅壮丽宏阔的东北历史画卷，也贡献出了一部兵荒马乱中的大地传奇。

原载 2021 年 2 月 24 日《中华读书报》，发表时题为《土地上的传奇》。

（韩春燕：著名评论家，《当代作家评论》主编。）

作为艺术的家国史

——读津子围《十月的土地》

邹　军　张祖立

二〇二一年，津子围出版了三十三万字的长篇力作《十月的土地》，小说通过讲述章家三代人的命运变迁为我们展现了一幅二十世纪上半叶的东北历史画卷，其对近现代东北的独特观照为当下东北叙事开拓了新的面向。不止于此，《十月的土地》还探讨了一个古老的话题，即文学与历史之间究竟是何关系，二者之间在不同的时代又展现出怎样的缠绵。尽管历史上并不乏回答这些问题、厘清亘古暧昧的尝试，但就《十月的土地》而言，可谓以艺术实践的方式再次回应了这一困惑。在这部小说中，津子围更像是一个艺术锻造者，以历史与家族为材质，熔炼出一杆语言之秤，衡量放置于其上的历史、战争、人性、伦理，实现了历史与文学之间的均衡感。

· 一 ·

近年来，东北叙事成为文坛的热点和文学研究的显学，甚至由于东北独特的地理意义，以及东北叙事所蕴含的别具一格的文化意义，哈佛大学王德威教授还提倡专门建立一门"东北学"。曾经的辉煌与今天的落寞，发生在东北这块土地上的落差让人吃惊和遗憾，而这一落差之间所构成的却是引诱想象与叙事的胜地，然而，无论关于东北的想象与叙事如何，所有对它的观照的背后其实都隐藏着难以隐藏的深情与企盼，渴望它重焕荣光，毕竟，一个没落英雄的悲情总是那么打动人心。作为同样对这块土地怀有特殊感情的人，王德威认为，振兴东北的方法之一就是重新讲述东北，让人们在故事中了解东北，它的沧桑与荣光，它的落寞与尊严。毕竟，听故事乃是人的天性之一。但同时他又强调："所谓故事，当然不只是虚构的起承转合，而更关乎一个社会如何经由各种对话、传播形式，凝聚想像共同体。换句话说，就是给出一个新的说法，重启大叙事。"也就是说，所谓的东北叙事不仅仅是单纯提供故事以满足对它的窥视，也不是简单地再现历史与现实，启动文学的记录功能，而是在故事的讲述中暗示价值判断，因为没有价值判断的故事，只能是一堆由虚构拼凑而成的事实碎片，根本谈不上真正意义上的故事，而只有提供价值判断才能使文学超越事实而成为文学。在这个意义上，以艺术的方式重返东北历史现场，就不单是还原历史史实，甚至还要击碎历史史实的外壳，吹散附着于其表的迷雾，让历史的核心裸露出来，因为只有拂去面纱的历史才能够成为参与当下的活跃力量，才能够重建历史与当下之间的紧密联系。至于当下的东北历史书写，也只有恪守这样的叙事伦理，才能成为振兴东北的方法之一。

前些年，东北小品为全国人民塑造了一个娱乐化的东北形象，在这些作品中，我们看到一个又一个通过自我矮化、丑化而博众人一笑的东北人，但在捧腹大笑之后，如果我们愿意仔细品咂便会发现，这种讨好式的喜感背后其实是一种苍凉的自卑感。当然，一笑之后，并没有多少人留意那个自卑的东北与东北人。这几年，常常在"铁西三剑客"这一后置的旗帜之下被热烈谈论的三位青年作家——双雪涛、班宇、郑执，再次将东北推上社会舞台的前景。当然，在此之前还有李铁等作家。与娱乐化东北叙事不同的是，这一次，他们呈现的不是幽默感与自卑感交织的东北人，而是低迷、失意、彷徨，却又不甘于低迷、失意、彷徨，但同样是具有严重撕裂感的东北人。其实，除了上述两种想象与讲述东北的方式之外，一直都隐现着另一种东北叙事，这种东北叙事传统由"东北作家群"开创，在萧红、萧军、端木蕻良乃至骆宾基等人笔下，黑土地构成了叙事的主要形象和意象，东北农民与土地的神圣关系以及农民、民众所表现出的顽强的生命意志成为东北叙事的聚焦点。当代东北作家迟子建、刘庆乃至电视剧编剧高满堂等人赓续了这个潜匿而绵长的中国现代文学传统，同时更是在一种虔诚而自信的意识下全景、深入、理性地讲述东北、观照东北，再现东北的丰富历史、多姿的文化形态。如迟子建的《伪满洲国》重新回顾了 1932 年至 1945 年这一段伪满十四年历史，以这段特殊历史为视窗，观照东北甚至现代中国的历史、经验、社会与人心。小说洋洋洒洒六十万言成就了雄浑的史诗风格，但难得的是，这种宏阔气象并没有掩盖东北文学所特有的野性与神性、神秘感与传奇性。刘庆的《唇典》也秉持着这种东北叙事精神，即同样以一种史诗精神观照东北历史，其独特之处在于将萨满文化贯穿于日常生活，提供了一种看待世界与理解生命的特异视角，而这种特异性也是东北这片神奇的土地所独有的。可以说，这些作家既呈现了东北的苍茫历史，也捕捉到了它的核心精神与独特魅力。

细细观察，津子围之前的一些作品也不乏东北叙事，但像《十月的土地》这样以一种系统、全景、史诗模式叙述东北，则是第一次。在《十月的土地》中，津子围既承继了东北现代作家的写作精神，同时又熔铸了自己的风格想象与讲述东北，踏上了一条回溯现代东北历史起点的道路，为东北叙事的当代性找寻历史依据，进而为复兴东北探索新的可能性，或者，从文化史与精神史的角度为东北找寻精神坐标与自信。这种历史观曾作为一种信念催促历史学家投身于历史写作之中，比如，一九三二年，傅斯年曾感叹：

"持东北事以问国人，每多不知其蕴，岂仅斯文之寡陋，亦大有系于国事者焉"，认为东北事系于国事，因此，对东北缺乏了解就不仅是斯文寡陋的问题，而更关涉国族家族的生死存亡，基于此，他写作《东北史纲》。然而，今天，再持东北事以问国人，又有多少知其蕴者呢？东北曾经的风云变幻已经消隐于历史的幕布之后，如今被置于前景之中的东北是落寞而孤独的，等待着遮盖于其上的幕布被缓缓揭开，等待着在故事中被重新讲述，等待着在语言中被复苏激活。而恰在此时，《十月的土地》为我们呈现了一个曾经沧桑却不失荣光的东北，这对于了解东北历史，了解东北精神乃至了解东北当下，都做出了重要的贡献。

在《十月的土地》中，我们会在不经意间发现某个在东北近现代史上具有重大影响，甚至标志着中国现代性曲折历程的历史事件。所谓不经意，一是缘于小说从容和缓的叙事风格；二来则是这些重大历史事件都是由最为普通的人物演绎的，因此显得不动声色。比如，关于第一代主人公章秉麟的身世经历，津子围是这样描述的：

有一种说法是，章秉麟祖籍山东蓬莱，科举考中过举人，先后在墨尔根和宁古塔做过官。也有一种说法是，章秉麟曾随三品卿吴大澂到吉林帮办'移民实边'事务，驻军屯田，光绪十七年（一八九一）在三岔口参与官垦，当时，任帮办委员，月薪银十两，车价钱三十千文，因此渐渐置办起家业。光绪二十六年（一九〇〇），庚子年事发，官垦大遭破坏，驿路再度荒废，章秉麟就移居莲花泡老宅。还有一种说法是，章秉麟二十八岁就弃官从商，往返于俄境双城子、海参崴和三岔口之间，还曾在佛爷沟采参、在交界顶子淘金，渐渐积攒起家业，光绪二十二年（一八九六）来到山清水秀的莲花泡，开垦土地。

关于章秉麟的人生，作者采用三种"说法"来交代。既然是三种说法，那么就意味着章秉麟的人生经历并不是确定的，而这种不确定性又意味着他的人生是神秘的、传奇的。因为，只有传奇人物的人生经历才能被人口口相传，因此，三种"说法"的安排符合小说中章秉麟的人物设想。可又不止于此，作者通过三种不同"说法"尽可能多地交代了发生在中国近现代史上的重要历史事件，而这些事件绝无可能发生在同一个人物身上，因此，作者通过三种"说法"的交代方式将这些事件串联起来。通过这三种"说法"贯穿于章秉麟这个既普通又具有传奇色彩的人物身上的历史事件有：闯关东、移民实边、庚子年事件、中俄外交、淘金热等，这些历史事件本身又包含极大的信息量，并且，这些信息并不指向可有可无的世俗琐事，而是通过它可以透视其所属时代，把握时代精神。更为重要的是，当这些历史事件与个人的生命史相遇时，它不仅让个体的生命绽放出神秘而厚重的光彩，同时又让历史因为个体的穿透而富有了生命气息，于是，历史不再是悬浮于书籍中的与普通人无关的叙事，不再飘渺甚至抽象，而是因为进入具体的生命体后拥有了经验性与实在感。其实，这正体现出历史与文学的双重伦理的交织：文学面向人，历史面向事，而历史小说的叙事伦理则要求它将人与事融为一体，彼此映照。

除此之外，小说中还描述了日俄战争、抗日战争以及贯穿于东北的当时世界最长的铁路——中东铁路等。东北曾经是中国封建王朝的龙兴之地，也是中国现代性最早开启的地域之一；曾经因为丰厚的矿藏资源与辽阔肥沃的土地资源，而被视为可以寄予希望的栖息地，吸引着一代又一代的闯关东者来此建立家园；二十世纪上半叶东北就已经拥有了完善的工业体系，一九四九年以后，更是新中国最重要的工业基地。曾经如此深刻地与重大历史事件相遇，甚至其中一些事件还成为改变历史的转折点，难道这些不是东北这块土地的荣光吗？难道这些荣光不应该重新绽放来照耀这块失意的土地吗？去抚慰它的孤独，去重建它的信心吗？答案是毫无疑问的。不过，需要注意的是，小说毕竟是一种艺术，而非一份激昂的宣传手册，因此，津子围在《十月的土地》中呈现这些历史事件时总是含蓄的，作为一个小说家他恪守小说伦理与自己的职业道德，不愿意刻意地彰显这些"荣光"，而是带领读者自己去发现、去看见，因为，唯有如此，那些"荣光"才能够深切地震荡人心，让人们在回眸历史时记住它的尊严。

刘大先在《东北书写的历史化与当代化》一文中曾提醒，当下东北叙事及其阐释，必须"将东北书写历史化，认清它所处的历史和所讲述的历史，从理论的层面分析其叙事的社会意涵，进而将其当代化，从中发掘其现实性和生产性的所在"，如此才能使东北书写获得普遍的正当性。也就是说，只有在对东北历史及其当代意义深切了解的情况下，我们才能够在东北叙事中作出准确的价值判断。同时，我们又必须明晰历史与艺术之间的界限，尽管历史小说的叙事价值很大一部分是由历史支撑的，但是以历史的标准去衡量艺术却被公认为是荒谬的，因此，如何看待历史与艺术之间的关系，几乎成为所有历史小说需要面对的永恒问题之一，而在具体的写作中，如何使历史的真实与艺术的真实保持平衡，则考验着小说家的写作功力。关于二者之间的关系，罗素的一段话颇具启发意义，他说："为了使我们这个迷醉的时代恢复清醒，历史可以起一种重大的作用。我不是说这应该由任何一种假定的'历史教训'，或者由任何一种易于用某种言语公式表述的东西来实现。历史所能够做和应该做的，不仅是为历史学家们而且为所有那些受过教育而具有开阔眼界的人，表现某种精神气质，即关于当代事件及其与过去、将来的关系的某种思想方法和感觉方式。"也就是说，历史叙事的价值绝非简单地呈现历史事件，也不是提供训诫意义上的历史反思，而是通过勾连过去来理解当下，为正在行进中的时代提供一种可以穿透现实迷雾的思想方式，而对历史事件的烛照，对时代精神的打捞，并以当代性为纽带，大胆而不失理性地对历史作出价值判断，同样大胆而不失睿智地对未来作出预见，大概只能邀请艺术的参与。

在《十月的土地》中，我们所了解到的东北乃至中国近现代史上的重大历史事件，就是以艺术而非以史实或知识的方式呈现的。具体为，小说通过一个家族三代人及其命运走向来展示近现代东北历史，这种对历史与艺术的处理方式，一方面使小说获得了广阔而厚重的历史感，另一方面，又使历史在小说这门艺术的锻造中活色生香地显现了出来，使小说实现了艺术的历史化与历史的艺术化，即对历史与艺术的双重超越。

· 二 ·

一切历史都是当代史，这意味着当代性乃是历史叙事的逻辑起点，也是历史叙事的终点所在，更何况，对历史的纯粹还原根本上是一种妄念，而历史叙事所应该还原的是历史的精神质地。因此，在具体的历史书写中，为什么要进入历史，又带着什么问题，以及以什么方法进入十分关键。就这一意义而言，小说讲述历史的时间与小说所讲述的历史时间同样重要，这几乎关涉作者将用怎样视角进入故事，又可能作出怎样的价值判断。文学史上自古便不乏东北书写，比如，中国现代文学史上以萧红、萧军为代表的东北作家群，以及中国当代文学史中关于社会主义建设的东北书写，新时期工业题材视域下的东北书写，以及新世纪以来"新东北作家群"的东北书写，都以文学的方式呈现东北这块土地的复杂质地，但因为讲述的时间与角度的不同，使这些作品呈现出不同的格调，而相较其他作品，《十月的土地》则彰显出了自己独特的艺术魅力。

三十年代可谓是启蒙与救亡合奏的时代，这一时代特质决定了这一时期的文学书写多囿于此框架。比如，"东北作家群"中"二萧"的作品就呈现出启蒙与救亡的维度，尤其是萧红的《生死场》，以抗日战争为分割线，前一段奏响的是启蒙的旋律，而后一段则胶着于时代的革命需求，充分体现出了启蒙与救亡的双重变奏。而萧军的《八月的乡村》则更明显地突出了革命与救亡的主题，鲁迅在其序言中评价道："这《八月的乡村》，即是很好的一部，虽然有些近乎短篇的连续，结构和描写人物的手段，也不能比法捷耶夫的《毁灭》，然而严肃，紧张，作者的心血和失去的天空，土地，受难的人民，以至失去的茂草，高粱，蝈蝈，蚊子，搅成一团，鲜红地在读者眼前展开，显示着中国的一份和全部，现在和未来，死路与活路。"无论是《生死场》还是《八月的乡村》，小说所讲述的时间与小说讲述时的时间几乎是同步的。二萧当时身处历史现场，其作品中所蕴含的是当时的历史情绪和时代表情，正如高翔对这一时期的文学作品所总结的："东北现代文学既伴随着东北社会形态的演变而发展，又与中国现代文学同步而行。"作为历史叙事，相同的历史事件因为讲述时间的不同，其内涵与价值指向也不一样。同是观照 20 世纪上半叶东北乡村世界，站在 21 世纪的今天，津子围采取历史回望的视角，重新回眸二十世纪的东北，也就是说，小说所讲述的时间与小说讲述时的时间是错开的，这一段错开的时间为作者提供了重新讲述历史时所必要的冷静与理性，以及对历史事件的重新审视，此时此刻，附着于这部小说之上的情绪与表情，就不只是来自事件所发生的历史现场，更有当代的价值判断参与其中。

"十七年"时期的历史叙事，其格调多是恢弘的、崇高的，人物个体总是淹没于集体之中。新时期以后，先锋小说拆解了这样一种宏大的历史想象，比如，莫言的《红高粱家族》虽然讲述了一段荡气回肠的抗日战争史，但其中更为荡气回肠的是小说中作为个体人物的血性，历史在此只保留了最为基本的框架。也就是说，先锋小说中的历史叙事并不承担记录历史的功能，如果在先锋小说中苛求历史的细节真实有时恐怕会南辕北辙。《十月的土地》同样想象历史，但它不解构甚至还经由想象建构历史，而在建构的过程中，《十月的土地》同样回避掉了"十七年"时期那种对历史事件进行宏大化处理的叙事策略，而由一个又一个鲜活的人物形象及其故事来演绎历史。更为重要的是，个体生命并没有湮没于历史事件之中，成为推动历史演进的抽象符号，而是经由艺术化处理，附着上了奇异生动的色彩，这些都在一定程度上缓解了历史的沉闷与呆板。比如，第一代主人公章秉麟的神秘消失，第三代主人公章文德的魔幻式的死里逃生，还有能沟通阴阳两界的小货郎，等等，这些神奇的人物与事件，我们当然可以理解为东北这块土地上的特有"现实"，如同加西亚·马尔克斯和胡安·鲁尔福笔下的魔幻拉丁美洲一样，如果不邀请超现实的加入，便不足以全然地理解小说中所浮现的那片迷人的土地，但另一个事实是，个体生命及其粘附于其上的传奇性，确使小说中的历史在不失去完整性与真实性的同时，获得了更为丰富与生动的表达。

除此之外，《十月的土地》对历史事件的勾连是通过家族叙事的方式展开的。家族是中国文化的一个最主要的柱石，而中国自古以来就是一个宗法家族社会。尽管进入现代社会以来宗法社会解体，但作为文化的宗法伦理却依然根深蒂固。因此，理解中国人与中国文化，家族是一个十分有效的切入点，这也是为什么中国现当代文学中从来不乏家族史诗叙事的原因所在。新时期以后，苏童、刘恒等作家也曾以家族叙事的方式呈现历史，只不过，他们更多是以反思的视角去看待历史、文化以及人性，在一定程度上延续了"五四"传统，其作品颇具启蒙主义色彩。而津子围《十月的土地》中家族史叙事既没有延续这种反思维度，也不发散启蒙色彩，小说中的家族就是某一段历史时空中最为普通也最为个别的家族，在它前面并没有一个定语，比如封建，比如地主，津子围将家族从文化的家族、阶级的家族中剥离出来，还原为一个特定历史际遇中的自然家族，以及这个家族中一个又一个具体的人，并且，津子围还将现代小说中的现代性元素纳入到传统的家族小说叙事之中，践行着现代小说勘探人之存在的美学任务，并由此而使作品呈现出一定的思想深度，比如，主人公章文德这一人物形象，其对土地那种超功利式的深情，不是古典性的而是现代性的。其弟章文海曾概括地说，他们的父亲章兆仁热爱土地是因为土地能够养人，而章文德热爱土地却是无目的性的。也就是说，章文德与土地之间的关系，所体现不仅仅是农耕文明中的天人合一，更具有一种现代性内涵。

· 三 ·

我一直在想，二十世纪东北历史上发生了那么多重要事件，比如东北的抗日、东北的解放、东北的工业体系、东北的国际化等，任何一件将之纳入小说都可以演绎成一部恢弘而壮丽的史诗，可津子围为什么选择费尽笔墨去书写一个最为普通的农民家族，尽管这个农民家族与东北历史上的诸多事件互相嵌入，但委实离"恢弘""壮丽"远了点。而我的猜测是，在工业文明对农耕文明几乎是全面覆盖的年代，他要以艺术的方式谱写一曲农耕文明的挽歌，写下他对农耕文明充满清醒而不失忧伤的怀念，尤其写下在工业文明与农耕文明对撞时，那些在震荡之中的人怎样延展自己的生命，又如何安顿自己的情感。

村上春树在《我的职业是小说家》中说，小说家是这样一些人，他们通过讲故事的方式去表达关于世界与人生的理解，而这种理解在哲学家那里可能只需要几句话甚至一句话就可以表述，且明白而高效，但是小说家却要为此费尽心力去编织一个故事，曲径通幽地表达一个可能一句话就能说明白的道理。那么，小说家为何如此青睐这费力却并不见得讨好的事情呢？原因可能只有一个，那就是，相对于明白高效而言，他们更爱曲径通幽，因为只有在曲径通幽的褶皱中才能够真正地感受人性的复杂质地和这个世界的丰富面向，他们迷恋的是"丰富"，是实现"丰富"的悲喜哭歌，是"复杂"，是构成"复杂"的爱恨情仇，而不仅仅是"明白""高效"的抽象观念本身。就《十月的土地》而言，小说人物众多，有农民、猎人、军人、商人、土匪，等等，而这些人物的因缘际会与命运变迁便构成了小说曲径通幽的褶皱与纹理。并且，为了实现小说的丰富性与复杂性，《十月的土地》中的五个主要人物章秉麟、章兆龙、章兆仁、章文智、章文德都被塑造成福斯特所说的那种圆形人物，这种圆形人物最明显的特征就是，像一个水晶体一样拥有多个侧面，即便不将之放置于阳光下也能折射出绚丽而跳跃的色彩，因此，任何一种单维的解读都不能全然地概括他们。不止于此，我还相信，这部小说在呈现与观照历史时所表现出来的热情是多么诚恳，作为东北人的津子围对他脚下的土地怀有怎样不可置疑的深情，但同时我又相信，作为一个小说家，他既为历史与故土而写作，也为人与艺术而写作，或者说，根本不存在两种写作，从始至终就只有一种写作，因为所有的写作都是以艺术的方式指向人的，这是写作的起点，也必是写作的终点。所以，尽管总体上《十月的土地》是一部历史小说或家族小说，但在呈现历史与家族变迁时所使用的却不是春秋笔法，而是进入个体人物的生命肌理之中，并尽可能地调动诗意去柔化史诗叙事所容易形成的宏大感。比如，小说开篇叙述了小时候的章文德，因为身染霍乱而正处于弥留之际，显然，这是一段有关疾病与死亡、痛苦与绝望的文字，但我们不妨看一下津子围是如何描述的："他恍恍惚惚地觉得，这只是一个十分漫长、难以醒过来的梦魇。那个梦魇是这样的，他变成了一颗发芽的豆子，一点点伸展着腰身，一点点向上努力着，他在拼尽全力拱破地皮，只是，头顶的地皮太硬了，坚硬如石。他艰难地生长着，从泥土里挣扎着……露水打湿蒿草的时候，章文德闻到了腥丝丝的泥土味儿，好像女人生孩子后，丈夫在炭火铁盆烘焙胞衣时散发的那种令人钻心入肺的腥味儿，只是这里的气味更浓厚、更丰富、更复杂一些。甩开脸上的土，章文德看到了高天的启明星，那时天还没亮透，朦朦胧胧显现了蛋青色。"

这是一段十分精彩的描写，其精彩之处在于，津子围以一种陌生化的方式去写疾病，化解了人们对疾病的刻板印象，即，疾病不仅是生理上的痛苦与精神上的绝望，在艺术的世界中它还可以是诗意的。当然，这段描写并不是一段单纯的文学炫技，作为小说的开篇，作者在这段描写中细化了主人公章文德弥留之际的心理感受与生命体验，还暗示了他的人格与命运，为小说的后续发展埋下了有意味的伏笔。章文德一生热爱土地，守护土地，更为难得的是，他对土地的热爱是超功利的。当他被大掌柜章兆龙骗到章家金矿做挡箭牌与替死鬼时，他不在乎自己的尴尬处境，一头扎进金矿附近的荒地，垦荒种植，忙得热火朝天；当他被抓进胡子窝时，就在胡子窝附近继续垦殖，甚至还实现了大丰收，让胡子们一个冬天都吃喝不愁。事实上，他生命中多次逢凶化吉，看似不过是幸运，实则与他的这分单纯与赤诚有很大关系。一个能超越功利目的而爱着什么的人，总能给人以信任感与安全感，所以，不管是在金矿，还是在胡子窝，章文德看似柔弱甚至呆痴，但总能获得他人的信赖与好感，而正是这些人格中闪烁的光芒使他一次次化险为夷。

章文德让我们想到了另外一个小说人物，就是博胡米尔·赫拉巴尔《过于喧嚣的孤独》中的打包工汉斯，那个打包工汉斯把他三十五年如一日地置身于废纸之中的打包生活，称为"love story"，而实际情况却是每个月他需要处理两吨重的书籍，除此之外，还有"从花店买来现已枯萎的花枝、批发店的包装纸、旧节目单和废车票、裹冰棍和冰淇淋的纸、溅着绘画颜料的废纸、屠宰场送来的大批湿漉漉血污斑斑的包肉纸、照相馆切削下来的扎手的尖角儿、办公室字纸篓的废纸……"因此，这一切看起来与"爱的故事"并不相配，甚至还卑微、繁重、脏乱、危险，但汉斯仍然坚持说，这是一项神圣的工作。当然，我曾经怀疑，赫拉巴尔是不是在美化苦难？但很快就打消了这样的疑虑，一方面赫拉巴尔本人就曾经从事过打包工作，所以他深知这份工作的所有艰辛之处，另一方面小说其实并没有回避汉斯的苦难，反而是将这些苦难一览无余地呈现在我们眼前，只不过，赫拉巴尔给这一切都涂抹上了一层诗意的色彩，而这些色彩与其说是在美化苦难，不如说是赫拉巴尔在以诗意的方式，赋予卑微的小说人物以尊严。

在《十月的土地》中，津子围同样也以诗意的方式赋予小说人物及其惨淡生活以尊严。尤其是章文德这个普通农民，他确实太普通了，甚至软弱、痴呆，但他热爱土地、守护土地的样子让人敬重。《十月的土地》提供了一个重新看待农民的视角，这个农民不是虚荣愚昧的阿Q形象，不是社会主义改造过程中的进步农民梁生宝形象，不是在一次次绝望中"活着"的福贵形象，也不是孤独倔强的"单干户"蓝脸形象，津子围以现代精神穿透他笔下的人物，塑造了一个具有"超功利"精神的农民形象。所以，在小说中，他既不以启蒙的视角俯视这个人物，也不以人道主义情怀去悲悯他，而只在和缓而不乏温情的叙事中娓娓道来他的命运，并且在娓娓道来中显现他平凡中的高贵。

历史小说的写作是有难度的，因为作者必须处理好历史与艺术之间的关系。太实，或者过于历史化，会让小说胶着于现实，丧失想象的空间，进而丧失了审美价值；太虚，或者过于艺术化，则会让小说游离于现实，丧失历史感，进而丧失真实性。因此，处理好历史与艺术之间的关系，考验着从事历史题材写作者的功力，而津子围显然通过了这项考验——在《十月的土地》中，他以艺术的方式，在人的命运中演绎历史，又在历史的滚动中抚慰人的命运，让小说折射出丰富的异彩。

原载《当代作家评论》，2022年第4期。

（邹军：大连大学文学院二级作家；张祖立：著名评论家，大连大学人文学部教授。）

从端木蕻良到津子围笔下的东北文学

叶立群　程义伟

端木蕻良与津子围，这两位东北籍作家，创作的时代不同，辈分不同，他们没有直接的传承关系。当我们把他们联系在一起的时候，一种黑土地的精神流脉把他们贯通起来。他们如此相像：他们的作品浸透着一样的浓郁的民族意识和民族精神，一样的辽阔粗犷，有着一样的浪漫情怀。我想，联系他们的纽带一定是天然的东西，那就是黑土地。东北黑土地是他们创作的灵魂附地，东北的人文地理环境熏陶了他们，是东北人的性格和豪迈的气魄感染了他们。他们创作的共同美学特征是具有浓郁的黑土情结和强烈的民族精神。

· 一 ·

黑土地的歌者与黑土情怀

端木蕻良和津子围都是黑土地的歌者，他们追求风格的宏伟性，力图使笔下的整个形象世界与黑土地这一形象协调一致。他们以东北大地的洪荒广漠构成自己作品统一的情调，黑土地的壮美给了他们以阳刚之气。他们的文笔传达出黑土地的粗犷情调，那种带有神秘性的朦胧的美，那种语言的表现力，令人感到诡奇而真实。虽然端木蕻良与津子围的出生年代不一样，经历也不同，但他们都是黑土地的崇拜者，黑土地是他们创作的摇篮，他们的创作凝聚着黑土地博大的气象。端木蕻良的《科尔沁旗草原》和津子围的《十月的土地》同样具有宏阔的文化视野和艺术审美空间，堪称中国东北全景式的人文景观。

端木蕻良通过赋予大地形象丰富寓意及采用象征化和哲理化等手法，使黑土地与农民的形象自然地融为一体，呈现出一种象征性、哲理性与现实性和谐统一的美学意境。《科尔沁旗草原》赋予黑土地以"我们古老的种族的全型"的寓意，辽阔的草原大地被比作"中国的唯一的储藏的原始的力"，"黄色民族的唯一的火花"[1]。在这部作品里，大地的形象还主要是一个蕴含着比喻意义的抒情形象，而在《大地的海》里，则突出地获得了丰富深刻的象征意义。作品一开始，作者便集中笔墨描写大地的辽阔、空旷和荒凉，描写大地与农民的生活和性格气质的关系，很自然地引出了主人公艾老爹的出场，这老爷子一生也和大地一样的哀凉。不仅如此，作为象征体的黑土地与作为本体的农民之间有着多种相互契合的含义。黑土地的荒凉、空旷，就像农民千百年来的贫困和落后；黑土地受到狂风暴雨的无情袭击，好似农民遭到侵略者的欺凌和蹂躏；大黑土的广阔无边和雄伟沉郁，仿佛农民群众中所蕴藏着的深厚而宏大的力量。象征手法的运用使黑土地的形象带有浓烈的主观抒情色彩，因而，黑土地不仅仅作为一般性的景物描写或氛围渲染出现，也不仅仅给人物提供了生存或活动的自然地理环境，而是作为人与自然融而为一的巨大艺术形象呈现出来："来头急遽地从窗台跳

---

① 端木蕻良：《端木蕻良文集》卷 1，北京：北京出版社，1998 年版，第 333、366 页。

出来，向着大海走去。他受了符咒的催促似的，毫不迟疑地向大海走去。大地以一种浑然的大力溶解了他。在一个小小的漩涡的转折中，他便沉落了，不见了。"① 浩大雄浑的浪漫性美学意境中显示出一种严峻、廓大、崇高的阳刚之美。在大地之子与大地母亲的自然融合中，展现的是一种情与景融、意与境谐的深邃意境。

黑土地形象所包含的比喻意义和象征意义，与作家通过黑土地上的农民形象表现人的力量的创作意图是密切相连的。基于此，端木蕻良突出地描绘了大地的雄伟壮丽和广远辽阔。

津子围对黑土地的书写是高度自觉的。他的童年是在东北黑龙江度过的，黑土地成了他的家乡背景和文化记忆，写作近四十年。在经历了一个由拒斥到亲和的过程之后，他的精神最终被神奇的黑土地所征服，重返家园。与端木蕻良不同的是，津子围书写黑土地的过程，也是在不断感悟和寻找作家主体精神与自然契合的过程。他一方面拜倒在黑土地的脚下，一方面又在发扬主体精神，在人与黑土地的对话中祭奠抗日民众，寻找精神的黑土地。由此，黑土地也成了他生命的寄托，文学的家乡。从《十月的土地》中可以看出，津子围把黑土地情结发挥得淋漓尽致。"章秉麟还想到这样一个问题，人的魂儿被身体囚禁，而人的身体却被大地囚禁着。那种感觉，就像不知不觉流逝的岁月，人是大地的记忆罢了。说到底，无论你怎么折腾，永远都离不开脚下的土地，土地不属于你，而你属于土地，最终身体都得腐烂成为泥渣，成为土地的一部分……""我们不能被这巴掌大的土地给束缚住了，还是要睁开眼睛看看外面的世界，我们要从这盘剥人、捆绑人的土地上解放出来，还回做人的尊严，真正为人民争取当家做主的权利。"②《十月的土地》把这种关于黑土地氛围的描写置于一个较大的场景和复杂

---

① 端木蕻良：《端木蕻良文集》卷 2，北京：北京出版社，1998 年版，第 96—97 页。
② 津子围：《十月的土地》，长沙：湖南文艺出版社，2021 年版，第 366、368 页。

的情节中，在闪动的节奏和喧嚣的气氛中着意夸饰章家的发迹，以此衬托章家后来走向衰败的历史悲剧，同时真实地反映出东北人民当时的精神世界尚处在蒙昧状态，与此后的觉醒、抗争作出比照，显示出民族群体性格，及他们在生死存亡的危难关头做出悲壮选择的根源所在。

端木蕻良和津子围都是黑土地之子。他们对黑土地的描绘都是生动而忠实的，笔下的黑土地都是粗犷神奇的。端木蕻良和津子围对黑土地的礼赞，对于黑土地的歌吟，都毫不留情地撕开了黑土地上农民生活的本相，展示了一个个东北农民坎坷痛苦的人生悲歌。

丹纳说过："一个民族只要能在自然景物中体会到神妙的生命，就不难辨别产生神的自然背景。"[1]是的，面对黑土地，是什么感动了我们的作家？是生命。生命大于一切，这是黑土地对他们的启悟。因此，在他们的创作中，都贯穿着强烈的生命意识。他们歌颂的是创造生命的黑土地。端木蕻良歌颂无私的地母，黑土地是无私的，它滋润着所有的生命。他痛恨现存的土地制度，失去了土地的农民，正在沦为奴隶，他们的生命轻贱得不如一口猪。但他从农民与土地的亲和关系中看到了一个朴素的真理：农民与土地的关系是割不断的，不论是地主阶级的强权，还是侵略者的魔爪，他们最终都难以把土地与这块土地上生活的主人分开。在《十月的土地》中，面对黑土地，津子围讲述了章氏家族成员相互映照的成长史，其中折射出中华民族有若大江接纳百川一样的涵纳力、凝聚力，在抗争中不断迸发的生命活力。描写出农民粗糙灵魂中沉重的精神负担和艰难困苦的人生经历。其中最令人惊叹之处，是当章氏家族经营的土地被日本人霸占时，他们最后通过一种近乎绝望的挣扎、抗争，实现了自我超越。

---

① ［法］丹纳：《艺术哲学》，北京：人民文学出版社，1963年版，第323页。

· 二 ·

以对民俗的描写深刻揭示民族文化心理

端木蕻良在家乡生活的时间并不算很长，他的小说中那些活生生的语言，显然得益于少年时代的语言积累。津子围则不然，18 岁之前他一直生活在黑龙江的城市中，缺乏农村生活经验。但是，他能把东北农民的语言写得如此到位，显然与他所具有的自觉的文体意识和善于学习、努力向生活之源汲取营养有关。

端木蕻良和津子围的小说，都善于描写东北农村风俗，致力于追求新的现实主义深度。由于民俗蕴藏于民间社会生活习惯之中，它涵容了一个民族的最广泛的具有传承性特征的文化事象，是构成民族传统文化的主要内容，积淀着人们在特定文化环境中产生的精神因素和心理因素。因此，端木蕻良和津子围对民俗的描写，不仅在于其反映了一种人生境况和文化事象，而且深刻地揭示了民族文化心理的真实形态。

对风土人情的描写，还体现了端木蕻良和津子围驾驭语言的能力，他们善于把诗化的语句与淳朴准确的东北方言结合在一起，既流畅又亲切。也特别善于运用地方性常见的事物来比喻他们要表现的人和事，例如端木蕻良描写大山的那段话，就是用了草原上常见的狮子、虎、熊、马、野豕、雕鹗、狼等动物来比喻大山强壮的身躯和反叛的性格。而津子围写聪明狡诈的独狼会咬着猪的耳朵，用尾巴打猪的屁股把猪赶走吃掉，也会在悄悄搭上独自夜路的人的肩膀，引人回头后咬断脖子。

在端木蕻良的笔下，那个扮"大神"的李寡妇是一个演技高超的"演员"，而四太爷也是一个出色的"导演"。"大神"的一举一动让知情者感到滑稽可笑，却使那些不知实情者如坠云里雾里，那如诉如泣的咒语，那动人心魄的癫狂，那软人心坎的嚎哭，实在是太精彩了，难怪那些穷命出身的人会信以为真。再如《大地的海》第十章对"求雨"场面的描写，从那远处传来的声音中就透出这是一个盛况空前的场面，还有那求雨的人群，求雨的阵势，求雨的仪式，构成了一出惊天动地的壮举，这样盛大的富有特色的"求雨"场面的描写，在现代文学史上是绝无仅有的。"求雨"不仅是东北地区的习俗，更是我们民族在过去从皇帝到百姓都笃信的一种虔诚的行为，是有非常深的文化渊源的。还有第十六章做佛事超度亡魂的场面，是很多人所未见未闻的。端木蕻良把笔触深入到民族古老的落后的生活方式、心理情绪和传统的文化中，形象地再现了社会历史面貌。

津子围写章文德有病，曹彩凤要请人给他做法事，清净家门。曹彩凤认为，章韩氏第一次掉的孩子恐怕就是个儿鬼，充满了邪恶和怨愤，后来又投胎在章文德身上。为了进一步确认，曹彩凤说："儿鬼一般都藏在茅房里，你怀小小儿的时候，半夜去过茅房吧？"[1] 他们给章文德用捣碎的大蒜涂抹足心，一会儿用艾灸针刺少商穴，一会儿灌生姜和牛粪熬的汤药，所有办法都用尽了，仍旧无力回天。当家的章兆龙看不下去了，他和章兆仁商量，把小小儿扔后山吧，剩下的就只好听天由命了。按当地的风俗，得了瘟病没断气的孩子半埋在土里，大概是怕孩子的眼睛被老娃子啄出洞来，那样到阴曹地府也不至于瞎了。等孩子彻底没气了，再深挖深埋。

津子围写道，章文德恐惧的还不只是老毛猴，还有章文礼死去的母亲金桂花，她不但让章文德害怕，还让整个章家人都害怕。据说金桂花这种横死的，按当地人的说法，死后已经变成了厉鬼。曹彩凤说过，她亲眼见过金桂花的鬼魂儿，那个女鬼穿着黄色短裤，脸上有紫黑色的点子，时常在章家大院里游逛……所以，章家大院里有人生病了，曹彩凤就请有阴功的汤仙姑或关婆婆来劝治、跳大神，杀鸡、摆供、扶乩、烧纸、许愿。

---

[1] 津子围：《十月的土地》，长沙：湖南文艺出版社，2021 年版，第 10 页。

这些奇异的"风俗"并不仅仅是在一般性的层面上增添作品的黑土地气息和色彩,更重要的是,独特的东北风情中蕴含了当地民族的心理特质以及对生命的特殊感受。人们对这些习俗的躬行和笃信,映射出这个地域经长期积淀形成的精神文化形态,反映了他们对美好生活的渴望和追求,同时也反映出他们麻木、愚昧而落后的精神世界。这一系列古老的习俗,实在是东北当时社会闭塞、落后的真实写照。

· 三 ·

对民族精神的张扬

大自然的无限伟力,升华了人的境界,扩展了人的心胸。土地是崇高的,民族精神也是崇高的。端木蕻良在他的小说中通过人物的口,说过这样一段话:"他(丁宁)更感觉惟有在自然里才能使人性得到更高的解放,才能在崇高的启示里照彻自己。"又说,"我感觉只有山水可以使人健康,当人和大山大水相遇的时候,人的宇宙,才能伟大。"[1] 如此说来,作为东北文学的审美表现,其黑土地情结便自然成为端木蕻良和津子围共而歌之,情感共诉的首选视域。倾诉黑土地的养育之情,寄寓两位作家深厚的恋乡情怀,是黑土地情结的基本内涵。

德国作家海因里希·伯尔认为,中国人有一种对土地的健康意识——人属于脚下这块地。外国人的这种感觉是对的,他透视到了中国文学的现实主义是在乡土中滋生的深层道理,它不仅以乡土题材的形式表现出来,更重要的还承载着乡土的情感、乡土的哲学意识、乡土的思维方式。所以,端木蕻良和津子围的小说谋篇、结构布局,或自然而然,或自觉不自觉地

---

[1] 端木蕻良:《端木蕻良文集》卷1,北京:北京出版社,1998年版,第128、130页。

蕴涵了浓厚的黑土地文化，表现出文化气象和民族精神。

黑格尔说过："崇高一般是表达无限的企图。"[①] 是的，面对无限的事物，端木蕻良和津子围倾其所有似乎也仍然不足以表现自己对大自然的爱，对土地的爱，对生命的执着和热爱。端木蕻良的笔端总是浸透着一种夸饰之情，因而对科尔沁的山峦、土地、林荫、草原，对鹭鸶树的沉郁、奇异的乡村生活的描绘，总能不加掩饰地流露出文字上的诗意和美感，对乡风民俗的渲染和铺陈总能无意识地显示出亲近的立场。他笔下的乡土风貌与儒释道传统思想融合在一起，展现为一种非文字的文化状态，一种原始的、粗朴的风尚、习俗和民间传说。这是单调、贫瘠的生活在东北人民生存观念中的写照，其中渗透着人们对富足自由生活的向往，对彼岸世界的追求，以及对现世生存状态的缄默。端木蕻良笔下的大山、来头、铁岭等投身抗日大潮，实现了由生命的自然形态向自为形态的转变，是民族的一种觉醒。

津子围笔下的狗剩儿无疑是一个小人物，他更是一位英雄。津子围写出了狗剩儿的雄强、侠义、粗朴、纯真、豪爽、正直、热情。在写到狗剩儿愤而反抗，打死打伤多名日本人时，作品对民族精神的张扬达到了一个高峰。狗剩儿的反抗行为，映射出生命的深沉和命运的悲壮，也是对民族觉醒和奋起的写照，惟其在抗争中得到改变的人生形式才能证实生命的价值。

结语：对于东北文学的启示

端木蕻良和津子围的相似之处，还在于他们小说中那丰富而多变的语言方式和风格。他们都具有深厚的中西文化修养，而且又特别注重向生活学习语言，能把民间俗语引入字面，使之同古典式语言及多修饰的欧式句

---

① ［德］黑格尔：《美学》（第 2 卷），北京：商务印书馆，1979 年版，第 79 页。

式结合，造成一种既粗犷又细腻，既典雅又流畅的韵味。追求语言的神采与文气，典丽而精致。端木蕻良和津子围小说的另一共同特点，是他们相信"天地自然育成万物"和"天人合一"。在思维方式上擅长于直觉的感悟、参会和神遇。

端木蕻良的《科尔沁旗草原》和津子围的《十月土地》应该说是书写东北地域文化的"双雄"式作品，也见证着两位作家对东北文学的贡献。如果说，贴近东北黑土地来书写，是津子围彰显文学气象与民族精神的重要依托，那么，坚持现实主义的创作方法，则是其艺术精神的更高体现。津子围的文学创作，有现实主义创作的渊源和脉流，有东北黑土地文化的深刻影响。端木蕻良与津子围，尽管没有直接的传承关系，但又是一脉相承的，他们的文学作品中蕴含和爆发出的生命力，无一例外源于古老、神秘、厚重的东北黑土地。他们笔下独特的风情和人生图景，源自共同的精神谱系。端木蕻良和津子围走出的这条宽广并承载着文化理想的文学之路，也昭示着未来东北文学的发展，能够拥有更多的可能和更加广阔的空间。

（叶立群：辽宁社会科学院文学文化学所地方文学与地域文化研究室主任，美术研究中心主任；程义伟：著名学者，辽宁社会科学院文学研究所原所长。）

土地一般的厚重品格

——读津子围《十月的土地》

付秀莹

《十月的土地》是一部洋溢着浓郁的东北地域风情的现实主义长篇力作。小说围绕章氏家族三代人在这片土地上演绎的悲欢离合，以富有中国气派的中国叙事，讲述了一个典型而独特的中国故事，具有鲜明的中国审美品格。小说把人物置于宏阔的历史场域之中，让他们在各种矛盾纠葛中不断经受磨砺和考验，在重大历史节点上，在时代洪流的冲击中，章家三代人不同的人生道路和命运抉择，鲜活展现了农民与土地之间、个人与时代之间丰富而复杂的关系，生动描绘了农民在新中国不断走向新生的历史过程。

作者丰厚扎实的生活积累，使作品获得了诚恳、厚重、朴实的及物感和在地性，而熟稔的经验、大胆的想象、结实的细节以及艺术虚构，为我们展开一幅斑斓多彩的东北农村生活画卷。小说涉及人物众多，千头万绪，却繁而不乱，不枝不蔓，不疾不徐，开合自如，收放有力。在人物塑造方面，小说为我们贡献了鲜活生动的人物群像，几乎是个个有性格，有特点，面目清晰，如在眼前。尤其是章家三代人，从祖辈章秉麒、章秉麟到父辈章兆龙、章兆仁再到孙辈章文智、章文礼、章文德、章文海等，尤其是以章文德、章文海为代表的年轻一代，他们在重大历史转折点上，在家与国、人与人、人与时代之间的矛盾冲突中，几经辗转，最后走上革命道路，成为千千万万个中国人在那场波澜壮阔的民族解放战争中的缩影。小说以浓墨重彩的笔触，着力书写他们的精神觉醒和心灵成长。人物内心大戏与外部世界的风云变幻相互映照，彼此呼应，仿佛刀削斧劈，有力地雕刻人物，塑造了品格。其中，章文德对土地的那种深厚情感，也是农民与土地之间、人民与山河之间血肉联系的生动写照，从而令章文德这个人物获得一种特别的光彩和独特的魅力。

小说纵跨清末民国初年到抗战时期的近半个世纪的历史长河，视野开阔，有历史纵深感。而独特的民间视角，赋予了作品新的审美维度和思想厚度，从民间山野看历史风云变幻，别有意味。小说中，流淌着东北土地特有淳厚气息，诸多民间歌谣、俚语小调、风俗人情，传递出根深叶茂的传统的力量，野生的蓬勃的草根的力量，正如同肥沃丰厚的土地，春去秋来，生生不息，生生不已。土地根性与民族血脉，传统品格与民族精神，应该是一脉相承，息息相通的。小说深刻地抓住这一点，有力地发掘开去，为我们描绘出一幅大河奔流一般如歌如泣的历史长卷，雄浑壮阔中有细微草芥之美，大开大合间可闻低沉的呼喊和叹息。

《十月的土地》是当下现实主义创作的重要收获。以历史关照当下，以历史昭示未来。关于新时代与现实主义之间的关系，关于赓续传统与创造性新变之间的关系，我们或许能从这部作品中获得更多启迪和思考。

原载2021年4月7日《文艺报》，发表时题为《土地一般的厚重品格》。

（付秀莹：《长篇小说选刊》主编。）

土地的道德

——读津子围长篇小说《十月的土地》

项　静

　　津子围长篇小说《十月的土地》，是常见的史诗式长篇小说的写法，时间上横跨清末民国初年到抗日战争胜利近五十年的历史。以家族史的方式进入东北寒葱河章家的复杂时空。小说以认同的方式理解了章家大院及其周围的现实种种，生命种种，在时代剧变和谋取生存中，他们有的葆有天真和锐气，有的世事洞通躲避尘世，有的举身赴死、守护重建家园，最动人的是最爱之人彼此之间的等待和契约，饱含着艰难离散中的人间况味。

　　小说以第三代十二岁的章文德染上霍乱生命垂危为开端，外来的疾病以神秘的方式渗入这个古老而偏远的社会空间。而空间实际上也在缓慢地变化，章家老宅发迹之地原本在莲花泡，水路交通便利，中东铁路通车之后，原来驿道荒废，细林河改道，莲花泡变得远离人烟，变成章家的老宅和粮仓，只保留了老宅和一些雇工。章家神秘的老掌柜在生日大宴日离家云游，仿佛预知世道要变。而大房的章文智是较早接触到外界信息的章家人，他带着弟弟妹妹们看电影，花大价钱买了瑞士座钟，聚精会神地研究其零件，后续在二道岗子救了两个人朝鲜人，一个搞地质资源勘测的日本人，他们留给章文智实验试剂和放大镜。这一切都预示着家国变局的开始，"俄国人的马队出现在锅灰山西侧的响马河火车站。章文德在山坡上看到了戒严后的火车站。在灰白色的气体遮掩下，铁皮车厢里走出一些毛烘烘的穿军服的男人，高头洋马也随后被牵了出来。章文德甚至可以看清楚洋马下车后急速漏下的粪便。"

《十月的土地》在轰轰烈烈的时代变迁和家族巨变中，始终有一条不变的牵引线，章家颠沛流离之中，退守有据之中的优良家风和精神传统，他们知恩图报，分得清大义与私利，从章秉麟到章兆仁、章文德，他们固然不是最亲近的血统，却有一脉相承的品质，热爱土地，以全副身心投入对周围生活的守护和传承之中。并在这个过程中获得直觉和智慧，章秉麟是超脱性的人物形象，有其超越性和神秘性，像大地和世界不可解释的部分。而家族内部看起来像所有旧时大家庭一样，发生着"内斗"与挣扎，章家大掌柜与二掌柜两兄弟之间，大掌柜章兆龙主业做生意和走政治路线，追名逐利，二掌柜章兆仁一心一意在农耕上，掌管春耕秋收的大事小情，是个十足的庄稼把式。两房人在话语权和利益分配上，尤其是女人们之间龃龉纷争颇多，差异和矛盾越来越多。随着事态的发展，军阀与江湖、父子之间、兄弟之间、父女之间的关系都出现了矛盾。尤其是随着日本人入侵，原本岌岌可危的家庭关系迅速分为不同的阵营，更多的生死和悲壮冲淡了家族故事。战争的结束带来了故事的结局，传统操守的守护者章兆仁一家守卫了尊严，也等来了新时代，整体故事上有始有终，善良有操守有坚信的人们付出了巨大的代价和守候，但也赢得了胜利和安宁。

苇岸在《大地上的事情》中提到过，在中国文学中，人们可以看到一切，诸如聪明、智慧、美景、意境、个人恩怨、明哲保身等，唯独不见一个作家应有的与万物荣辱与共的灵魂。《十月的土地》这部小说中充溢着各种农事诗的组成部分，举凡寒葱河、莲花泡的风物人情、民俗民谣、传说轶闻都扎实地作为故事的诞生空间而存在，它们不是花饰和噱头，而是信手拈来一般构造着章家大院的日常生活，尤其是人们的生活秩序和精神世界，建筑着时间之河中的尊严和厚德。这种写作方式是对土地的道德的遵循，是对远去的农业文明最深切的重新造型，也是这部作品最为显明的叙事重点。在迄今为止形成的各种道德中，土地的道德是人际道德的一种延伸，就是把人类在共同体中以征服者面目出现的角色，变成这个共同体的一员和公民，它暗含着对每一个成员的理解和尊重，尤其是对这个由土地上的万物与人群组成的共同体的尊重。

原载 2021 年 5 月 14 日《中国出版传媒商报》，发表时题为《看〈十月的土地〉如何写土地的道德》。

（项静：上海《思南文学选刊》副主编。）

执守大地的温情与温暾

——读津子围长篇小说《十月的土地》

晏杰雄　陈璐瑶

自二十世纪八十年代寻根文学兴起后，关于东北的记忆书写大多与二十世纪的抗日历史共存，肥沃的黑土地与鲜血融合，生机、野性、粗粝相应成为东北文学创作中的主流。而津子围《十月的土地》却在一片杀气腾腾的东北印象中显得特立独行：小说聚焦一个闯关东的农村家族，围绕章家内部抵牾、与土匪的矛盾、与日本人的抗争展开叙述，人性异化、家族解体、抗日斗争等交替映现，从中可以窥见人生百态和二十世纪的东北情状。与别的作家笔下东北大地的粗犷相比，津子围的东北乡村保留了一分细腻的温情，主人公章文德性格也带有迥异于东北汉子的温暾。他是当之无愧的土地守卫者，用温情与温暾唤醒了人与大地久远的血肉羁绊，彰显了守"根"的重要性。小说再现了传统美德的力量，并重点刻画农民对土地的眷恋与执着，为突破"野蛮东北"旧有刻板书写提供了新的可能，营造了淳厚温和的阅读美感。

这种特殊的阅读体验，首先源于作者对小说意象的选择与构建。小说题目《十月的土地》有两个要素："十月"鲜少出现，是一种美好朴实的期望，代表平安富足。而小说尾声交代了一九四五年八月日军投降，就暗示着劳动者在经历了血泪苦痛的斗争后，即将迎来丰收的十月。"土地"贯穿全文，指代人类赖以生存的温馨家园。小说赋予大地以母亲的形象，将泥泞的土地比作生育孩子的子宫，而处于濒死状态的章文德回归了母亲温暖的子宫，陷入生命周而复始的循环梦境中。这种描述并没有使人感受到面对死亡的恐慌，反而带来奇异的镇静与安抚，小说中与生育相关的腥味儿也暗示着章文德生还的可能性，奠定了土地作为养育者的角色。

其次，主人公身上的传统美德力量，特别是他与土地难以割舍的情谊，也为小说增添了人性的光辉。小说中一共有三次土地开荒，涉及三代人。后两次开荒都是章文德被本家、被日本人驱逐而被迫进行的，这意味着他被剥夺了生存的权利，只能通过开辟新的土地来谋生。我认为，作者安排三代人开荒的用意在于强调"土地"的重要性，只有不断开拓新土地并扎根于此，才能开创家园建立羁绊。正如培根的名言："活着就要找土地。找土地不是为了活着。"乱世使章文德失去赖以生存的家园，无处容身的悲哀与恐惧对其精神世界造成了沉重压迫，无根的失重感战胜了懦弱怕事的本性，逼至绝境就爆发了勇敢的血性。父亲章兆仁有遗言："只有守住了地，咱的子孙后代才有落地生根的泥土"，更是他永不敢忘的教诲。章文德骨子里的坚韧，与土地的坚实厚重一脉传承，这种内在的联系是小说对人物形象的补充与完善。他并非一味只懂得退让，只是良善的本质促使他选择容忍，正如同广袤的大地一样沉默。此外，小说中章文德、章文海兄弟均从土里死而复生，结尾处也揭秘二爷章秉麟附魂在章文德身上与他共存。这种颇为奇异的与土地有关的"复活"，都指向一个谜底，即人属于土地的一部分，永远不能割舍与土地的联系，人的灵魂与肉体都受土地的限制与保护。要寻求土地的庇护必须以开荒为起点，从而延续生命的希望。开荒，不仅指物理意义上的劳动，也代表着对人类物质与精神家园的拓展、壮大，所以开荒者也是"开路人"。

除了开荒守土，章文德即使处于特殊情境下也坚持种地。一是他去看守被土匪盯上的金矿，"可出于本能，章文德见不得土地被糟蹋了，他自己也闲不住"。经年累月的耕作早已融为身体记忆的一部分，变成本能的习惯，作者在塑造章文德时，有意识地将人物与土地这个意象相结合，把个人命运完全与土地绑定，将他的每一次出场都安置在有泥土的环境里，而"土"的厚实、沉稳也相应地转化为章文德性格的组成部分。小说结尾处，堂哥认为土地是"盘剥人、捆绑人的"，追求解放、不愿被土地束缚；而章文德的怔愣正是对这番言论的反驳。章文德就像一个从远古时期穿越而来的古人，具有明显的落后于时代的错节感，这种落差注定了章文德最后会回归大地的怀抱，也暗示着他下半生的归宿就是与土地为伴。二是章文德在被迫随土匪逃难的岁月里也不忘耕作。有一个情节是他哼唱"老鹞鹰，嘭嘭飞"的歌谣，土匪们都一起哼唱并伤感起来。"鹞鹰"指代这些离开家乡漂泊的人，正是因为割舍了与故土的联系，才会有无处可归的迷茫。这份伤感是想回"窝"的渴望，是对乡土的思念。章文德生性懦弱胆小，对土地具有忠诚的信仰。作者在塑造章文德时，并没有打上英雄的烙印，而是注入极为深厚的人民性——在他身上集中反映了人民大众的生活、思想、情感、愿望。在时代规则制约下，章文德是极少见的能从大地那里获得慰藉的人，是看透了命运轮回与生命痛苦本质的智者。小说结尾处，章文德从二爷留下的木盒里找到了七粒谷种，用儿子的童子尿育出了嫩芽儿。这无疑是生生不息的启示。

在艺术上，小说亦显精湛和本色。譬如叙事上主要采取内视角，而且视角切换繁杂、迅速，将各个人物的性格与心理活动细致地展现出来。作者安排章文德作为主要视角的承担者，在第一章利用他的记忆"闪回"，引出了对章家主要成员的介绍，家族主要人物悉数全场，用俭省的笔墨勾勒出一批有个性的人物，如章文智喜欢钻研、学识丰富的形象、章秉麟"神秘、古怪、和善"的脾性。此外，语言具有贴近底层劳动人民的"野味儿"，质朴，生动，富有生气。信手拈来的大量农谚、歌谣、俗语、黑话，对农家用具、房屋、耕作细节的内行描述，都说明作者在前期有深厚素材积累，得以创作出真正具有地层温度的人民文学。

原载《中国图书评论》，2021 年第 8 期。

（晏杰雄：中南大学文学与新闻传播学院教授；陈璐瑶：中南大学文学与新闻传播学院硕士研究生。）

《十月的土地》：东北地方的历史低语

王　平　　周悦三

　　一直以来，津子围的小说创作聚焦于城市和人的现实体味，而生于斯长于斯的东北乡土，则很少作为直接的书写对象出现在他的文字中。《十月的土地》是津子围又一部现实主义之作，昭示了他在文学视点上的转向，这种转向带有个人浓厚的情感温度。小说以二十世纪二十至四十年代为背景，揭示了作家对"农民与土地""人与人""人与时代"之间联结的思考，在故事的架构、人物的塑造与情感的介入等方面，充分显示着津子围小说创作的鲜明色彩。

·　一　·

对"土地"的聚焦？

　　无论是从小说的题目还是全文的线索来看，"土地"无疑是贯穿整部小说的中心词。事实上，土地情结是中国文化中一个重要的"原点"，而津子围通过章兆仁、章文德父子和土地之间的情结，深刻揭示了农民与土地之间的"脐带关系"。小说中多次显露出章兆仁所代表的农耕文化心理。他是典型的农民，身上有着传统农民的品性：坚韧、能吃苦、勤劳、性格胆小，将土地视为自己生存的根基。"农民没有土地，就像没娘的孩子！文德你要记着，一辈子都给我死死地记着，没啥也不能没有土地，地就是咱农民天大的事儿。"①章兆仁始终坚守着在农时下地干活、将自己与家族的生存基础全部寄托在土地这一广袤与厚重的资源上的传统。在章兆仁看来，儿子章文德也同样继承了自己对土地的复杂情感："也许是命运捉弄，他章兆仁最爱泥土也最恨泥土了，后来到了章文德那里，爱和恨都传承下来，泥土的成分里融合了爱和恨，如同自己的身躯和血液一样，注定一辈子无法分离。"②但事实上，章文德并不是简单地继承，他对土地已经超越了物质依附而上升为精神依赖。面对复杂的土质，章兆仁考虑的是，什么样的土种什么粮食会有收成，对于不适宜开垦播种的土地并未表现出热情，而章文德希望的只是将荒地开垦，想办法让土地都能播种。父子之间存在着本质上的不同，章文海也随后道出两人的区别："爹稀罕土地，主要是稀罕土地种出的粮食，你不一样，你稀罕土地是真稀罕，像稀罕命一样稀罕！"③津子围对土地的书写，直指农民与土地关系的本质。相比较于乡土小说中对人与土地关系的多维阐释，津子围反其道而行之，他所追溯的是土地最纯粹本质的自然性，或者说对生命的孕育，对精神起点的追溯。正如在文章的开始，章文德梦到自己变成一颗发芽的豆子，努力地从泥土中挣扎出来，艰难地生长。章文德的梦境也许正是作者的某种隐喻。章秉麟寄魂在章文德身上，魂魄虽然囚禁在身体里，但身体却被囚禁在土地上："无论你怎么折腾，永远都离不开脚下的土地，土地不属于你，而你属于土地，

① 津子围：《十月的土地》，长沙：湖南文艺出版社，2021年版，第25页。
② 津子围：《十月的土地》，长沙：湖南文艺出版社，2021年版，第70—71页。
③ 津子围：《十月的土地》，长沙：湖南文艺出版社，2021年版，第343页。

最终身体都得腐烂成为泥渣，成为土地的一部分……"①小说结尾，章文海冻到休克时被埋在泥土里而后"起死回生"，似乎印证着所谓的"泥土里能长生命"。

《十月的土地》以东北的乡土为创作土壤，津子围在小说中实现了"土地"意义的两次升华。一方面是章文德对传统的依附心理的升华，另一方面，则上升为民族与国家的宏大层面。一开始，章兆仁与章兆龙对家族土地所有权的争夺，并未跳出家族争斗的范围，这时土地单纯作为生产资料为农民所播种，是家族生存发展的根基。然而在历史的走向中，当国土已经处于四分五裂的状态时，家族与个人必然成为历史的一部分，土地已经无法成为纯粹的农民所有的生产资料，而是代表着整个民族与国家的广义上的国土。所以即使章文德失去了土地，但是他仍然要为土地而战。在《十月的土地》中，津子围展示出二十世纪上半叶农村原始的生存状态，同时写出了在军阀混战与抗日战争的历史走向中人的精神走向。章文智最后一番话也正揭示了这一题旨："我们不能被这巴掌大的土地给束缚住了，还是要睁开眼睛看看外面的世界，我们要从这盘剥人、捆绑人的土地上解放出来，还回做人的尊严，真正为人民争取当家做主的权利。"②津子围以自然性为起点，以东北广袤的土地为资源，通过章家父子土地情结的继承与升华，深入到了形而上的精神层面，形成了自己对土地独特的文学表达，同时在社会转型的历史进程中，以理性的眼光探究传统农民在历史中的新生，表现了东北人民精神觉醒的历程以及东北地域的历史化进程。

---

① 津子围：《十月的土地》，长沙：湖南文艺出版社，2021年版，第366页。
② 津子围：《十月的土地》，长沙：湖南文艺出版社，2021年版，第368页。

· 二 ·

东北文化记忆

《十月的土地》可谓是一部厚重的东北地方文化史。小说叙述的是二十世纪二十至四十年代的中国历史图景，在其所体现出的新旧观念冲撞、农耕与现代化的冲突之外，涉及了对东北风俗的大量描绘。俚语小调、地方历史、民间传说的大量运用，透露出了津子围试图建立自己东北记忆的思想线索，在其流畅、掷地有声的叙述中，将东北丰富的民间资源呈现在我们的视野中。

《十月的土地》对东北地域特定的风俗情状的描绘，显示了东北地方民俗文化的特质。民俗是人类最基础也是最重要的文化现象之一，特色鲜明、样式丰富的民俗活动作为一种集体无意识，表现的是人民在精神心理层面的深厚积淀。《十月的土地》中，津子围开掘了潜藏在他心里已久的东北资源，营造出小说中质朴粗犷的东北语言以及丰富的民间智慧与幽默气息。老庄头的"瞎话"所蕴含的民间智趣、东北衣食住行所显露的地域风味，以及神秘的地方风俗，构成了一幅丰富的东北地域文化图景。《十月的土地》虽然采用现实主义的手法，文中却充斥着东北乡村特有的神秘色彩。比如所谓的民间说法："按照老说法，产房里要'开缝儿'，屋子里所有的箱子、柜子、抽屉、盆子、锁头之类的东西，凡是能打开的都得开一道缝儿。"[①]《十月的土地》还有着关于"萨满文化"的大量书写。小说中曹彩凤让汤仙姑给章文德做法叫魂，看坟人车麻子打卦算命，小货郎沟通阴阳，其本质揭示的是"萨满文化"对东北地方人民日常生活的影响，这一潜在的认

---

① 津子围：《十月的土地》，长沙：湖南文艺出版社，2021年版，第93页。

同心理鲜明体现了东北地方的文化特点。

《十月的土地》中我们无法忽略章秉麟这一人物形象，他身上所流露的传奇色彩体现了东北的神秘地域文化。章秉麟年轻时读书做官，打下家业成为章家的大家长，然而垂垂暮年将家业传给子孙后，竟在大寿之日离家出走，传说上山参禅悟道，羽化成仙。章秉麟身上具有一种传奇性与先兆性。在章文德生命垂危之际，是章秉麟向小货郎梦中求药救了他的性命；章兆仁被赶至蛤蟆塘，他似乎提前预见了章兆仁与章兆龙的斗争，将地契放置锦囊内交给章兆仁，想要助他渡过难关。如果说这些神奇的经历可以归为某种巧合的话，那么小说结尾对章秉麟寄魂于章文德的揭示，则给整部小说奠定了一种反转与玄幻的基调。祖孙两人复杂奇幻的联系，似乎与小说的现实主义基调相背离，但是这一设置从东北地域文化的角度来看，却又显得自然而合理。也正是东北所具有的神秘民间资源孕育了这一部具有浓厚地域特色的、表现东北人民日常生活的现实主义力作。

津子围回望东北故土，对东北这片地域进行历史的追溯。但是他并不是去批判或者揭露，而是试图在对故乡精神与文化活动的表达中，勾勒出东北人民的心灵史，唤起东北的文化记忆。整部小说虽然涉及了家族内部争斗，但是东北的地理沿革、文化活动、人民的坚韧与醇厚秉性使得这部小说具有了历史的纵深感。

· 三 ·

家族史与革命史

从巴金的《家》到陈忠实的《白鹿原》，再到铁凝的《笨花》，家族叙述作为一个叙述母题，一直以来为作家所热衷。《十月的土地》同样以一个家族的兴衰命运来介入历史，将家族叙述与历史"大叙述"相结合。这既是一部家族史，也是一部革命史，家族记忆与革命记忆的双重叙述，使之呈现出鲜明的历史态度。

在家族小说的创作中，"传统的中国人总是以给定的父之子，夫之妻的家族伦理身份作为重要的存在标识，家族故事隐含着'家中人'的成长体验、个人隐衷和亲情纠缠"①。《十月的土地》也并未跳出家族小说的这三种表现形式。个人成长体验在章文德与章文智身上得到了充分的表现。首先可以明确的是，章秉麟是章氏家族的核心人物，他在哥哥章秉麒的帮助下，白手起家打下了章家的家业。然而"家族小说的人物构成模式，体现了古老的家族组织在现代社会所经历的碰撞，蜕变分裂和重组趋势，家族不再是一个凝固静止的团体，新的力量在崛起，旧的力量在衰颓"②。所以从章兆仁与章兆龙这一代开始，章家的根基开始受到子孙的个人选择和社会现代化进程的影响。章兆仁是地道的农民，埋头于田地；章兆龙是商人，早已经与传统的生产方式相剥离。两人从地位到精神的分裂与碰撞推动着章氏家族的历史命运。同时，作为章家第三代子孙，章文德与章文智表现出了新生力量的觉醒。章文德由一个命悬一线的胆怯孩童，成长为一个承担家庭重担、为民族浴血抗争的男子汉，揭示了中华民族传统文化的隐秘基因。章文智在整部小说中的个人成长最为鲜明。章文智无疑是一个典型的封建家庭的长孙，和爷爷选择的郑四娘结婚，虽受到了新文化的冲击，然而一直处于被动的状态。从章文智选择去教书开始，他就获得了命运的自主性。如果说教书走出家庭使他得到了精神上的自由，那么误入匪窝、成为土匪的经历又激发了他的斗志，锻造了他的性格，使他在民族危亡之际由争取"个人解放"转向了民族的解放之争。无论是章文德和章文智的个人成长史，还是章兆龙和章文礼的个人颓败史，津子围通过他们个人的经历揭示了整个家族的命运走向。

_____

① ② 李永东：《现代家族故事的生成机制》，《湖南大学学报》（人文社会科学版），2004 年第 6 期。

《十月的土地》家族成员的内部争斗、恩怨情仇是构成小说的重要内容。章兆仁是农民，章兆龙是读书人；章兆仁性格胆小，老实一辈子执着于土地，章兆龙脱离土地，重利轻义。兄弟间地位的不平等造成了家族内部的斗争。章兆仁与章兆龙虽是堂兄弟，却有明确的"近支儿""远支儿"和"大份儿""二份儿"之分。章兆仁将自己视为家族的一分子，为章家料理农事，但是在章兆龙心中他们不过是雇佣关系。章韩氏和章吴氏、曹彩凤妯娌之间也是争吵不休。这些纠缠不清的矛盾在家族与历史的推动下，动摇着章家的基业与命运。小说有个值得注意的地方，就是章家子孙的"家谱"。中国人历来重视家的根系源流，家谱体现了家族深厚的寻根意识。家谱作为以血缘关系为主体的家族世系繁衍的表现形式，是家族血脉传承的重要载体，它蕴含了一个家族的生命史，是家族血缘关系的标志，体现着一个家族长久的生命力与凝聚力。小说中，章秉麟面对章文德提到："章家轮到你们这一辈范文字，家谱上一共二十个字……秉兆文廷喜。你爹这辈范兆，你这辈范文，你下一辈范廷，再下一辈范喜，不知道那个喜还有没有，如果有，会是什么样的喜呢？"[1] 章秉麟作为一个神秘的先兆性的存在，这一感叹却流露出他对于家族的命运在历史走向中隐隐预兆出的不安之感。津子围自己也解释过，对于章秉麟寄魂于章文德的设置，可以理解为那个时代的"残留香火"。《十月的土地》耐人寻味地书写了北方农民的生存状况、家族走向、历史反思，对传统的家族在社会的现代化进程中自然衰亡的命运，做出了正面的观照。

《十月的土地》除章氏家族史的叙述外，还承载着社会革命的显性历史叙述。事实上，自二十一世纪以来，很多作家将文学视点转向了历史领域。"由于中国 20 世纪大部分的历史就是革命的历史，所以历史叙事（特

---

[1] 津子围：《十月的土地》，长沙：湖南文艺出版社，2021 年版，第 81 页。

指现代历史叙事）与革命叙事即使不是同义词、不是完全重合，也有大部分是重合的。只要写到历史就不能不涉及革命，反之亦然。"① 同样，《十月的土地》中，津子围对历史的讲述无法与整个时代割裂开来。但是相比其他书写同阶段历史的作品，《十月的土地》在革命的书写中突出表现了个人在时代中的抉择。从"跑毛子"到军阀混战，再到抗日战争，章家每一个人都渗透到社会革命和政权交替的历史进程中。一心种田的农民章文德怎样在失去土地后走向了革命，读书人章文智怎样成为土匪张胡又成为革命军，这种家族记忆与革命记忆的结合，使得家族与国家、个人与时代、宗教伦理与社会革命的关系在津子围的叙述中极富张力。津子围通过章家这个具有传统血缘关系的家族的兴衰沉浮，重新审视了中国革命进程的风云变幻，也揭示了家族命运被时代大潮流所推动席卷的历史真相："在所有导致传统封建家族与家族文化走向衰亡的力量中，中国近百年来的红色'革命'是最为强大也最为直接的一种力量，因为前者正是后者的对象。"②《十月的土地》书写了中国的革命史，民族的革命史。在内乱与外侮中，章家人从游离到自觉投入革命的过程，揭示了人民在压迫下的精神觉醒，展示的是我们中华民族的精神内核：中华民族自古以来就是有这样的革命精神的，底层人民在种种的矛盾冲突中也能迸发出民族大义。

　　津子围《十月的土地》抓住了那个年代最核心的本质的东西，那就是"土地"与"人"。无论是社会变革还是家族争斗，这两者都深处旋涡之中，这是所有关系的核心。可以说津子围一直都坚守着他对"人"的精神探索。即使《十月的土地》回归东北这片故土，书写东北地方的精神、文化、历史，但东北土地并未将他局限，津子围所发出的对土地与人的精神的思考，

① 陶东风：《革命的祛魅：后革命时期的革命书写》，《渤海大学学报》（哲学社会科学版），2010 年第 6 期。
② 李兴阳、丁帆：《新世纪乡土小说的"历史叙事"与现实诉求》，《福建论坛》（人文社会科学版），2013 年第 6 期。

对家族史与革命史的讲述，仍然立足于更高的文化视点，既是东北地方的历史低语，又书写了整个人类的历史记忆与情感。面对津子围这样的作家，我们值得对他的创作报以温暖的关注与期待。

原载《当代作家评论》，2021 年第 6 期。

（王平：辽宁师范大学文学院教授、硕士生导师；周悦三：辽宁师范大学文学院硕士研究生。）

苦难史诗与伦理寓言

——评长篇小说《十月的土地》

胡　哲

　　李广田在诗歌《地之子》中深情地吟唱："我是生自土中 / 来自田间的 / 这大地，我的母亲 / 我对她有着作为人子的深情。"[①] 这首小诗形象地诉说了由乡土涉入城市的现代诗人对于大地的无限眷恋，而对于这类现代知识分子"母亲"般的"大地"想象与"子"的身份意识，研究者赵园曾进一步剖析："中国现代史上的知识分子，往往自觉其有继承自'土地'的精神血脉，'大地之歌'更是近代以来中国知识分子的习惯性吟唱。""它毋宁说过于朴素，近于童稚，但包含其中的文化骄傲，是十足真诚的。"[②] 新文学创作者们面对波谲云诡的现代乡土社会与民族存亡变革，纷纷裹挟在"非理性"的时代大潮中高扬"地之子"的精神旗帜，以图唤醒"土地"所维系的知识者自身的"文化血缘"以及人与人、人与民族的血肉记忆。

---

① 李广田：《李广田文集》（第 2 卷），济南：山东文艺出版社，1984 年版，第 16 页。
② 赵园：《地之子》，北京：北京大学出版社，2007 年版，第 7、10 页。

而流亡的"东北作家群"则"第一次将作家的心血，与东北广袤的黑土，铁蹄下不屈的人民、茂草、高粱，搅成一团，以一种浓郁的眷恋乡土的爱国主义情绪与粗犷的地方风格，"① 典型地开辟了现代小说史中和着个人与民族血与泪的"地之子"文化身份体认。

津子围同样是在这一民族与地域历史文化领域辛勤跋涉的当代作家，他的新作《十月的土地》实则在新世纪之初发表的《老铁道》系列短篇小说集、《黄金埋在河对岸》《裂纹虎牙》等小说中便觅得足迹。可以说，津子围从黑龙江外乡徙入大连的人生经历，为其以"地之子"的身份意识接续东北叙事提供了现实基础。但他也并不处于"东北作家群"等人的历史在场语境，其一贯的理性锋芒与温情姿态又冲淡了上述东北"地之子"叙事传统中的"非理性"倾向，甚至于他而言，历史与地域等题材要素并不构成其创作冲动，这在二〇一四年津子围与林喦的一场访谈中得以证实。

当林喦以"旧事题材"为名囊括"一些表现二十世纪二三十年代到一九四九年以前的这一段历史的故事的文学作品"并加以发问时，津子围淡然地回应道："只要某个'触发点'令我心动，我就会探究下去，并不在意这个故事（或者作品里的人物）该发生（或者生活）在哪个时代、哪个地域。在我看来，无论时代还是地域，人性的某些东西是共通的，比如喜怒哀乐，所不同的是，舞台上换了场景和道具罢了。"② 在《十月的土地》文末，作者特意说明该文本从二〇一〇年至二〇二〇年完成所有创作工作。这意味着上述对话中津子围对"地域"与"年代"的淡漠表述同样值得重视，意即尽管《十月的土地》塑造了东北历史与地域烟尘中栩栩如生的"地之子"形象谱系，但作者创作意图更投注到了历史与地域之外"人性的某些东西"，

---

① 钱理群、温儒敏、吴福辉：《中国现代文学三十年》修订本，北京：北京大学出版社，2016 年版，第 265 页。
② 林喦、津子围：《好作家不会被落下——与作家津子围的对话》，《渤海大学学报》（哲学社会科学版），2014 年第 3 期。

这与津子围一贯的理性思辨底色相吻合。而从这一逻辑秩序切入，理应成为我们解读《十月的土地》文本世界的有效窗口。

· 一 ·

近现代东北"土地"上不屈的魂灵与苦难史诗

阎连科曾在剑桥大学的一场讲演中以"民族苦难与文学的空白"为题，指涉"我们确实没有充满作家个人伤痛的深刻思考和更为疼痛的个人化写作，没有写出过与这些苦难相匹配的作品来"①。这或许并非通往民族苦难叙事经典的唯一渠道，但其渴盼触及受难者"个人"魂灵体验的苦难叙事，却也是世界各民族苦难文学经典的必要条件。东北近现代史是一部苦难史，大量具有"史诗"般文化品格的再现黑土地上不屈儿女们血泪抗争的文学作品，是对苦难时代的最大回敬，陈晓明更是凝练地将之表述为："苦难是历史叙事的本质，而历史叙事则是苦难存在的形式。"②不同于历史在场的"东北作家群"或从侧面戳露帝国主义铁蹄下"国民性"缓慢觉醒的受难者们（如萧红《生死场》），或从正面歌颂苦难时代下黑土地游击抗争中的坚韧魂灵（如萧军《八月的乡村》），也不同于历史离场的当代作家以"小人物"的典型苦难经历想象"大时代"之于人、民族的无尽苦难体验（如迟子建《伪满洲国》《额尔古纳河右岸》），津子围在《十月的土地》中延续了其惯有的理性思辨意识，同时将他满腹的"悲悯"情怀融入了围绕"土地"所显现的苦难群像与不屈魂灵中，并在生命之艰、爱欲之艰、民族大义之艰等苦难经历中淬炼出具有隽永意义的"苦难意识"，从而叙

① 阎连科：《民族苦难与文学的空白——在剑桥大学东方系的讲演》，《渤海大学学报》（哲学社会科学版），2009 年第 2 期。
② 陈晓明：《表意的焦虑——历史祛魅与当代文学变革》，北京：中央编译出版社，2001 年版，第 403 页。

写出一部浑厚深邃的苦难史诗。

　　《十月的土地》是一部以"土地"为题眼的民族苦难史叙事，其既突出了作为基本生产资料的"土地"，在社会生产关系中对处于附庸地位的"人"的生命之艰，又注意到了"黑土地"所独具的东北神秘文化滋养下的"人"的粗粝苦难与生命之艰。前者在左翼文学"庸俗社会学"思想的指引下，一度陷入到了图解"土地政治"的文艺泥淖当中，因而备受后世"纯文学"观念的诘难。而津子围又一次拾起这一"古老"命题，在小说中直面"土地"作为生产资料所诱发的社会学与人学问题。章兆仁表面上看"是二掌柜的，全面负责农作物生产"，甚至当"老毛子来了"的时候，他还有章氏大院"家长"式的决断权力——至少在章家众人"抄家伙，跟二掌柜的上院墙，今天跟老毛子干到底了！"的应和声中营造起了这样的等级地位。但实际上，章兆仁因受到老太爷章秉麟的恩惠，以及对自己与章兆龙之间"堂兄弟"的伦理认同，尽管媳妇章韩氏一直以来反复诉说着他们作为"二份儿"处境的苦恼，但兆仁始终没有意识到"土地"所有权问题将成为他们"生命"苦难的根源。相反，兆仁在莲花泡开荒等实际土地生产活动中却耗费了一生的精力与心血，并且遭遇了土地生产所带来的"痨病底子"，即一生无尽的身体苦难。当两家决裂时，"土地"问题直接将章兆仁推入沉重的情感与现实的双重苦难，即一方面兆仁"我是二份儿的不假，但怎么也算是本家吧"的伦理想象，被章兆龙"其实你只是我家的劳金……"①等话语彻底粉碎，由于"土地"所有权的不公，这导致兆仁一生的伦理信念被彻底拖入了苦难的溃散边缘。另一方面由于章兆龙翻手为云的手段，彻底剥夺了章兆仁一家赖以生存的"莲花泡河西四十垧土地"，使得章兆仁一家"拖着伤残的身体"，投入到"蛤蟆塘开荒"的苦难生活中。可以说，津子围

---

① 津子围：《十月的土地》，长沙：湖南文艺出版社，2021年版，第217页。

塑造了章兆仁作为封建家族依附关系中的"二掌柜的"，土地生产关系中的"劳金"这一典型形象，并以此还原了"土地"在社会生产关系结构中如何演变为"苦难"的根源，继而成为牵涉"人"生存与伦理苦难的"生命"之艰。

与之相应，后者则根植于东北这片神秘色彩盛行的"黑土地"，充分表现了黑土之上受难的"人"粗粝的生命力。小说开篇讲述了因"染上霍乱"而奄奄一息的章文德被扔到"虎山关帝庙"，在此他陷入到了代表现实生命的"泥土"与死亡的"梦魇"之间艰难徘徊、挣扎的苦难历程，"那个梦魇是这样的，他变成了一颗发芽的豆子，一点点伸展着腰身，一点点向上努力着，他在拼尽全力拱破地皮，只是，头顶的地皮太硬了，坚硬如石。他艰难地生长着，从泥土里挣扎着……"[1] 这段写意文字生动地描绘了章文德在泥土中如何艰难地为"生命"而挣扎，而他之所以被弃置到关帝庙，按照作者的解释是"按当地的风俗，得了瘟病没断气的孩子半埋在土里，大概是怕孩子的眼睛被老娃子啄出洞来，那样到阴曹地府也不至于瞎了。等孩子彻底没气了，再深挖深埋"[2]。黑土地给人们带来了无尽的疾病、生存等苦难问题，而人们又将突破苦难以求"生"的希望重新聚拢回了土地，这寄托着东北先民对于泥土与生命共生死的潜默认同。再如章文德、文海、佳馨等自小便耳熟能详的"顺口溜儿"，其看似轻巧调皮的"农谚""歌谣"等语言形式下，实则寄寓着东北先民在困苦的自然环境中所凝练的土地智慧。这类风俗画式的"风景"描写，更凸显了东北人民粗粝的生命力与苦难的挣扎史。

洪治纲曾描述新世纪小说中存在过度"失范"的写作倾向："他们的审美理想中似乎隐含着这样一种叙述逻辑：作品要深刻，就必须让它体现

① 津子围：《十月的土地》，长沙：湖南文艺出版社，2021 年版，第 1 页。
② 津子围：《十月的土地》，长沙：湖南文艺出版社，2021 版，第 10—11 页。

出某种极端的情感冲击力；而要使叙事具备这种情感冲击力，就必须让人物呼天抢地、凄苦无边。这是一种典型的'苦难焦虑症'式的写作。"① 事实上，津子围的前作中也存在显见的现代都市"小人物"的"焦虑"的书写，以及其自身思想的"焦虑"②，但如前所述，在《十月的土地》中津子围呈现出由"土地"缓缓切入苦难世界的大气象，他并没有着力于塑造"呼天抢地、凄苦无边"式的受难人物，相反他一方面踱入肩负着沉重历史枷锁的"社会学"层面"土地"与"历史关系中的人"的苦难世界，另一方面又涉入"文化学"层面"土地"与"历史现实中的人"的苦难世界，旋而合力指向历史苦难中"人"的生命之艰——从马斯洛的需求层次结构来看，这属于"人"最基本、最有力量的"生理的需要"层次。新世纪之初便有论者深感于"20世纪中国文学的苦难叙事曾经走入单一化，但世纪末开始回流"的欣喜现状，直称"一切社会苦难的回顾与总结，如果单单空洞地指向抽象的'历史''社会'或'政治'意义，忽视了个人苦难，增加的只是个人内心的沉重。苦难的意义被抽象化，削弱了现实的具体性，使得苦难仅仅成为目的，而强烈的目的性带来无意义化的压抑"③。津子围显然是以"人本"的思想观点探索历史中的"土地"与人的苦难史如何交集的，即在生命之艰的维度上，作者更着意历史中受难的"人"如何在多元需求中唤醒基于"土地"的"苦难意识"的精神母题。

在《十月的土地》中，无声的"土地"还是人世"爱欲"之艰的见证

---

① 洪治纲：《心灵的见证》，广州：广东人民出版社，2009 年版，第 51 页。

② 在 2007 年 1 月由中国作家协会《小说选刊》杂志、辽宁作家协会主办的"津子围作品研讨会"上，与会专家秦万里、贺绍俊、孙春平、李敬泽、刘兆林（按发言顺序排列）等都重点研讨了津子围作品中普遍存在的"焦虑"现象，以及由此所折射出的作家的"焦虑"心态，其中秦万里生动地分析了"这可能跟他的性格有关，善良，他总是焦虑，最后化解，总是让人家有出路"，这颇为凝练地反映了津子围如何在"理性思辨"与"悲悯情怀"兼具的创作品质中生成独特的"焦虑"现象。参见：《津子围作品研讨会记实》，http://www.chinawriter.com.cn，2007 年 1 月 23 日。

③ 刘俐莉：《苦难叙事与 20 世纪中国文学》，《广西社会科学》，2005 年第 7 期。

者与承担者。东北这一片无垠的黑土，既以孩童章文德的视角目睹了"苞米楼子下的草地上"大嫂郑四娘与二哥章文礼的糜乱"亲热"、甚至旋而郑四娘又被迫与三婶弟弟曹双举发生了"无序"性行为——杂糅着马斯洛需求层级中"生理的需要"（性的需要）与"归属与爱的需要"，这不仅击碎了建立在"土地"上的封建家族貌合神离的伦理秩序，还为爱欲不得的郑四娘以及文智、文礼兄弟阋墙埋下了苦难的根源；又以拓荒者章兆仁的视角承担了其"最爱泥土也最恨泥土"的复杂爱欲，这一面有他在开荒后"望着一直延伸到天际线的坡地"所带来的生存力的爱欲，另一面也有他对自己与爹一生都对"土地"劳而不得、爱而不得的"苦难心灵史"遗恨；还以章韩氏的女性视角展现了"土地"之于爱欲的沉重意义，她清醒地感受到了"土地"所有权的缺失所导致的自己一家"二份儿"的家族地位，因此她不惜以"分家"等为由多次触怒章兆仁。从兆仁一家被赶出莲花泡后，章韩氏连连慰藉他"苦日子不怕，苦也是给咱自己苦的……"[1] 等甘于苦难的话语来看，章韩氏并非贪图"土地"本身的物质价值及其社会地位，而是"土地"所掺杂的沉甸甸的现实感迫使她将之与对兆仁的爱欲结合在一起。

"土地"更使得"苦难不再仅仅是一种整体性和集体性的存在意识"[2]，而是通过还原"人"如何在生命、爱欲等具体的历史的需求层次中"自我实现"，成为东北"土地"上彻底弥合了生命、爱欲、甚至是民族大义苦难的不屈的魂灵，即抵达马斯洛心目中最高层次的"超越需要"。小说中脱胎于《裂纹虎牙》的丛佩祥、狗剩儿、老疙瘩的故事，更突出了农耕"土地"对狗剩儿的精神改造失败，他永远如师傅丛佩祥一般属于穿梭狩猎的"山林之子"，这也在冥冥中注定了他与老疙瘩的爱欲悲剧。而当师傅身死日寇之手，故土沦丧之际，狗剩儿仍忘我地投入捍卫民族大义的苦难当

---

① 津子围：《十月的土地》，长沙：湖南文艺出版社，2021 年版，第 220 页。
② 刘俐莉：《苦难叙事与 20 世纪中国文学》，《广西社会科学》，2005 年第 7 期。

中；章文德纵然在身陷"匪窝"之境，依然执念于土地劳作，而在与赵阿满结婚后，二人仍醉心于农耕土地所营造的安稳环境。可当"土地"沦亡，被迫投身民族抗争的文德在血与火的苦难磨砺中，逐渐认识到笼罩在"土地"上的民族大义之艰；袁骧作为政治上"投机"的军阀队伍首领，情感上渐进的"真情"不仅使他义无反顾地与章佳馨结合，还让他荡涤了自己不堪的灵魂。日寇的大举进犯使袁骧感受到切肤的"土地"沦丧之痛，从而使其再一次超越个人的生命、爱欲之艰，投入到拯救民族大义的苦难历程当中；章家大院中同样痴心于"农作物改造"等现代意趣的章文智，在经历亲弟弟文礼的致死构陷、"绑匪"石氏兄弟的割耳折辱之后，生命之艰、爱欲之艰所诱导的恨意与复仇欲望填满其内心的沟壑。在"匪窝"掌势后的"张胡"，让石虎成为"独眼龙"，且一再欲取文礼性命。然而也是在日寇入侵、土地沦丧的血与火的斗争中，"张胡"于民族大义的苦难修为中洞悟到了他与石虎"已经是患难的弟兄了"[1]。抗战故事的展开，不仅促进了叙事结构上的转折，而且汇流了东北土地上需求、立场各异的"人"，使之在黑格尔所谓的"正（土地上需求、立场各异的"人"）——反（生命之艰、爱欲之艰等需求中受难的"人"）——合（抗战故事诱发的民族大义之艰反向启迪了"人"多元需求层面的和解）"的"人"的辨证发展中，集体构筑起近现代东北"土地"上不屈的苦难意识与魂灵群像。

"对于苦难，每一个民族都有自己的理解方式。在俄罗斯，人们崇拜苦难，甚至享受苦难。"[2]而在中国，史诗传统的匮乏与苦难体验的盈余，使得当代小说勇敢地以史诗的体量去记录个人、民族的苦难心灵史。津子围是用悲悯的情怀通过"土地"抚慰这段苦难史诗的，正如小说中第四代人所感受到的那样，"章廷寿认真地在房后抓了一把土，在鼻子上闻了闻，

---

① 津子围：《十月的土地》，长沙：湖南文艺出版社，2021年版，第262页。
② 郭小丽：《俄罗斯民族的苦难意识》，《俄罗斯研究》，2005年第4期。

他觉得有腥味儿，再闻还有股苦味儿，到了最后他的确闻到了芬芳"①。这是津子围以最大的悲悯与善意回敬了土地所表征的民族苦难史，而土地所延传的个人与民族的苦难史诗又何尝不是如此。

· 二 ·
时间、记忆与土地：
东北"地之子"的主体性认同与对话

"时间"与"记忆"对于理解津子围的小说创作是极为重要的范畴。他曾比拟"写作是抖落时间的羽毛"，而"记忆其实是时间作用的另一种方式，小说与记忆关系密切，是一种特殊的时间表达形式"②。故而当林喦捕捉到其"无论是什么题材都赋予当代的话语方式与时间性"时，津子围直呼"您恰恰提出了新的文学评论视角"。受惠于《预测未来/剑桥年度主题讲座》中所载的"循环时间"与"线性时间"的启迪，津子围不再疑惑地"漂浮在时间的河流里"，相反他逐渐形成了"时间对未来丧失了刻度"，"有的时候，走的是我们而不是时间"③等现代意义上的时间观。在《十月的土地》中，他便在"线性时间"的流向中寄寓着深刻的"循环时间"结构，并使之成为统一的有机体。而真正实现沟通这两大时间系统的，正是拥有深邃苦难记忆的"土地"以及"地之子"的主体构建。

"线性时间"是由基督教思想中时间概念发展同"世界历史"进程密切相关的时间观发展而来，在工业化时代下更指代"不可逆"时间，这类时间观也普遍充斥在当代小说的基本叙事结构中。《十月的土地》整体沿

---

① 津子围：《十月的土地》，长沙：湖南文艺出版社，2021 年版，第 364 页。
② 津子围：《写作是抖落时间的羽毛》，《光明日报》，2012 年 7 月 17 日。
③ 林喦、津子围：《好作家不会被落下——与作家津子围的对话》，《渤海大学学报》（哲学社会科学版），2014 年第 3 期。

着二十世纪二十年代至四十年代的线性历史时间，逐步完成了这一矢量方向上家族叙事向抗战叙事的转变，但作者是紧贴着"土地"的历史时间，以大开大合的格局讲述"土地"与"家族"如何在现代性大潮的裹挟下呈现代际间"地之子"伦理嬗变的。小说中第一代人章秉麒与章秉麟身处清末封建小农经济破产时代，在兆仁"记忆"视野中的父亲章秉麒将一生的时间、甚至是生命同"山东老家那可怜巴巴的一小块山坡地"密切联结，并且成为了封建小农意识的化身。而章秉麟的"闯关东"创业历程则颇具传奇色彩，其既以丰厚的"土地"资本构建起封建家族及其伦理体系，又以在"玄微居草屋"中痴心于传统士人文化使他成为了典型的"乡绅"；第二代人章兆龙与章兆仁在"土地"关系上发生歧化，这与二十世纪初期资本经济深入乡土中国的现代性进程同构。章兆龙以"金钱"为标尺将精力聚焦在资本主义生产式的"生意"上，如百草沟金矿、三岔口油坊等，成为了集地主与民族资本家于一身的"复合"体。兆仁则始终以拓荒者式的"农民"自居，延续着传统物质生产意义上的"地之子"身份；现代性语境冲击中成长起来的第三代人，以章文德、章文智、章文礼等为代表则同"土地"的关系更加分化。在"二份儿"身份标属下成长起来的章文德始终对"土地"保持着熟稔的体感与主动的亲近，在灵肉方面成为了现代乡土社会的"地之子"。在"大份儿"身份语境中成长起来的章文智则对"土地"等事物保持着乌托邦式的幻想，而章文礼则充分沿袭了父亲章兆龙的资本主义价值观，甚至颇为极致地展现了资本主义金钱"异化"后的人性丑恶。而第四代人章廷寿、章廷喜则成长于抗战炮火中，面对浇灌了父辈民族大义的"土地"，他们捧着章秉麟流传下来的"谷种"走入"土地"历史的纵深，也显示了线性时间流向下"地之子"的时代坐标与精神延传。

诚然，"土地"自身所承载的民间时间中"周期""回归""轮回"等文化记忆，使得津子围小说中的叙事时间最终并未流于单向度的线性历史时间，而是在其发展趋向中嵌入了相对封闭的"循环时间"。"循环时间"给作者颇为困惑的时间观带来了心灵震撼，自然也是津子围小说的深邃之处。这一时间概念是自远古以来中西方基于"自然周期论""宇宙回归论""灵魂轮回说"等观念归纳、感知而来，一度被视为"前传统社会"的产物。随着尼采的"永恒轮回说"、维科的"循环历史观"等学说兴起，又为这一古老的叙事时间观注入了新的活力。与之相应，津子围在小说中显然注意到了"地之子"的主体性问题，与其说其沿着线性时间向现代性深处显露出代际演变的进化轮廓，毋宁说其更置身在具体的历史的民间实践现场中，受到循环、重复、甚至是轮回的"土地"记忆的影响而逐步形成"实践主体"与"精神主体"认同的时间过程。从章兆仁、章文德父子农事生产中随口道来的"周期"性的农谚经验，到"土地"所浸润的"爱和恨"的记忆在兆仁、文德父子身上的"回归"性的复现，章氏父子"在地"的实践主体活动，典型地言说了历史烟尘中土地与人"如同自己的身躯和血液一样"① 的必然秩序。在此之上，故事开篇章文德在关帝庙嗅到了生死间"土地"所混杂的"腥味儿"，结尾处章廷寿亦感受到了土地"腥味儿"的存在，这种朴素的"土地"体感，实则更隐喻着精神主体层面民间苦难记忆的"绵延交替"与"循环往复"。

值得注意的是，面对小说中章秉麟的灵魂寄生在章文德这一宿主身上的带有神秘色彩的故事情节，贺绍俊高屋建瓴地从"文学／文化"的维度将其统摄起来解读："它把从章秉麟到章文德的几代人的魂儿连成一条线，暗示着土地的魂魄是由传统文化建构起来的"，而就这一"非现实"手法，他直言这是"因为东北的神秘文化渗透在民间的日常生活中"，而"东北神秘文化就是在东北土地上生长起来的，它蕴含着土地魂魄的精气"② 。可

---

① 津子围：《十月的土地》，长沙：湖南文艺出版社，2021年版，第71页。
② 贺绍俊：《东北土地的魂魄书——津子围〈十月的土地〉人物析》，《当代作家评论》，2021年第2期。

以说，这全面地揭橥了津子围对"灵魂寄生"行为与土地、甚至是东北神秘文化的魂魄书写。而若继续从跨越祖孙的"灵魂寄生"行为所具有的超现实能力来探究的话，它在文本叙事上确实扰乱了某种合规律的、不可逆转的线性历史时间，且嵌入了类似"灵魂轮回说"的"循环时间"职能。但与纯粹的"灵魂轮回"所不同的是，小说中灵魂寄生后的"章文德"更像是章秉麟与章文德的灵魂"复合"体。该灵魂复合体实现了"西斜的阳光"俯照下章秉麟"再活一回"的纠葛心境，让他以无声的"游魂"状态跟随着章文德，彻底经历了一遍"现代性"浪潮冲击下"地之子"的"循环时间"认同与"线性时间"走向。从某种意义上看，这二者间的关系更像是曹文轩所比拟的"时间获得了两个形象——一辆金泽闪闪的马车，在一直向前，而它的轮子，却又在作相对的圆周运动——一个时间向前，一个时间在循环。这大概是东方人的智慧——东方人发现了时间的隐喻"[1]。关于"线性时间"与"循环时间"之争，一直是中西方思想史上"两难"的精神命题。无可忽视的是，作为一种思想的影子，这也投射到了新世纪历史小说创作与评论的叙事时间之维。以刘旭为代表，他对贺享雍"乡村志"书写中"一到土地面前，他的时间感就消失了"的时间美学颇为推崇，并盛誉其"取消了进化时间的东方循环时间观给中国乡村的一个坚定的信念：为了家族，为了后代，为了一个苦难而庄严的轮回"的"东方化叙事建构的可能"[2]。相形之下，津子围则坦然选择了一条媾和"循环时间"与"线性时间"的道路，并由此实现其"一体两面"的美学效应。

所谓"一体两面"的美学效应，是指津子围以"土地"所内含的"时间"抑或说"记忆"为本体，历史性地还原了东北"地之子"在时间之维

---

① 曹文轩：《小说门》，北京：作家出版社，2002 年版，第 126 页。
② 刘旭：《东方循环时间观与东方化叙事建构的可能——关于贺享雍的"乡村志"系列小说》，《当代文坛》，2019 年第 3 期。

的主体性认同，而"两面"则分别指涉"线性时间"与"循环时间"的主体间性现场。我们仍以章秉麟灵魂寄生在章文德身上这一事件为切入点，其一面典型地反映了小说是在循环时间的重复与记忆中窥视线性时间的现代演进的。且不提章秉麟是在季节"周期"、生命"回归"、灵魂"轮回"的颇具民间色彩的循环时间格局中重新体验线性时间，单就其由回忆"前世"章秉麟所经历的"莲花泡山清水秀，新垦泥香"的传统"乡绅"式诗意土地至境，到经历"他不知道他是在经历自己的事情，还是在经历孙子的事情"的苦难历程后，体验到"人的魂儿被身体囚禁，而人的身体却被大地囚禁着"①的"地之子"的主体性生存空间，章秉麟显然随着宿主章文德的线性时间体验延伸了自身的现代性体悟。而另一面则形象地映射了小说是在线性时间的演进中感受循环时间的主体性认同与操守的。章秉麟"灵魂寄生"行为是在线性时间演进的链条中完成的，其"寄生"与"失语"的境遇使其只能依附于章文德"地之子"的身份去体验现代社会，但这也让他在追随"重复"土地耕作的章文德身上突破了自己的认知局限性，最终意识到无论如何在现代性冲击下"折腾"，"就像不知不觉流逝的岁月，人是大地的记忆罢了"，即线性时间长河中存在着循环时间所濡染的民间文化记忆，以及其所促发的"地之子"的主体性认同。

张清华曾真切地谈道："整体上看，当代作家在时间意识方面呈现了多维度的变化。在许多有着自觉文化意识与艺术追求的作家那里，对一维进化论时间观的颠覆与反思，对中国传统时间意识的重新认同——不管是自觉抑或是出于'集体无意识'——都是其作品的艺术品质和历史、生活、生命感得以呈现的最内在和最主要的原因。"②津子围显然从历史现代转型

---

① 津子围：《十月的土地》，长沙：湖南文艺出版社，2021年版，第366页。
② 张清华：《时间的美学——论时间修辞与当代文学的美学演变》，《文艺研究》，2006年第7期。

与个体生命感触等方面分别触发了线性时间与循环时间的整体性叙事，这既显示了作家对时间与记忆深处"土地"与人的历史如何生成主体性认同的审慎思考，又映射了历史语境中的"人"（地之子）与东北文化如何呈现时间之思，并使之成为苦难史诗的文学注脚与审美范本。

· 三 ·

历史、伦理与寓言：
东北"地之子"的伦理性内涵与喻义

"时间"与"记忆"的多元理解，促使津子围走向了东北大地的历史纵深以及"地之子"的伦理世界。而对于小说中东北"土地"与"人"的历史书写，同是小说家的米兰·昆德拉曾在《作为对历史的反动的小说史》中谈道："因为人类的历史与小说的历史是完全不同的两码事。假如说前者不属于人，假如说他像一股陌生的外力那样强加于人的话，那么，小说（绘画、音乐也同样）的历史则诞生于人的自由，诞生于人的彻底个性化的创造，诞生于人的选择"，"一门艺术的历史以其个性特点而成为人对人类历史之非个性的反动"①。走出先锋后的津子围在小说《十月的土地》中脱去了海登·怀特、琳达·哈钦等"历史诗学"的解构况味，且不同于米兰·昆德拉在精神深处对于意识形态与媚俗的恐惧与反动，他在文本中直面"人"（地之子）与东北"土地"历史的个性与共性之维的审美主题，甚至将其理性的目光穿透到了"地之子"的伦理与寓言深处。

正如小说封面所坦言："一部波澜壮阔历史背景下追寻土地的道德的史诗之作"，津子围对于"土地的道德的"历史本相探寻，是以"地之子"

---

① [法] 米兰·昆德拉著，余中先译：《被背叛的遗嘱》，上海：上海译文出版社，2015版，第17页。

的行为遭际与伦理寓言而呈现的。小说中着力呈现了章兆仁等一批东北历史中的底层农民形象，他们承担着祖辈对于"土地"的苦难记忆与生存对于"土地"的苦难体验，"土地"之于他们兼具着苦难体验与生存幸福的"二律背反"式的意义，并且在此基础上形成实用性的"土地"信仰。正如章兆仁在感受到儿子文德倦怠"下地"的时候所告诫的"小孩怕没娘。可对农民来说，没了地就没了娘"[①]，兆仁并未意识到情感伦理方面"土地"与"人"的密切联系，而是下意识地在现实生存方面达成了对"土地"的血肉信仰，并且将之教予下一代子女。这也寓意了以章兆仁为典型的底层农民，是以"为生存而信仰"的功利性信仰达成对"地之子"身份认同的。作为"土地的道德的"伦理认同，章兆仁们显然是从道德实用主义的伦理寓言层面统摄"人"与"土地"的，这里的"地之子"便具备了物质意义层面的形而下信仰意味。

而就表征内在精神的"信仰"一词，康德在面对向善的"德性"范畴与精神的"幸福"范畴产生固有困境时，将"信仰"一词加诸二者之间。"此时，只有引入'至善'的概念，借助信仰的力量，使得行为者将各项规范内化为道德义务，而不关心道德行为与幸福的联系，才能最终解决'德性'与'幸福'的悖论，从而实现道德律和人自身的尊严。"[②] 如果说章兆仁体现了物质生存困境层面的"地之子"身份伦理，那么章文德的土地意识与精神气质，则逐步体现出了康德心目中所认定的"为信仰而信仰"的伦理范式，并成为了真正的"地之子"。章文德在接受父亲章兆仁"土地即母亲"式的信仰启蒙后，在重复的土地劳动中却逐渐形成了纯粹的土地信仰。比如章文德在全家被排挤到莲花泡老宅后，遇到自寒葱河来的章佳馨，尽管"河西那片高粱是否受病"已与其"生存"毫无关联，但他仍牵挂着这方土地

---

① 津子围：《十月的土地》，长沙：湖南文艺出版社，2021 年版，第 25 页。
② 童娣、张光芒：《新世纪文学叙事伦理的新动向》，《文艺争鸣》，2009 年第 6 期。

上作物的生长与收成。再如被迫以章家少爷身份来到百草沟金矿督工的章文德，在这样的环境中使他脱离了为生存而耕地的原始欲望，但当他看到土质极佳的"土地"时，仍压抑不住自己耕种的欲念，仅仅是因为"不想辜负春天的好时光"①。正如小说所言："章文德的目的就是种地，只管耕种，没想收获，或者说收获是谁都没关系"②，也正是这样颇为纯粹的动机，使得章文德植根于"土地"成为了精神意义层面的"地之子"。当章文德随着姜照成、张胡等"匪徒"流亡至山穷水尽的马蹄沟时，"肉票"身份的章文德凭借着他颇为纯粹的"种地"行动，以及对于"土地"之上的农家谚语、歌谣等的运用自如，其逐渐通过"土地"构建起具有"神圣感召力的"的精神魅力，而章文德这样纯粹的"地之子"精神特质，其实显露出"道德形而上"的丰富意味。张光芒曾勾勒出"道德形而上主义的三重境界"，指出"只有在实践意义上将道德形而上充分地'主义化'，才能与人的终极价值与信仰相遇"，并绘制出了道德形而上的最高境界"为主义而主义：文化启蒙的终极"③。事实上，章文德就处在第三重境界之上，且通过其纯粹的"地之子"道德伦理品质，充分寓言了历史深处"人性"文化以及"土地的道德的"光辉与温度。

而津子围又不决意于完全导向"不用之用"的道德理想式东北"地之子"形象塑造，他实质上以"土地"与"人"的视点，在小说中重思了如何赓续东北"家族叙事"与"抗战叙事"的文学命题。当日寇大举侵犯东北"土地"时，原先"家族叙事"中汲汲于个人仇恨的张胡、沉溺于个人情意纠葛的袁骧与章佳馨、尤其是"像鹰一样敏捷、凶狠和变化多端"，甚至集薄情寡恩、玩弄权术、嫖娼赌博等特点于一身的家族"大掌柜"章兆龙，都在

---

① 津子围：《十月的土地》，长沙：湖南文艺出版社，2021 年版，第 149 页。
② 津子围：《十月的土地》，长沙：湖南文艺出版社，2001 年版，第 150 页。
③ 张光芒：《道德形而上主义的三重境界》，《河北学刊》，2004 年第 4 期。

抗战的转折点到来之后毅然选择了捍卫民族的"土地"、东北的"土地"。此中章兆龙作为封建家族"家长"式的典型人物,随着抗战爆发后其藏匿于苏联的黄金的真正意图被揭露——"实际上,我是留了一个后手"①,他的人物形象也因黄金用来资助袁骧抗日救国的情节而随即反转,这也很符合津子围惯常的"故事"风格,此后章兆龙最终在凛冽冬日眺望河对岸"黄金"的执念中——"黄金"意味着抗战护"土"的资本与希望,洞悉了"自己精明一世,糊涂一时,精心算计了一辈子,到最后还是算不过命运"②,也因对民族抑或东北"土地"的赤子之情,使他彻底解构了封建伦理视域下的荒谬行径,并且获得了"土地"与"人"的真谛与"人性"的反思,形象地寓言了民族资本家、地主在抗战大义下的土地意识与家国情怀。而章文德则以"为信仰而信仰"的土地观步入抗战的现实大潮,当各色面孔的抗日力量涌入蛤蟆塘时,他所执念的仍是蛤蟆塘一方土地内纯粹的"地之子"身份的恪守,并且仅在一定的道义与物质层面有意愿支援抗日伟业。唯有日寇的"开拓团"横征蛤蟆塘土地时,章文德形而上的"地之子"想象彻底失去了现实土壤,从而迫使他加入了抗日的洪流中。可以说,抗战的烽火解构了传统中国"地之子"伦理形而上想象的现实基础,自觉或不自觉地迫使"地之子"们重申"土地"与"人"的关系。章文德对民族的"土地"、东北的"土地"的捍卫,是始于对"蛤蟆塘"这一方土地的捍卫的。正如鲁迅给萧红《生死场》所做的序那样:"北方人民的对于生的坚强,对于死的挣扎,却往往已经力透纸背",章文德在血与火的形而下实践中逐渐克服了自身能动性的不足,幻境中章兆仁对于他的告诫清晰可见:"只有守住了地,咱的子孙后代才有落地生根的泥土",这像是延续着传统血脉的"地之子"们在面对亡国灭种的危机时,觉悟地意识到"土地"不仅

---

① 津子围:《十月的土地》,长沙:湖南文艺出版社,2021年版,第267页。
② 津子围:《十月的土地》,长沙:湖南文艺出版社,2021年版,第287页。

是现世"地之子"的生存土壤，还是未来"地之子"们赖以生存的土壤。他同样在实践中逐渐养成了"集体"的强烈意识，如同小说所言："而融入群体中他就不恐惧了，孤独的绵羊加入羊群中，随着羊群奔跑起来。"①与此同时，对蛤蟆塘所代表的个人"地之子"的深深眷恋又始终萦绕着章文德的思想世界，这使他不能像红色经典《红旗谱》中的农民英雄"朱老忠"一般毅然决然地投入革命道路。但无论如何，章文德真实地寓言出了抗战烽火下具有"土地"形而上伦理意识的"地之子"们，如何在捍卫民族的"土地"的形而下伦理世界中，最终悟得"只要山能绿，鸟能飞，人就能活"的土地真谛，即"土地"伦理本质仍在于活生生的"人"。

《十月的土地》还是一部以"人"与"土地"寓言历史烟海中浩瀚的"传统/现代"伦理转型的史诗。但津子围对于东北"土地"现代性转型的书写并不局限在线性上升的空间，而是采用"螺旋式上升"的方式寓言现代性进程。正合赵一凡等人所言："何谓文艺现代性？不妨说，它既是自由表达的欲望，也是理性自身的叛逆"②，小说中的章文智一门心思沉溺在"农作物改良"、研究"洋座钟"与"放大镜"等物件上，并且在"嫁接法"等农业技术的刻苦"钻研"中，获得了对现代性转型下的"土地"的莫大兴趣。但在实际运用过程中，章文智却又颇具"学洋不化"的乌托邦理想气味。如丁帆所言："我以为作家'讲故事'的'忠诚'应该暗含的是对马克思'历史的必然'艺术作品真理性的'忠诚'阐释"③，津子围显然意识到了章文智正是东北近现代历史中受"启蒙现代性"思潮深远影响的典型，作者并未忽视"启蒙现代性"思潮影响下"悖论"性的历史存在。

---

① 津子围：《十月的土地》，长沙：湖南文艺出版社，2021 年版，第 329 页。
② 赵一凡、张中载、李德恩：《西方文论关键词》，北京：外语教学与研究出版社，2006 年版，第 644 页。
③ 丁帆：《四十年来的中国文学艺术——"未完成的现代性"之悖论》，《文艺争鸣》，2020 年第 5 期。

贺绍俊更是基于章文智在传统与现代之间艰难打捞"洋座钟"与"放大镜"现代性本质的行为，直指"拆解座钟和放大镜寓意着章文智既有追随现代性的冲动，又改变不了传统对自我人格的形塑。"[①]但遭遇"启蒙现代性"理想挫败的章文智，如同历史长河中被突如其来的"抗战"打乱现代转型阵脚的"土地"一般，章文智顺理成章地转向到了"国家现代性"的思潮阵营，并且在捍卫东北的"土地"、民族的"土地"过程中，最终确定了国家现代性视域下的"地之子"应当如何的现实问题，即如他以因革命而牺牲的"章文海"的名义向文德发声："我们要从这盘剥人、捆绑人的土地上解放出来，还回做人的尊严，真正为人民争取当家做主的权利。"[②]章文智在转向"国家现代性"的过程中，眺望到了未来东北、乃至于全国"土地"与"人"的关系应当如何的光辉远景。而这种新型的人民的"地之子"伦理想象，也在"启蒙"章文德所代表的传统东北"地之子"的对话空间中，逐渐明确了一个共识："天马上就亮了！"基于此，《十月的土地》既成为了东北"土地"与"人"的伦理宣言，又镌刻出东北"地之子"与民族现代转型不朽的伦理寓言。

结语：

津子围以十年磨一剑的深厚积淀，推出了《十月的土地》这部集中勾勒东北"地之子"精神形象的苦难史诗与伦理寓言之作。作者将"故事"的目光聚焦在历史烟尘中的东北"土地"与"人"的血肉联系当中，但他并未刻意去描写"在地"的东北风物、语言、甚至是思维特色，而是沉潜到了"土地的道德的"历史纵深，以"人"（地之子）的视野贴近传统与

---

① 贺绍俊：《东北土地的魂魄书——津子围〈十月的土地〉人物析》，《当代作家评论》，2021 年第 2 期。
② 津子围：《十月的土地》，长沙：湖南文艺出版社，2021 年版，第 368 页。

现代、外来侵略与民族抗争等历史语境中线性时间与循环时间、"土地"伦理形而上与形而下、家族"土地"伦理与国家"土地"伦理等驳杂命题的切肤感受与大义抉择。在 2007 年"津子围作品研讨会"上，贺绍俊曾深切地提到："通过对津子围创作发展轨迹的归纳，我也找到了他为什么没有获取更大影响的答案。就是说在他的创作中，他试图融合通俗小说和艺术小说，试图融合故事性和精神性，他还在这两极之间徘徊，进行撮合，所以他的特征还不是特别鲜明。"[1] 而随着《十月的土地》的问世，这一问题便得到了显而易见的回应。

值得一提的是，津子围作为一位非职业作家，正如张玉珠在"津子围作品研讨会"上特意诵读的那段文字所描绘的那样，"津子围只是守望在他的小角落里，用一个公职人员下班后的业余时间，如同我们的前辈卡夫卡、卡瓦的斯，或者佩索阿那样，让写作成为黄昏降临以后融入暮色中的期盼、等待和慰藉，让时光、岁月、人情世故和命运的声音在寂静的头脑里穿行"[2]。这一腔的文学热情再一次促使他将文学想象的思维投射到东北"土地"与"人"的历史故事当中，这既生动展现了属于东北"地之子"的人性光辉，也充分显示了津子围由"文学高原"向"文学高峰"攀援的可贵足迹，而《十月的土地》也自然成为了当下东北历史叙事不可多得的佳作。

（胡哲：文学博士，辽宁大学文学院中国现当代文学教研室主任。）

---

[1]《津子围作品研讨会记实》，http://www.chinawriter.com.cn，2007 年 1 月 23 日。
[2] 刘恩波：《进入到恒温层的写作——津子围作品印象点滴》，《当代作家评论》，2003年第 6 期。

民族形象、女性关怀与东北地域文化叙事

——津子围长篇小说《十月的土地》思想文化意蕴初探

吴金梅　谢丽萍

　　《十月的土地》是一部讲述民国初年到抗战时期有关东北故事的长篇小说，被称为"东北土地的魂魄书"[1]，描写了"执守大地的温情与温暾"[2]。作品近五十年间章家人的生活日常或明争暗斗，无不与当时云谲波诡的社会息息相关。时代风云不仅成为章家几代人命运遭际的推手，也是二十世纪前期东北地区波澜壮阔社会画卷的际会因缘。八国联军入侵后的心有余悸，辛亥革命带来的巨大社会变革，十数载抗日战争的悲壮酷烈，以个体悲欢呈现时代变幻。一方水土一方人，越是民族的越是世界的，《十月的土地》是民族音符与个体悲欢的混融交响。

---

[1] 贺绍俊：《东北土地的魂魄书——津子围〈十月的土地〉人物析》，《当代作家评论》，2021 年第 3 期。
[2] 晏杰雄、陈璐瑶：《执守大地的温情与温暾——评津子围〈十月的土地〉》，《中国图书评论》，2021 年第 8 期。

· 一 ·

具有民族性格特点的男性形象

《十月的土地》塑造了章家三代人形象，祖辈章秉麟，子辈章兆龙、章兆仁及孙辈章文智、章文礼、章文德等，三代人共同构筑起这个典型的东北农民家族，鲜明的个体性格与时代命运遭际，看似平淡实则波澜壮阔。

（一）二爷章秉麟——平凡而传奇的知识分子形象

章秉麟在章家最具权威，这个看似游离于家族的家长却又时刻与家族相连。他身居草屋，关心后代，扶助弱小，呵护家人，与诗书相伴，来去悄然。小说并未直接描写章秉麟，却在旁人的讲述及其不多的言行中勾勒出了这位仁爱长者。

1. 追求高洁、忧国忧民、仁爱担当的儒家风范

章秉麟的草屋中有两幅水墨画："一幅为菊，一幅为竹。菊画上的题字是：不畏风霜向晚欺，独开百花已凋零；竹画上的题字为：人性直节生来清，自许高洁老更坚。"[1]菊竹自古寓意高洁，这里以物喻人，不言自明。而其吟咏的《山中杂诗》："山际见来烟，竹中窥落日——鸟向檐上飞，云从窗里出……"[2]同样以自然美景预示出章秉麟钟情山水自然，远离俗世的淡泊心志。

章秉麟曾入仕为官，晚年深居简出却仍心怀社稷。如其听说"老毛子"来了，两次吟诵王褒写故国之思的《渡河北》："秋风吹木叶，还似洞庭波——常山临代郡，亭障绕黄河——心悲异方乐，肠断陇头歌……"[3]深沉

---

① 津子围：《十月的土地》，长沙：湖南文艺出版社，2021年版，第81页。
② 津子围：《十月的土地》，长沙：湖南文艺出版社，2021年版，第40页。
③ 津子围：《十月的土地》，长沙：湖南文艺出版社，2021年版，第39页。

的忧虑之情溢于言表。

章秉麟还十分仁爱。如章兆龙排挤章兆仁时，他将莲花泡、甚至地契都交给章兆仁，为其将来打算好。得知章文德要去学种地而不读书时，即使章兆仁说章文德以后准是个"像样的庄稼把式"，他还是做主让章文德先去私塾。当章兆仁误下令向俄国人开火惹官府来抓他时，章秉麟坚决阻止。章秉麟还求人带偏方治章兆仁的痨病，还治好了已被父母丢弃的章文德。"白天夜里翻查《内经》《伤寒论》和《霍乱论》。"[1] 让小货郎捎药，派人把奄奄一息的章文德背回草屋。他还收留素不相识的躲"老毛子"逃难的人，并在外面为这些人站了一晚上岗。

2. 归隐与恬淡无为的道家情怀

章秉麟将家业传给儿子后就住到了草屋玄薇居，不再过问世事。玄薇，应取自先秦纵横家鼻祖与道家代表人物鬼谷子的号"玄微子"。"读书随处净土；闭门即是深山。""一觉睡西天，方知梦里江山；何处眠净土，只道世间风尘。"[2] 玄薇居"读舍"楹联和屋中书法彰显了章秉麟寻求净土的心志追求。当章韩氏找章秉麟告状时，他听而不闻，但又时时挂念着章兆仁的病，难得糊涂又大智若愚。

章秉麟既有儒家的责任情怀，又有道家的无为豁达、恬淡自然。他曾为官，经商，最终归园田居，开荒种地，为子孙挣下殷实家业，他注重修为、忧国忧民、仁爱宽厚，是中国读书人儒道思想浑融一身的民族性格典范，是理想的承载。

（二）章兆仁与章文德——中国典型的农民形象

《十月的土地》中章兆仁父子是典型的中国农民的形象，热爱痴迷土地。

---

[1] 津子围：《十月的土地》，长沙：湖南文艺出版社，2021年版，第11页。
[2] 津子围：《十月的土地》，长沙：湖南文艺出版社，2021年版，第81页。

章兆仁吃苦耐劳、感恩、谦卑隐忍，热爱土地。他认为种地比读书更重要。被章家收留后，章兆仁从寒葱河到莲花泡，为章家几十年勤恳耕种。当被狡诈的章兆龙赶出时，他带着全家老小去蛤蟆塘重新开荒。临死前，他嘱咐儿子："我开了一辈子地，可到头来哪块都不是我的……你千万别走我的老路，你要开……开地，更要守住地……只有守住了地，咱的子孙后代才有落地生根的泥土……"①认为土地是农民安身立命的希望和根，这是中国农民深厚的土地情结的呈现。

章文德小小年纪就表现出种地天分，一闻就知道土地适合种什么，农谚随口就来，看到土地就忍不住耕种。但章文德和父亲又"不一样，爹稀罕土地，主要是稀罕土地种出的粮食，你不一样，你稀罕土地是真稀罕，像稀罕命一样稀罕"②。

章文德虽然和父亲一样胆小怕事，但当日本人霸占了他艰难开垦的土地时，他先和章文礼一起组织抗争，失败后又加入张胡的人民革命军继续斗争。正如章文海所说："你和爹都胆小，可到了关键口儿，你们都是勇敢的……"③

章兆仁和章文德代表了中国农民的典型形象，从隐忍胆怯到走向抗争，从因为生存而热爱土地到了解土地扎根土地，父子两人是中国农民用一生守护和耕耘土地的典范，也是作家心目中及现实生活中的中国农民形象的经典描摹。

（三）章兆龙与章文礼——虚伪狡诈与贪财好色的典型

章兆龙虚伪狡诈，贪财好色。他明知危险却花言巧语骗章兆仁让章文德替章文礼去金矿，又冷酷地将为其勤劳耕种几十年的章兆仁一家净身赶走，对章文礼迷奸薛莲花和霸占嫂子讳莫如深，为雏妓小翠大闹迎春院，

①津子围：《十月的土地》，长沙：湖南文艺出版社，2021年版，第292页。
②③津子围：《十月的土地》，长沙：湖南文艺出版社，2021年版，第343页。

甚至觊觎已和侄子定亲的薛莲花。但最终先是被曹彩凤讹诈，再被曹文举骗走一大笔钱，家产被章文礼败坏殆尽，攒的金子难以找回，女儿不愿相认，落得家庭分崩离析，家业败落。章兆龙自我剖析道："他心机重，善于玩弄阴谋诡计……只可惜，他不是一个很好的践行者，玩鹰的人反被鹰啄瞎了眼睛，也就是说，耍阴谋反被阴谋害。"①

章文礼和父亲章兆龙一样心狠手辣、贪财好色。他罔顾人伦勾引嫂子郑四娘，不择手段迷奸堂弟未婚妻薛莲花。民众自卫队失败后，章文礼立刻当了日伪当局保长，做了卖国求荣的汉奸。章文礼将母亲服毒自杀迁怒于同父异母哥哥章文智，他霸占嫂子，甚至向章文智开枪，冷酷无情，是个无恶不作的恶少形象。

（四）走向抗日和争取民主的章文智和章文海

章文智和章文海是章家孙辈中特别的两人。一个读书人，一个勇武者，合二为一，成为优秀的抗日战士。章文海正直勇敢，他和父兄一起开荒，和堂兄一起抗日，宣称"冻死迎风站，不做亡国奴！"②。章文智则是心地善良的读书人，他救下素不相识的日本人、朝鲜人。他爱钻研，拆钟表、嫁接植物，做教师，做土匪。他拆卸座钟研究了半个多月，听人对汽车的描述就研制汽车，虽屡屡失败，但乐此不疲。他一生痴迷各种实验，却被时代裹挟投身抗日。章文海牺牲后，他改名为章文海，全身心投入到抗日救亡的战斗中。正如其所醒悟的："我们要从这盘剥人、捆绑人的土地上解放出来，还回做人的尊严，真正为人民争取当家做主的权利。"③摆脱土地，摒弃巫术，赶跑侵略者，争得做人的尊严，此时的章文智完成了读书人向民族民主战士的转变。

① 津子围：《十月的土地》，长沙：湖南文艺出版社，2021 年版，第 254 页。
② 津子围：《十月的土地》，长沙：湖南文艺出版社，2021 年版，第 341 页。
③ 津子围：《十月的土地》，长沙：湖南文艺出版社，2021 年版，第 368 页。

· 二 ·

中国农村女性群像

《十月的土地》女性形象塑造同样十分丰富，如章韩氏、曹彩凤是中国农村妯娌形象的典型，郑四娘、薛莲花、章桂兰则是农村女性婚恋悲剧的代表；赵阿满、章佳馨却是勇敢追求爱情、获得幸福的女性。这些女性形象是中国农村女性形象的代表和缩影，也体现出作者对于中国女性命运的关注与关怀。

（一）曹彩凤与章韩氏：妯娌之间的明争暗斗

章兆仁妻子章韩氏和章兆龙小妾曹彩凤之间的争斗，是章家女性"内斗"的代表。

曹彩凤迷信、自私、算计，说感染霍乱的章文德是讨债的"儿鬼"，在儿媳郑四娘生葡萄胎大出血被救活后，说"她已经被魔鬼附身了，她是黄皮子精，不是人了"①。迷信思想根深蒂固。她事事要压住章韩氏，挑唆章兆龙让官府拿章兆仁，只为"好压一压他家娘们儿的邪气儿，不知道谁给她撑腰，这家伙嚣张的"②。当她明白章兆龙靠不住后，立刻用章文礼迷奸薛莲花的丑事讹了章兆龙一大笔银子。曹彩凤形象是旧式农村家族中刁媳妇、蛮妯娌和恶婆婆的典型。

章韩氏则是勤劳善良而刚烈的农村女性。她跟随丈夫辛勤劳作，郑四娘大出血，作为婶子的她跪求薛郎中一定要救活这个可怜的孩子，曹彩凤认为郑四娘是灾星不愿再收留她，章韩氏却求章兆龙让带她回莲花泡养病，体现出其善良的本性。章文德被土匪抓走后，她亲自去营救，十分勇敢。

---

① 津子围：《十月的土地》，长沙：湖南文艺出版社，2021年版，第101页。
② 津子围：《十月的土地》，长沙：湖南文艺出版社，2021年版，第50页。

在看清章兆龙的嘴脸后，不同于有所顾虑的章兆仁，章韩氏坚决要求分家，表现出其刚烈果敢的一面。

（二）郑四娘、薛莲花、章桂兰：被困旧式婚姻牢笼的女性

《十月的土地》对于年轻女性的不幸命运有着独特的关切和描摹。郑四娘、薛莲花、章桂兰，均是不幸的女性，其不幸来自时代，也来自家族和自身。

郑四娘与章文智是娃娃亲，郑家被土匪灭门后，虽然仁义的章秉麟说服章文智娶了郑四娘，但章文智并不爱她，婚后两人很少生活在一起。郑四娘后来被章文礼和曹双举长期霸占，生孩子因葡萄胎险些丧命，又被婆婆不容险些无家可归。灭门之灾、婚姻无爱、受人凌辱，生命垂危，最终其心灰意冷，离开了章家。

薛莲花本是章文德青梅竹马的未婚妻，却被章文礼迷奸，深感羞愧被迫嫁了章文礼做妾。薛郎中病故后，薛莲花毅然离开章家做姑子，青灯古佛，凄凉一生。

章兆仁的女儿章桂兰和勇敢的猎人狗剩儿互相喜欢，得知狗剩儿要只身捕狼时她从身后抱住他："你一个人去……要是张三把你吃了怎么办呢？"[1] 但这段感情却被章韩氏扼杀了，她怕狗剩儿野性太重，是惹祸的根苗儿。桂兰在父母之命下和肖成峰成亲，又因肖成锋出卖抗日英雄一起被赶出家门。所嫁非良人，英勇抗日的狗剩儿也被日本人杀害，章桂兰的痛苦伤心和郁郁寡欢，可想而知。

（三）章佳馨、赵阿满：敢于追求爱情的女性

章佳馨是章兆龙和曹彩凤的女儿，她作为知识女性，敢爱敢恨，追求个性解放、浪漫且充满活力。她和抗日军官袁骧互相爱慕，二人冲破种种

---

[1] 津子围：《十月的土地》，长沙：湖南文艺出版社，2021 年版，第 134 页。

阻力组建家庭。但这份爱情却被鼠肚鸡肠的章兆龙不容,二人放弃一切私奔。佳馨支持袁骧抗日,甘愿放弃安逸的生活,独自带着孩子守候在边境河岸,等候抗日的袁骧回来。

赵阿满虽只是个普通农村妇女,却和佳馨一样敢于追求真爱。婚姻不理想就逃婚,爱章文德就大胆告白。面对贫困的章家,不求彩礼,章家断粮时出手接济。嫁给章文德后,一心一意,贫富安然,不离不弃,一生陪伴着章文德。

这两个女性虽然性格、出身、经历不同,却都是勇敢追求自己幸福的女性,敢爱敢恨,对抗旧式婚姻,追求自己心仪的爱情,最终为自己赢得了幸福。尤其是章佳馨,从盘剥人,捆绑人的土地上走出,是中国农村女性的先行者。

· 三 ·

乡土与东北地域文化叙事

地域文化书写为文学创作提供了独特的地域景观,《十月的土地》中同样有大量的民俗叙写,如各种的民谣民谚俚语,随处可见日常生活风俗习惯等。这些地域文化与风土人情描摹,即使东北这片土地更加真实立体地得以呈现,也使扎根于这片土地的人物形象更加栩栩如生,真切可感,浓郁的乡土气息扑面而来。

(一)民谣谚语

俚语、谚语、民谣等既反映了劳动人民的生活习惯,也体现了他们的智慧。小说以大量的民谣谚语,构筑起一套东北农村人们的思想体系。

随处可见的东北乡村民谣、谚语是《十月的土地》的独特之处。无论耕作、天气抑或生活日常,都能以民谣谚语表达,这种口耳相传的民间艺术也是民族瑰宝。如章文德张口就来的各种农谚:"头伏萝卜二伏白菜,三伏好种麦。淹不死的白菜，旱不死的葱……"①这是他学习种地的最主要途径。章家孩子玩耍时也会你一句农谚我一句乡谣比赛，光棍儿老庄头更是以各种生活的"嗑儿"给辛劳的长工们解闷逗乐，狗剩儿会说猎人的"嗑儿"等。这些民谣谚语显然已成为人们日常生活交流、劳动不可分割的一部分，是独特的东北地域文化的形象呈现。

小说中还有大量的东北方言用词，如"大份儿""二份儿"是指两家在家族中的地位，"胡子"指土匪，"老毛子"指俄国人，"嘎拉哈"指羊膝盖上的小方骨等。此外，村镇命名也地域特色鲜明，"东北很多地方都还沿袭旧时的称谓，管村镇叫屯、堡子或是营子……有的名称是满语或蒙语的音译，寒葱河和莲花泡两个村镇的名称里则没有屯、堡子等字眼儿，显得有些与众不同"②。这些用词随着一代代东北人传承至今，是东北地域文化不可或缺的重要组成。

（二）信仰与风俗

无论鬼神信仰还是风俗习惯，都可呈现独特的地域特色，从中窥见人们的精神面貌。《十月的土地》中有很多对人的鬼神信仰和风俗习惯的描写。

章家很多人对于鬼神存在深信不疑，请仙姑施法、求神拜佛等常有发生。章文德患霍乱时曹彩凤就请了汤仙姑，文德被救活后，章韩氏的第一反应是娘娘庙神仙显灵了要立即去还愿。章兆仁为了弟弟章兆义的失踪心神不宁，章韩氏求小货郎帮忙"沟通阴阳"找人。章桂兰被雷声惊吓后被认为是"掉魂了"，让小货郎写"拘魂码"叫魂。这些对鬼神的敬畏，同样是东北农村地域文化的特点之一。

风俗文化最能体现一地的地域文化，尤其是节日与嫁娶习俗等。如小说

---

① 津子围：《十月的土地》，长沙：湖南文艺出版社，2021 年版，第 109 页。
② 津子围：《十月的土地》，长沙：湖南文艺出版社，2021 年版，第 78 页。

中写寒葱河过年的旧习俗，"大年是给小孩过的，大人一般不在过年的时候置办新衣服，新衣服一般都是换季的时候添置，以示恪守勤俭持家的美德"①。此外，寒葱河还有一些习俗，如婚丧嫁娶，添丁进口，老人过寿诞等，都会请戏班子。甚至连章兆龙要雏妓小翠初夜也有一套"办喜事"的习俗。这些习俗是地域文化不可或缺的组成，体现了东北地区独特的地域文化。

结语：

《十月的土地》塑造的人物形象丰满而具有深意，正如章秉麟以读书入仕，进而归隐乡村，其性格中既有中国传统儒家知识分子的责任情怀，又有道家的寄情山水，无欲无求，旷达超脱，是中国传统文人的理想化身，而章兆仁与章文德父子则是中国传统农民的典型代表，他们热爱土地，辛勤耕耘，吃苦耐劳，隐忍胆怯，将土地与自己的生命与生活紧密相连，甚至以死护卫自己的土地。或可说这两类形象丰富和深化了中国现代文学中的知识分子与农民题材，为当代小说中具有典范意义的形象。对于生于战争年代的章家的不同年轻人的选择与命运也予以关注描摹，章文智与章文海是抗日战争中年轻人的代表性形象，解放祖国与解放自身，是密切相关的两重人生使命，章文智在此做出了明确的选择。同时，《十月的土地》对于乡村世界中的女性同样给予了深切的关注，对其命运遭际做出描摹与深入思考，相较于争吵的妯娌和命运多舛的年轻女性，章佳馨和赵阿满为自己的生活和情感争取了幸福的未来。懦弱与委曲求全并不能求得幸福，只有同时代、专制、邪恶勇敢抗争，才能为自己求得更好的生存境遇。《十月的土地》以其娓娓叙来的故事，为东北大地和这片土地上的人们谱写了一部传奇史诗。

---

① 津子围：《十月的土地》，长沙：湖南文艺出版社，2021 年版，第 59 页。

原载《渤海大学学报》（哲学社会科学版），2022 年第 3 期。

（吴金梅：大连大学文学院副教授，文学博士；谢丽萍：大连大学文学院硕士研究生。）

现代性叙事的新变

——评津子围《十月的土地》

张红翠　田芳芳

　　作家津子围的文学写作坚持了令人钦佩的四十年，他有自己相对明确的风格，但又不断寻求自我突破。《十月的土地》在许多方面突破了叙事的传统经验，也打破了阅读进程的一般惯性，令人困惑，甚至显得"危险"，但深究起来，又令人意外、欣喜和佩服。总体而言，《十月的土地》无意实现塑造核心人物的小说意图——小说人物平静地来了又走，没有谁真正驻留在小说中心；《十月的土地》也远离了对现代之物的叙事兴趣，没有表达对现代与传统之间纷争的意见，最终也未必回到传统，呈现了文学观察的客观性与开放性。从根本而言，《十月的土地》将叙事的第一性存在归还给大地，完成了一次原乡书写——回忆大地景象、讲述"大地上的事情"。以此，叙事者向生养人类生命的土地致敬。

·一·

小说有中心人物吗?

《十月的土地》有中心人物吗? 或者说谁是这部小说的中心人物? 阅读过程中, 这个问题令人颇费脑筋, 而这种叙事做法对于阅读者而言也许是颇令人疑惑的。直到小说最后, 我才和自己确认——小说没有所谓中心人物: 在这个问题上, 也许我们中了小说家的"圈套", 或者说我们需要改变一惯性的阅读思维。这个最后的判断则来自笔者阅读体验中的几次停顿。阅读《十月的土地》, 笔者有几次不自觉的停顿和疑问, 开始怀疑作者是不是真的如几乎所有的小说叙事那样, 致力于塑造某个或者某几个令人印象深刻的中心人物? 这种怀疑的情绪分别出现在小说行文的五分之一处、小说行文的三分之一处, 甚至在读到小说将近四分之三的时候我还在和自己确认: 作者并不是要塑造某一个典型的中心人物。尽管故事的行进紧凑而具有戏剧性, 人物的塑造也极其用心, 显示了叙事的投入和专注, 但就人物而言, 不论是谁又似乎都不能从叙事中真正凸显, 独立存在。如果真是这样, 那么, 作者不厌其烦地讲述了这么繁多的人、写他们相互交叉又相互分离的纷杂故事, 他最终目的是什么? 直到小说即将结束, 章秉麟在昏迷的章文德身上附体自白, 才使一切真相大白。

如果按照惯例, 一部小说一定要有个"主人公"或者一个灵魂式的存在, 笔者认为, 《十月的土地》的主人公应该是章秉麟——这个在第四章一开场、在为自己准备的寿宴还没结束的时候就消失在故事深处的人物。叙事的最后, 在所有人都几乎遗忘了章秉麟的时候, 章秉麟赫然出现, 完成了叙事的闭合, 宣告结束, 而这个宣告和结束是相当有力量且意味深长的。章秉麟附体自白的叙事安排, 使这个几乎完全消失的人物, 重新回到叙事,并在结尾宣布——自己才是叙事者一直念念不忘的那个"主人公",而不是表面看起来贯穿小说始终的章文德。不得不说,直到这里,阅读者不仅拍案,而且恍然大悟:原来,作者之前不厌其烦、线索枝蔓的故事都不是他的重点,最后的这赫然一幕才是作者的煞笔之所在。确认了这一点,我们似乎就找到小说叙事的结构与旨意的皈依,才能解释为什么在《十月的土地》中,小说人物驳杂,故事线索错综,但是却没有一个人物被真正聚焦、被真正突出和"用心"刻画,反而都是不瘟不火、不疾不徐——看似急切但又"漫不经心"。

我们还可以由章秉麟这个最后的端点向前回溯,在小说内部找到这种判断的叙事依据。除章秉麟之外,活动在小说中的驳杂人物序列包括:子辈的章兆龙、章兆仁以及妯娌间的几个女人——章吴氏、曹彩凤、章韩氏等;孙辈的章文智、章文龙、章文德、章文海、章佳馨、章桂兰,以及与之相关的袁骧、肖成锋、郑四娘、赵阿满等人,还有与以上人物人生历程中有交集的姜照成、老庄头、丛佩祥、狗剩儿等人。这些故事中的人物都有自己较为明确的特点,但又几乎势均力敌。叙事者对这些人物的交代几乎都是平均的,没有谁是叙事者特别偏爱或中意的对象,没有谁被叙事者作为中心人物特别暗示给读者。故事中大大小小的各种人物来了又走——断断续续、若隐若现、相互穿插。尽管我们也可以将故事线索的驳杂看成是叙事结构的复线策略,但从整个叙事效果和局面来看,这种多线索的作用似乎不是推动和突出某个小说中人物的核心地位,而更像是"自然地发生"。其效果,更在于对人物特性和叙事存在的淡化,对小说人物被中心化、被聚焦化倾向的客观消解,对人物性格被突出化的阻止。因而,人物故事的相互穿插也是相互中断和彼此淡化,就这样和小说一起不瘟不火地奔向并无高潮可言的结尾。然而,在匀速或急速,甚至有些"平淡"的叙事之后,叙事者突然亮出底牌——章秉麟突然出现,小说的最终立意即刻清晰。同时,章秉麟的出现巧妙地在结构上完成了叙事的闭合动作，使得"平淡"的小说在结构上生出耐人寻味的"趣味"。这个闭合（回环）的结构之开始是小说的起首故事——章文德的濒死以及章秉麟的救治，结构之完成则是小说最后章文德的迷幻之梦，以及章秉麟的附体独白。这个谜题与谜底似乎是叙事者故意抖给读者的一个意外。章秉麟在结尾处的出现就像一盏灯一束光，向后照亮了整部小说（一直带着疑问走过来的阅读困惑），好像让读者突然间找到了叙事的深意和真正意图，并重新考虑对整部小说的理解。

当然，要接受这种解释的合理性颇有些困难，毕竟是章文德的故事贯穿着整个叙事的展开。然而，即便是从表层结构看构成作为小说主线的章文德，也算不上小说的真正主人公。小说也几次描述了章文德特异的对于土地的禀赋：他可以通过鼻子闻，确认哪种土壤适合种哪种农作物，被日本人岩下说成是"土地爷"①；他可以辨别日本人农业实验室中不同试管中土壤的特性，表现了一个土地之子的特有气质。但是，尽管章文德对土地的痴迷眷恋以及对农耕的用心钻研颇具戏剧性甚至是传奇性，但是他一生的故事，包括紧要关头的勇敢和最后的离世都还不足以让章文德立在叙事中央，宣告自己是叙事的核心人物。因为不管是章文德的故事还是他的人格，都没有被着以特别的笔墨以突出其核心地位，也就是说，叙事并没有将章文德"价值化"，章文德自然也没有获得这种自我宣告的权利。尤其是，章秉麟的最后出现也揭示了章文德的"第二性"位置——"就在那天早晨，章文德恍惚在半梦半醒之间……章文德的身子一抖，模糊的意识清晰起来，原来自己是章秉麟！……章秉麟从章文德的躯体里钻出来，飘浮在半空中，他俯瞰着躺在土炕上的章文德，眼前是迈向老年的章文德，而童年

———————————

① 津子围：《十月的土地》，长沙：湖南文艺出版社，2021年版，第35页。

的章文德仿佛就在眼前"①。章秉麟回忆起章文德濒死被送到郊外，自己救活章文德的过往，救治的过程中，章秉麟想到，"如果自己的灵魂被置换到章文德的躯体里，他真的有勇气要放弃自己那个叫章秉麟的人生，而选择孙子那个叫章文德的人生吗？……那将意味着什么？……章秉麟越想头越疼，越来越不能自控，等那一切恢复过来时，为时已晚，他觉得自己已经进入章文德的躯体"②。所以，章秉麟出场之后随即消失，并不是彻底地离开，而是变成了另一条不时被提及的线索，一直若隐若现地跟随着后来的故事，总是不经意地出现在人们的谈论和寻访之中。

这个最后的交代让我们明白：从叙事的内在结构而言，章文德确实构成了之于章秉麟的"第二性"关系。这种结构关系使小说内部的人物关系——叙事意义上的，而非世俗意义上的——也逐渐清晰：章文德以及故事中的纷繁人生都是章秉麟飘浮于大地之上、出离于时间之外的灵魂所看透亦参透的"人生过往"，是他被风干的记忆而已。章文德只是一个浮在叙事时间之上的牵引，他拖曳的是悬浮在叙事上空的"章秉麟"的幽影，与之千年又回环往复，幻化成叙事的全能视角。这个视角保存着作者有关于生命大循环的存在性认知，这个视角也照临了整个叙事与全部人生，照临大地上的一切景象——包括历史、包括人生、甚至包括"诗与远方"的理想。正如章秉麟最后所说的那样："人情冷暖，恩恩怨怨，生离死别……不管是直的路还是弯的路，都得走过去，不管是深的河还是浅的河，都得蹚过去。很多事情都是重复的，春天来了，夏天到了，秋天过后，冬天走来。日如一日，年复一年。他不知道他是在经历自己的事情，还是在经历孙子的事情。"章秉麟的人生体验已经超越了个体的经验，回归到生命终将回归的大生命。在这一层信念中，只有永恒循环的生命的绝对形式在荡漾，流经每一个大

---

① 津子围：《十月的土地》，长沙：湖南文艺出版社，2021年版，第365页。
② 津子围：《十月的土地》，长沙：湖南文艺出版社，2021年版，第365—366页。

地上存在过的人的身体和感知。章秉麟道出这一"秘密"并确定："没错，所有细微的体会是没有人知道的，别人只知道事情，而独特感受只有他自己知道。"而这些事情以及不能为人所知的感受，也会随着生命的终结和时间的推移慢慢模糊直至消散。由此又可见，章秉麟不仅仅是作为一个人物形象在完成叙事功能，而是作为一个认识论来实现叙事的最后升华，没有这个升华，小说是"岌岌可危"的。

津子围在小说中对"中心人物"的悬置也许是要挑战或者提示读者：当我们一直期待在小说中寻找一个或几个形象突出的典型，甚至与叙事者一起来完成这个塑造任务的时候，小说家却告诉我们，他并没有像我们一样要提供给我们一个期待中的人物；告诉我们，小说或许可以不必仅仅为塑造人物而操心。如果这种理解能够成立的话，或许这可以被认为是津子围又一次大胆的实验。这种实验是危险的，危险不在于挑战读者的阅读习惯，而在于能否说服读者接受小说家的拓围。章秉麟的最后出现说服了一切。可以说，没有章秉麟最后的出现，这个小说是无法完成一个叙事的自我阐释，而章秉麟的出现同时也展示了小说家经营多年之后的达观。

· 二 ·

小说有关于现代与传统的意见吗？

我本也以为小说要谈一个关于"现代之物"与东北古老土地相遇的、东北早期现代化的故事。因为小说曾交代章文智对改良农作物种植技术以及对诸如像瑞士钟表这些洋玩意儿的喜爱和着迷；说到日本人岩下对章文智说起要把莲花泡变成"新工业区，到时候，这里到处是机械，有楼房和高高的烟筒……章文智被他描述的前景所吸引，目光闪烁着异样的光芒，想了想，问岩下，到时候，这儿可以骑洋单车（自行车）吗？岩下说不仅可以骑自行车，而且还有汽车"①；也讲到"望着火车冒着白烟消失在山湾里，章文智对章文德说：'咱应该去外面的世界走一走，很多新鲜玩意儿咱都没见识过'"②；讲到手摇电影、现代教育、体制与内容等。这些情节都极易让人以为作者要讲述东北早期现代化的故事，以及对这一历史过程的社会学、文化学观察。

但是，故事后来的发展推翻了这个推断和感觉。章文智迷恋现代之物的故事最终因为石龙二兄弟绑架不了了之。这个"打乱"显得荒诞突兀，给人无厘头之感。而与之呼应的，则是后来章文德因痴迷日本农业实验技术并接受邀请进入日伪农业研究院，只是没过多久，章文德就从日本实验室逃离，至此，日本的现代农业技术便不再提及。这使得章文德与现代之物的会面与接触很快无疾而终，草草结束。从小说叙事的整体来看，这前后的两个故事之间构成了结构呼应和意义互文——章文德的故事确认了章文智与现代之物的分离，取消了叙事对现代之物以及现代文明进行价值化赋予的可能，同时也隐证了作者无意书写东北早期现代性征候的态度。即，作者对写一个东北的现代化故事似乎并没有兴趣，那些新的外来之物并没有在小说中构成一个影响的力量和线索，而是短暂出现、转瞬即逝，仅此而已，他们参与了历史，但并不代表历史的绝对方向——这种观念确实形成了与时下（许久未经反思的）观念的一种对比。小说家也许是要我们留意流行已久深入人心的观念——并不是大地限制了小说中那些爱土地、忠于土地的人的想象，而是，诱惑鼓动了现代人几个世纪的"远方"理想、价值与追寻，无论多么绚烂，最终都将落回到大地之上，成为大地上曾经的存在。但是这种提醒又是十分的隐晦，甚至不能成为一种叙事者的主张和价值，而是将其转换为飘散在

---

① 津子围：《十月的土地》，长沙：湖南文艺出版社，2021年版，第34—35页。
② 津子围：《十月的土地》，长沙：湖南文艺出版社，2021年版，第36页。

大地上的丝丝忧伤的飞絮，即便是小说家的雄心，也同样只是这种飞絮中的一缕罢了。所以，《十月的土地》没有简单讲述有关于现代的故事，也不走向对传统的简单回归，因为这种反思现代的疏离态度、这种文学的立场和叙事策略也已经不是新路。这种客观超然的叙事呈现，恰恰体现了写作者的开放性态度，对还来不及判断的历史绝不做轻易的判断和结论。正如作者所说，写作者就是要尽量客观地呈现历史的进程，而不是把某种知识作为既定的结论或者价值兜售给读者。

· 三 ·

土地——第一性的存在

之于小说中的其他人物，章秉麟构成了叙事的第一性存在。但是，章秉麟的存在就是绝对的第一性吗，似乎并非如此，整体来看，小说真正的第一性存在应该是"土地"。土地是一个神奇的存在，它保存了所有生命活着的痕迹和回忆，当生命穿过永恒的时间之流归于大地的时候，世间仅存的便是我们和大地之间的纯粹关系。土地将一切的纷争都收拢在自己的胸怀里，一切纷争都归于平静。无论是伟大高贵的人还是卑微低贱的人，无论是善良的人还是邪恶的人，都一样，最终将消失在大地的苍茫之中，没有谁能够留下属于自己的真正的痕迹，因为历史也将消失在大地的苍茫中。只有大家共同传唱和吟诵过的"诗"（谚语、童谣等），成为流经每个人的永恒形式，与大地上的景象长存于大地之上。叙事者将这些比人的存在更持久的存在筛选了出来，并仔细记录下它们的样子——它们是与天地与山川自然以及童年有关的农谚（天有骆驼云，冰雹要临门；白露谷，寒露豆，花生收在秋分后……）、瞎话（大年三十亮晶晶，正月十五黑咕隆咚，天上无云下大雨，树梢不懂刮大风……）、顺口溜儿（雨天下雪，冻死老鳖……）、歌谣（迷楞迷楞摸摸，里面住个哥哥……）、对联（铁石梅花气概，山川香草风流；读书随处净土，闭门即是深山；不畏风霜向晚欺，独开百花已凋零；人性直节生来清，自诩高洁老更坚……）和俗语俗段子（四大黑、四大白、四大红、四大瘪故），是韭菜的样子（起阳草、春香、夏辣、秋苦、冬甜）、豆角的种类（兔子翻白眼儿、大姑娘挽袖、长豆角、油豆角、刀豆角、胖孩腿、玻璃翠）……

这些声音留在东北土地上，在不同时空中持存并沉淀成为一种永恒和绝对的形式，在土地上发生作用，人就是这种作用。不论什么样的人生、什么样的人性会要经过这些永恒的形式，或者说被这些永恒的形式经过。当小说在细数这些童谣的时候，兴高采烈，饶有兴味。当读者读到这些俗谚、听到这些童谣的时候，也几乎都忘却身份、地位，似乎被吸附进一种原始的初生形式，被抱慰、被无差别对待，也好像回到了没有差别烦恼的纯粹之境。而土地上的无差别又是土地上的多样性和丰富性。作者通过这些农谚童谣赞颂了土地的多样性和丰富性。然而，这些永恒的形式背后所记录和保存的，却是多样性生命消无之后的苍茫感和悲凉感。

这种感受在小说中被表达，短暂含蓄却让人难以忘怀。在章文德离家抗日之后，阿满一个人带孩子逃难，遇到改嫁他乡的郑四娘，穷困的郑四娘收留了她们娘三个。阿满和郑四娘两个女人惺惺相惜，忆起往事，互相打听故人的景况："在露水河的时候，阿满听郑四娘（顺便说一下，郑四娘的故事不可以读成东北民间叔嫂之间简单和低俗的关系，郑四娘是个被抛弃的孤零零的女性，在和章文礼以及曹双举的关系中，郑四娘从来没有享受'大嫂'的主动和'大嫂'的'地位'；她的声音我们还没来得及倾听。这种委屈在历史上的民间女子中又何止郑四娘，但叙事者并未展开，而是把抚慰交给大地的诉说）说起过曹彩凤……郑四娘向阿满打听薛莲花的情况。阿满也向郑四娘打听过小货郎和小丁姑，她经常听章韩氏和章文德提起这两人，记忆中有好几个关于小货郎和小丁姑的故事，可不知为什么，郑四娘说她从没听说有小货郎这个人，也不承认在小货郎手里买过东西……"① 多年以后，两个故人相遇，念及过往的人和事，凄然而沧桑地相互打听——最温暖也最悲凉——时间流逝的丧失感在两个多年未见的女人艰苦患难的相逢中表达得淋漓尽致、极尽人情。这种打听就是隔着时间的回忆，回忆他人的同时，自己也变成了回忆本身。这种探问提示着——鲜活的生命和清晰的感受，在时间磨蚀下的渐渐消失与模糊。在快速的信息化与原子化时代，人们很难还有这种心情去关注别人、探问别人。

但是时间中的人生都一样，经过时间之后都将成为人们的记忆，也将成为大地上的尘埃，回归永恒的形式。如章秉麟最后所说："人的魂儿被身体囚禁，而人的身体却被大地囚禁着。那种感觉，就像不知不觉流逝的岁月，人是大地的记忆罢了。说到底，无论你怎么折腾，永远都离不开脚下的土地，土地不属于你，而你属于土地，最终身体都得腐烂成为泥渣，成为土地的一部分……"② 这也许能解释为什么小说被赋予"十月的土地"之名，"十月"是叶落归根的时节，是大地将一切收回的过程——包括历史（无论是大写还是小写），包括所有人（无论是大人物还是小人物），包括各种价值信念（现代文明也好，传统蒙昧也好）。以此为参照，或许我们能够理解，为什么叙事对几乎每个人物故事的讲述都没有给予明显的倾注，因为所有的留驻都将成为曾经的生命，曾经的、最终灰飞烟灭的活动过程而已，谁也不能站在时间的中央，成为一个"典型"的存在。所有的存在都将让位于大地的形象——并无形象可循的存在。

结语：传奇性与哲学性品质

最后，小说还有两个特点值得注意——传奇性与哲学性。

---

① 津子围：《十月的土地》，长沙：湖南文艺出版社，2021年版，第349页。
② 津子围：《十月的土地》，长沙：湖南文艺出版社，2021年版，第366页。

首先，传奇性特点。小说借由对东北民间风俗的描摹，囊括了"关帝庙"和"成精""阴曹地府"以及"附体""拘魂码"等传说，这些符号在小说中的出现，使小说呈现了"传奇性"特征。这种特征，与其比类于马尔克斯的魔幻之影，不如说是中国文学悠久的"传奇"性基因的现代复现。自上古神话开始，中国"传奇"就蕴蓄着旺盛的文学创造力。以唐代流行的文言短篇小说唐传奇为代表，中国传奇就向前继承神话传说和后来的史传文学，融汇魏晋南北朝时期的志怪和志人小说，发展成为中国文学独特的小说体式。李朝威的《柳毅传》、元稹的《莺莺传》，以及后来的《牡丹亭》《玉簪记》《红梅记》等都是中国文学传奇性特质的经典。"传奇"的叙事方式构成了中国文学发展的重要面相之一，表达了中国人特有的审美趣味。在西方以及西方之外的文学流脉中，这种趣味也作为根基性的审美情感而存在，表达的都是多样化的人群在自己所赖以生存的土地上的想象和向往、悲苦与达观。只是，在科学主义的标准化审美尺度下，在大数据的技术生产催生的标准化审美趋向的文化品位中，这种传奇的、无法用标准尺度来"驯化"和衡量的异质性文学经验，已经被逐渐遗忘。而《十月的土地》重寻那些冰封在尘土中的文学景观，不仅还原和保存了多样化的、民族本土的审美质性，也暗藏着突破标准化、统一化现代文化规范边界的叙事努力，形成对现代生命经验的镜照。因而，辨认小说中的传奇特性并将之与中国文学自身的传奇性相连接是我们续接文学传统的重要方式。

其次，哲学性品质。小说一开始便讲到十二岁的章文德快死了，叙事者说"他不会把自己的感受与另一个世界联系起来。当然，也不明白自己事实上处于濒死状态"。这不经意的一句，拓展出对生与死、有形与无形世界的思考，叙事的时间和空间顿然洞开，也奠定了小说叙事的哲学性品质：即小说不仅要写东北大地上的人们的日常生活，还要写出深深的哲思与悲悯。这决定了小说后来的展开在向下细摹东北日常生活之时，又始终有另一维度的超越性视角在盘旋，这是小说全能视角的深层动因。而这一视角的作用，与章炳麟的叙事功能、小说的闭合结构以及土地的第一性存在，构成了完整的统一体，是小说超越性境界和哲学品质的最后完成。

原载《渤海大学学报》（哲学社会科学版），2022 年第 3 期。

（张红翠：文学博士，大连大学文学院副教授；田芳芳：大连大学文学院硕士研究生。）

宏大叙事背后的时间秘密

——读津子围的《十月的土地》

翟永明

作家津子围最近出版的长篇小说《十月的土地》，书写了一个章姓家族三代人近五十年的故事，时间跨度大，人物众多，具有史诗性质。小说牢牢扎根于东北肥沃的黑土地上，在漫长的家族史的叙述中，细致地描摹了众多个体生命在时代的风云变幻中命运的沉浮，呈现的艺术世界成为东北乃至中国近现代历史的一个缩影。细读这部厚重的小说，我们会发现作品在宏大的叙述背后隐藏着时间的秘密，反映了津子围小说创作中一以贯之的关于时间的思考。

津子围曾经在多个创作谈里谈到自己对时间的重视，他说他对时间的关注与思考由来已久，并且一直为时间的问题所困惑。受剑桥大学教授唐·卡皮特的启发，津子围对时间产生了新的认知，即时间不再仅仅是一个客观机械的存在，也不是以单向行进的方式简单勾画过去、现在、未来界限的坐标，历史是时间留下的基因碎片，由此，我们可以把《十月的土地》看作是作家对这些碎片的排列布局组合，在时间的链条上艺术地填充人物与情节。

在这部充满东北地方风味的小说中，一直暗暗延伸着一条线索，就是章姓家族中以章兆龙、章文礼、章文智为代表的一支儿，与以章兆仁、章文德为代表的一支儿展开的"大份"与"二份"之争，这种纷争不仅关联直接的物质利益，包括土地、房产、矿产、商铺等，更涉及到两种价值取向、生活方式之争。章兆仁、章文德父子俩延续了中国传统的农耕生活方式，他们极为看重土地的价值，甚至对于章文德而言，土地已经内化为他的生命。这样的生活方式，使他们在现实生活中极易满足，拥有一片属于自己的土地成为他们人生最高的理想。特定的生活方式、生活观念最终塑造了这些传统农民特定的性格，他们忠厚老实，安分守己，同时又充满民间的仁爱友善。章兆龙、章文礼父子俩则不愿意被束缚在土地上，甚至看不起耕种本身，他们紧随时代的变化，追求更高的效率和更大的利益，热衷于开矿、经商等现代经营模式，而这正是现代社会的重要表征。在行事方式上，他们理性冷静，甚至有时残酷无情，他们追求生活的享受，同时又信奉丛林规则，弱肉强食，章兆龙、章文礼两人的人生代表的正是中国由传统向现代社会转型之初的特征。

实际上，传统文明与现代社会两种价值取向的背后，隐含着关于时间的秘密，各自标刻着不同的时间形态。章兆仁、章文德这一支代表着传统的农耕文明，这种文明暗含着一种圆形的循环时间形态，我们古老的先民们很早便有了日月运转、昼夜交替的直接经验，深厚的农业传统又使他们拥有了春耕夏耘秋收冬藏的四时观念，这些观念导致了中国秩序井然且超级稳定的社会结构，生活于其间的个体生命轨迹几乎都惊人地相似，从代际的角度看，世世代代的人们生活模式也在本质上完全一致。小说中从章秉麒到章兆仁再到章文德，三代人的生命体验与价值认知几乎完全重叠，章秉麒将装有第一年开垦荒地的种子的匣子郑重地传给了章文德，而章文德同样把类似的匣子传给了自己的儿子，这几乎是一种仪式性的代际传递。

同样，小说里孩童们在游戏中，口中不断出现的民谣民谚，都标明了一种文化的世代传承，这里我们会看到，过去、现在、将来的生活时序由于没有根本的差异变化而被凝固成一个时间的平面，时间的展开和延续就表现为一种回环和凝滞状态，简单归结就是"慢"与"不变"。

章兆龙、章文礼、章文智这一支代表着现代文明，从时间角度来看，是一种线性的时间形态，理论基础就是代表着欧洲自然文明的进化论。随着生活节奏的加快，世界的变化日新月异，很多先前遥不可及的未来被迅速置于眼前，章兆龙、章文礼、章文智这些人竭力适应新变，追新逐异，在令人眼花缭乱的时代巨变中走在潮流最前面。如果说传统文明体现出的是时间的"慢"与"不变"，那么这样的现代文明时间形态就是"快"与"变"。

两种文化价值取向本没有什么优劣，但津子围在对时间的碎片进行排列组合的过程中融入了很多自己的主观意念或者选择。对作者而言，小说情节的推动发展不仅是要召回消失在历史角落里的经验往事，更是一种将自我的生命体验渗透到历史事件中的审美过程，也就是说，作家在小说的叙述中往往并不会满足往事的再现，更是要实现往事的再生。很明显，津子围在整个小说的叙事过程中，在价值取舍上偏向于章兆仁、章文德代表的农耕文明上。章兆仁从山东老家几经生死来到关外，又经历了外部土匪异族侵扰和家族内部排挤，虽肺痨疾病缠身，但从寒葱河到莲花泡再到蛤蟆塘，总能起死回生，且最后活得年寿很长，得以善终。章文德自幼身体孱弱，十二岁时就差点得病死掉，之后又经历了土匪绑票、战场拼杀等，却也都能绝处逢生。两人的人生经历让我们透视到了传统文化蕴含的强大力量，农耕文明强调的仁义孝悌不仅塑造强化了社会与人伦秩序，也构建了强大的生存力量，这种力量让我们看到，人已到生死弥留之际，埋在土里后却能起死回生，一粒已经保存了几十年的种子（章秉麒给章兆仁的那粒种子）会在这片大地上继续发芽，这明显带有作者的主观倾向。

而在章兆龙、章文礼、章文智的人生轨迹中，他们虽利用自己的精明甚至狠毒，享受到现代社会带来的物欲满足，但由于当时正处于传统向现代转型的初期，各种科学、民主、自由的内容未被真正吸收，相反一些负面的带有享乐主义色彩的内容却大行其道，他们尔虞我诈，流连于赌场，烟馆，妓院，最终导致了章家的败落。小说中章文智玩弄的那个座钟，很有象征意味，作为现代文明的象征物，章文智对它充满了好奇，但当他把钟表拆卸开进行研究后，却再也无法将它组装起来，表达的也许正是一种对于现代文明的迷惘。而小说中的另一个人物姜照成，因参加过苏联红军，对革命对现代有了初步朦胧的认知，但他满嘴的"工会""布尔什维克""革命""阶级""穷党"等说辞却显得那么肤浅且不伦不类，体现出的正是他对革命——另一种现代性的夹生理解。

由此我们透视到了作家明显的情感偏向，传统农耕文明外弱内刚，充满一种文化的韧性，而现代文明则加速了个体道德的堕落，小说将章家败落的转折点很有意味地设置为章兆仁一家被排挤出章家大院，表达的也许正是作家的这样一种主观价值判断。然而，传统文化重合封闭式的循环之圆，意味着开始就是结束，起点就是终点，时间拖带着人物不断原地打转，残忍地切断了走向未来的通道。这一点作家心中应该也是明了的，因此，小说在表现农耕文化生命力顽韧的同时，也表现了在时代洪流的冲击下，章文德最终无法保住自己的土地，田园牧歌式的生活理想最终难逃破灭，从这一角度看，作家的这种情感偏向更像是为传统农耕文明唱出的一曲挽歌。

在津子围之前的小说创作中，尤其是像《轩尼诗》《津子围的朋友老胡》《自己是自己的镜子》《持伪币者》等一些中短篇小说，经常打破传统的时空模式，使用变形、隐喻、蒙太奇等手法，将时间或拉伸或挤压，在变形中呈现出荒诞的超现实状态，给小说留下了很多空白和不确定性，从而呈现出一种先锋特征。而在《十月的土地》中，津子围选择了传统的现实主义叙述方式，放弃了曾频频使用的叙述技巧和花招，这样一种中规中矩保守的叙述姿态是令人惊异的。然而，当小说情节发展到最后，描写章秉麒与章文德灵魂与肉体的错位，弄不清到底是爷爷替孙子活人生，还是孙子以爷爷的视角讲故事时，疑问马上释然，这样一种生命时间错位的描写简直就是神来之笔，它将小说之前竭力逼真描写的现实生活引向了非现实，甚至某些严肃的叙述带有了些许荒诞，因此可以说，《十月的土地》构建的艺术世界是现实的，也是超现实的，它再次证明津子围对时间的思考并未中断，相反一直在暗暗延续。

（翟永明：文学博士，辽宁师范大学文学院副教授。）

我们与土地的距离

——论津子围《十月的土地》中的章文德形象

陈广通

　　乍看之下，《十月的土地》很容易使人想起《咆哮了的土地》《八月的乡村》等二十世纪前半期中国文学中的乡土题材作品，其中也确实存在阶级斗争与抵抗侵略的内容。但《十月的土地》给人印象最深刻之处还要算是作者对于人与土地的关系的思考，这一关系会决定一个人的性格与命运，更有甚者也可能决定一个民族的文化气质和现实走向。作为一部家族小说，《十月的土地》的显在情节是旧式大家庭的固有矛盾以及在时代潮流冲击下分崩离析的过程，在这个过程中作者安排了一个自始至终都存在的见证、亲历者——章文德。他具有着叙述结构功能，但这个人物的作用显然不止于此，他身上所承载的人与土地之关系的意旨，使作品的内容变得丰富、厚重，耐人寻味。

　　从作品结尾透露出的章文德的一生是被老太爷灵魂附体重新生活来看，作者是有意识地进行着个人生存方式的思考。章文德出生于传统的耕读之家，在读书与种地之间开始了他的人生道路选择，他选择种地的表面原因是"庄稼活儿累，可读书更累"。事实上，其内在缘由更值得人们深思。章文德与土地之间亲密关系的形成有着发展的过程。很小的时候，其父章兆仁就不主张章文德读书，而是有意识地带他下地，以培养其对于土地的感情。这时的章文德对于耕读的选择不置可否，对土地也"还热爱不起来"。后来证明，章文德确实是一个种地的天才。在与岩下的一次交流中，刚过十岁的章文德展现出了极强的对于泥土的辨别能力，一闻味道就能判断出适合种哪种作物，以至于岩下怀疑"他是从泥土里长出来的"，离别之际半敬半谑地称其为"土地爷"（话显然是夸张的，但作者对于文德和土地之间的血肉关系进行了出于根性的展现）。他对于各种繁杂的青菜也说得头头是道，连其母亲章韩氏都感到莫大惊奇。岁数大起来后，他连某种粮食是在哪块地上产出来的都能分辨出来，更能从土质的轻微变化上判断出庄稼的收成。这些接近于"特异"程度的禀赋是章文德与土地形成生命共同体的前提，也是预兆。

"热爱"具有主动性，需要长年累月的情感积淀。年岁极小的儿童自然不会对事物表现出偏爱，对于他们来说，世界上的所有事物都是新奇的，所以也就无所谓挚恋哪一种。他们的天赋和根性需要环境的滋养，也需要各种条件的触发。随着农耕生活的渐趋深入，章文德本能地见不得土地被糟蹋，看到好地就想种，闲也闲不住，天气不好出不了工就浑身难受，最后种地竟成了他摆脱烦恼的有效方式。由于家族争斗，章兆仁一家失去了先前所有，来到蛤蟆塘另开土地，数年过后丰衣足食。但章文德对于近处洼地仍有向往，不开垦出来不甘心，此事成了他日常的心病。这种诉求已经超出了普通农民将土地作为温饱之源，甚或发家致富的一般物质性企望，章文德对于土地的依恋不假外求，是对人类存在根性的坚守，上升到了人类对于生命之本、灵魂归宿之寻觅的精神层面。他在无意识中将章秉麟送给他的谷种当宝贝，已经透露了人与土地的先天联系，作品结尾的陈年种子发芽进一步形成了具有总结意义式的象征景象。从传统意义上来说，土地是中国社会的组织和制度基础，所发生的历次社会革命大多与土地相关。随着工业化、城市化的进程渐趋深入，人们离土地越来越远，章文德形象似乎在提醒我们人与自然之间的先验关系，这一关系与组织制度无关，而更像是生命本然的体现。作者通过阿满和章文智所持的对于人相对于土地的肯定，和将土地视为人的自由解放的束缚力量的探讨更使思考具有了辩证力度。章文德虽然一度在磨难后有所感触，但最后的反应仍是木讷，这就更加表现出作者观念的深邃性。当代文学中并不缺少类似的作品，例如阿城的《树王》、迟子建的《额尔古纳河右岸》，或者还可以加上格非为乡村悼亡式的作品《望春风》等，都是杰作。但是从历史流变背景上，在神秘和现实的结合部来表现人与土地的关系，并将其与人的独立性追求相参照的作品还是比较少见的，从这方面说，《十月的土地》算是一个小小的填补。

与人和土地的紧密关系相适应，章文德的性格也是"土"化的，他诚实、质朴、和善、勤劳，有着一般农民共有的品质，但作者着力刻画的是他的另一面——卑微、胆小。也许是遗传了其父章兆仁的基因，章文德生来就胆怯，遇事不爱出头，连说话也吞吞吐吐。小时候面对章秉麟连头都不敢抬。捉弄老庄头时，本来茅房门已经上了栓，他仍死死抓着把手。听别人谈论"老毛子"时被吓得不敢闭眼睛。他不仅害怕现实中的事，更怕传说中的鬼，横死的金桂花让他恐惧不堪，一个"老毛猴吃小孩"的故事更是令其恐惧到了成年以后。成年后，有一次章文德被土匪绑票，遇人来救，人家让他走时，他居然吓得呆在原地，手死死攥着绑匪，陷入无意识状态。陌生人来到蛤蟆塘探查，他心思忐忑，怯于面对，明明是对客人说话，却将脸朝向章文海。结婚后，家里一有事儿，多数时候是老婆先牵头儿……这种性格贯穿了章文德的一生。如此看来，他似乎是一个"扁平人物"（没有章兆龙似的前后转变），其实不然。在《十月的土地》中，这一性格本身能够引发读者面对存在时的双面考量。如果这种性格放到人事上，可能会产生负面效应，但是面对自然时，它就有了哲学意味的内涵。从某种程度上说，卑微是大地的姿态。泥土上的生活给人类带来了对于大自然的敬畏感，这是人与天相处的本初模式，它为人类与自然建立起了本该有的底质联系，在这样的背景下人才有了信仰和归宿——章文德就是那个象征这一体制的逻辑精灵。

然而作者并没有满足于对章文德性格的单一性刻画上，这个形象身上仍然有着血性的一面，只不过被融进了卑微的主调中，最初是被隐藏的，随着环境的变化它被一步步激发出来。胆小怕事的章文德在给血肉模糊的伤员治伤时毫无恐惧之意，在亲人被欺时他能挺身而出，在民族大义面前毫不含糊，这显然也是土地的性格——卑微中透着倔强和宽广。他开垦土地，保卫土地，只为"有落地生根的泥土"，而每一次斗争都是被迫使然。被逼迫显然是不自由的，随着逼迫而来的反抗就变成了对于自由的坚守。这一自由存在于人与土地的亲密关系中，但是作者在结尾给了我们一个稍显消极的提示："人的魂儿被身体囚禁，而人的身体却被大地囚禁着。那种感觉，就像不知不觉流逝的岁月，人是大地的记忆罢了。说到底，无论你怎么折腾，永远都离不开脚下的土地，土地不属于你，而你属于土地，最终身体都得腐烂成为泥渣，成为了土地的一部分……"但是从另一个角度看，"成为了土地的一部分"是否也意味着人也拥有了土地呢？这是作者带给我们对于自由与独立的相对性启发，如果答案是肯定的，那么，我们在现代化进程高速发展的今天距离土地就并不算遥远。

综上所述，津子围在行将覆灭的旧式家族的历史行程中抽出一个极具典型性的人物章文德，在封建到开放转化当口唱出了土地的挽歌，在人与土地的关系展现中寄寓了人文关怀。这是一场现实的透视，也是一段精神的行旅。是对人类存在方式的思考，也是个人经验的传达。并在思考与传达的过程中为当代文学贡献出了一个崭新的艺术形象。

（陈广通：大连大学文学院文学博士。）

唤醒历史精魂的东北书写

——论津子围《十月的土地》

郑思佳

　　继《老铁道》（一九九九）、《裂纹虎牙》（一九九九）、《宁古塔逸事》（二〇〇〇）等东北"旧事题材"[①]短篇小说发表后，津子围于二〇二一年初又推出了一部以"东北故事"和"东北经验"为情感结构和理性起点的长篇力作《十月的土地》。这是一部走过现代和先锋，回归传统与记忆，将对现代人精神追求和现实困境的观照隐匿于历史地表下的一次转型实验。津子围以"东北"为记忆场域，将对生于斯、长于斯的童年记忆、知识经验和情感蕴蓄积聚成一种超越代际的文化认同，凝视东北的历史创伤与生活肌理，于历史的褶皱中张扬东北独特的气韵。他以东北某地章家四代的家族变迁为依托，沉郁而低调地叙述了一个平凡的东北家族自民国初年至

[①] 表现二十世纪二三十年代到一九四九年以前的这一段历史的故事的文学作品。详见林喦、津子围：《好作家不会被落下——与作家津子围的对话》，《渤海大学学报》（哲学社会科学版），2014 年第 3 期。

抗战初期的繁衍故事，命运的变动、遭际、尊严与意义，以家族的"小历史"回溯民族国家革命史的浮沉，以个体的心灵史复活曾被遮蔽的东北的苦难史、精神史和文化史。同时，作家敏锐捕捉到了东北蕴藏着"感觉结构"①的精神符码——土地，在对人与土地关系的思考过程中，体认东北及中华民族在现代发展史中的生命体验和精神变迁，捕捉与复活正在被现代性所压抑和漠视的东北及民族的原始之美和信仰精魂，深刻体味东北民众匍行于历史中，生与死、行与止、悲与欢的哀叹。

· 一 ·

东北：建构文化认同的记忆场域

"我一直觉得自己漂浮在时间的河流里"，而"记忆其实是时间作用的另一种方式，小说与记忆关系密切，是一种特殊的时间表达形式"②。时间问题始终是津子围小说创作的"筋脉和骨骼"，津子围试图通过"时间"导向"记忆"，建构起"文学"与"记忆"的辨证关系。相较于"时间"而言，"记忆"以重新阐释过去的方式实现"对主体同一性的巩固"③，指向记忆主体的身份认同。而"记忆"具有明显的空间属性，"地方承担着储存和唤起个人与集体记忆的重要责任，也承受着记忆的刻写与重构"④。也就是说，对一个个深埋于时间与经验之中的空间场域的回溯与建构，是人们拯救失落记忆，重拾个体或群体身份认同的重要路径。反观文学创作，沈从文栖居宁静淳朴的诗意湘西，汪曾祺漫游和谐柔美的水乡高邮，莫言纵横野性恣肆的高密东北乡，作家以历史经验为经，以现实观照为纬，在

---

① 王德威：《文学东北与中国现代性——"东北学"研究刍议》，《小说评论》，2021年第1期。
② 津子围：《写作是抖落时间的羽毛》，《光明日报》，2012年7月17日。
③④ 刘慧梅、姚源源：《书写、场域与认同：我国近二十年文化记忆研究综述》，《浙江大学学报》（人文社会科学版），2018年第48卷第4期。

文学之笔的勾勒下织就了一个具有深刻认同意味的记忆场域。

若在津子围的创作中寻找一个能够确证其身份认同的记忆场域，那么承载着自然与生命、挫折与创伤、历史苦痛与现实活力的"东北"应当是其中之一。二十世纪末以来，津子围创作了大量以"东北"为叙述背景的文学作品，如《老铁道》（一九九九）、《裂纹虎牙》（一九九九）、《狼毫毛笔》（一九九九）等，特别是其新作《十月的土地》。"东北"作为一个由粗犷辽阔的黑土地、肆意酷烈的民间生命以及诗意神秘的风俗信仰所构成的文学空间，被建构成一个具有独特象征意味的记忆场域。在这里，津子围将民国至当下百余年的东北历史串联勾勒，既有对自然灾害、战争殖民、政治灾难的创伤回忆，又有对传统与现代、民族与世界碰撞博弈下的平衡思考，宏大历史被植入东北日常放置于记忆场域，实现了对以"东北"为场域的群体记忆的再现与重塑，进而完成了对自我或集体的身份认同。

纵观中国现代文学史，从最初的穆木天、杨晦，到后来的萧军、萧红、端木蕻良、舒群、马加，到阿成、迟子建、孙惠芬、津子围、刘庆，直至今天的双雪涛、班宇、郑执等，东北作家一直以一种"特有的东北人的品味"[①]和对故土不竭的热忱，书写着不同时代东北文化的独特风采。而"东北"作为地域空间，如何成为作家独特的记忆场域，进而沟通情感、重塑记忆、确证认同，是分析津子围乃至东北作家创作的前提和关键。东北位于山海关以北的"关外"，偏居民族国家版图中的边缘一隅，也意味着处于权力政治的边缘。同时，山海关与长城的扼守割裂了农耕民族与游牧民族的联系，进而产生了文化与心理的防备。被动的地缘位置与被隔绝的文明，使东北早已陷入无法避免的动荡起伏的悲剧命运。十九世纪末以来东北遭沙俄、日本轮番侵略而闭关自守。直至新中国成立，东北大地生灵涂

---

① 孙郁：《凝视东北》，《文字后的历史》，沈阳：春风文艺出版社，2001年版，第97页。

炭、贫瘠荒凉。正如王德威所言："'东北'既是一种历史的经验累积，也是一种'感觉结构'——因器物、事件、风景、情怀、行动所体现的'人同此心'的想像、信念、甚至意识形态的结晶。"① 以"创伤"为内核的共同的地域记忆凝聚成了东北作家具有同一性的"感觉结构"。他们因黑土地的粗犷、雄悍而野性、洒脱；因生存环境的恶劣、封闭而热情、顽强；因历史经验的无奈与悲痛而勇于直面、勇于暴露。"东北大野诗人"② 穆木天以淡淡的象征色彩勾勒东北土地从宁静唯美走向生灵涂炭。萧军、萧红将记忆的东北与战乱的东北叠合，将被迫迁徙的情思注入写作，描绘东北民众不屈与乡愁交汇的魂灵。迟子建、刘庆等作家则在与自然生灵的对话中，完成了对历史苦难的重塑和对困厄创伤的超越。而他们在创作中呈现出的爽豪、粗狂与洒脱、侠义，溢于作品成为一种独特的东北美学。

然而，"小说是人们差异化的记忆和个性化的体验"③。津子围在与其他作家一道凝视"东北"的同时，将基于自我记忆经验的情感深深嵌入这片土地，以高度的文化认同和文化自觉呈现出对这片土地历史与生存、人性与人情的独特考量。如果说萧红、萧军的写作是压抑的、收束的，是深陷沉沦泥沼后的无力挣扎；迟子建的写作则是开阔的、深沉的，是经万物生灵洗涤后的超然与激情；刘庆的写作是神秘的、忧患的，是失灵时代下神性的自我救赎；而双雪涛、班宇、郑执"铁西三剑客"的写作是怀旧的、理想的，是在现实与故乡的往复间抵抗历史创伤的当下表达。那么，津子围的东北书写则是内敛的、低调的。他不再追求叙事的大开大合，而是以一种"说书人"的客观态度，勾勒东北历史的幽微和东北小人物的悲欢。在他的笔下，东北的风俗民情、人性的沟壑肌理，时时刻刻展现着宏大历

---

① 王德威：《文学东北与中国现代性——"东北学"研究刍议》，《小说评论》，2021 年第 1 期。
② 穆立立：《东北大野诗人穆木天》，《炎黄春秋》，2002 年第 4 卷第 12 期。
③ 津子围：《写作是抖落时间的羽毛》，《光明日报》，2012 年 7 月 17 日。

史如何进入作家的内心，又经由其感性体悟和理性沉思，于历史细部渗透出历史的深度与文化的认同。《十月的土地》便是津子围以"东北"这一记忆场域凸显其个性化地域经验和身份归属的一部成熟之作。相较于"史诗性"历史小说对"史"的偏重，津子围更为注重"诗"的品质与蕴藉，他由关注"史"，转向凝注东北这片土地上的"人"，挖掘与之相关联的历史褶皱中的语言、民俗、日常形态中的丰富内藏，进而回溯与确证历史的记忆与集体的身份。充满乡土气息的民间俗语与东北神秘文化的再现，是《十月的土地》展开东北叙事的两大重要窗口。

作品中，津子围用东北方言建构了一个具有浓郁"东北气韵"的语言场域，东北方言与津子围"埋身底层"的低姿态视角，营造出了生动的乡土气息。东北的乡土记忆、民间风俗与东北人的典型形象都在作者建构的方言场域中抖擞重生。《十月的土地》中，津子围运用了大量与农耕相关的方言谚语。如章兆仁一家迁居莲花泡，章兆仁凭借年份和农谚制定种植计划。"牛马年，好种田啊……得抓紧时间备耕了，九九加一九，耕牛遍地走。"替章兆龙驻守百草沟的章文德对淘金场不闻不问，却因种地打开了话匣："葱怕雨，韭怕晒，杏树开花种生菜"，"萝卜不怕痒，越锄他越长。"再如章文德被掳也不忘耕地求生，并凭借对土地和农事的熟识赢得"绑匪"的信任。"扑地烟，雨连天。""泥鳅跳，雨来到。""春天多锄一遍，秋天多打一面。"这些农谚于整部小说的叙述似乎是冗余的，但正是这些信手拈来、鲜活生动的农谚汇成了对土地的赞歌，它们一边恢复了东北农民以土为生、以食为天的乡土日常和生存境遇；一边打开了东北尘封已久的文化记忆，以乡土东北丰富乡土中国的书写经验。同时，津子围通过对东北方言语气、声调、语态的描绘，使小说人物的个性形象在一顿挫、一腔调的转换间生发得淋漓尽致，而东北人的风风火火、讲究义气、朴素粗俗也跃然纸上。如"那啥……那啥，是谁？""那啥，咋的啦？""那啥，等一会儿。"几句东北土话"那啥"的连用，将章家只问农事的二掌柜章兆仁朴实、温暾的人物性格刻画得活灵活现。再如章韩氏骂街："老绝户！等你死了扔到乱坟岗子喂张三吧！""窝囊废，一杠子压不出个狗屁来。""老绝户""压不出个狗屁"等东北方言直白粗俗，生动鲜明地表现出东北女性泼辣、直爽的个性。同时，《十月的土地》中的人物皆出身于东北乡土，即便其社会阶层、贫富程度、文化水平各有差异，亦有各种人物走出土地走向城市、奔向革命，但镌刻于灵魂深处的"乡土"印记，随作品中肆意挥就的歌谣詈语自然而然地显露出来。此外，作品中"近支儿""远支儿""大份儿""二份儿"以及淘金黑话等在东北长期使用的方言土语，隐匿着东北生动的文化基因，津子围试图通过对这些东北方言的解码，还原正在消逝的东北家族伦理以及地方性的老旧记忆。

《十月的土地》对"东北"这一记忆场的勾勒，还始终弥漫着无处不在的神秘气息。小说开篇便以章文德身染霍乱，生命垂危被抛山起笔，"缠绕山风的尖叫，仿佛密匝匝的黑色森林摇撼呼啸"，氤氲着生死有命的死亡气息。作品中密布着神秘的心灵感应，如章秉麟通梦小货郎为章文德抓药，予人以难以捉摸的命定体验；多有对联通鬼神与万物、前世与今生的萨满，以及超自然现象的深描，如汤仙姑通灵请神、小货郎游走阴阳为章兆仁寻找失踪多年的弟弟、章秉麟讲述灵魂脱离身体的经历，予人以无所不在的神秘感。从章秉麟通梦救文德，到寿辰大宴章秉麟离奇失踪，再到章秉麟从章文德的躯体中钻出，莫测的神秘气息游走于全篇。东北神秘文化呈现出了民间精神的丰富精深，无疑是东北精魂的一重奇异映现。

《十月的土地》中，津子围将对这片土地的眷恋嵌入"东北"这一记忆场，将黑土地的风貌与精魂，挥洒成人性的坚韧和美学的雄浑。在对民间风俗、方言谚语、神秘文化的还原中，唤醒地域文化记忆、深思东北历史幽微、确证群族身份认同。

· 二 ·

家族：复活东北历史的叙事载体

　　"家族"是民族国家与时代历史的微缩镜像，是建构民族国家想象、复活历史记忆的重要资源。《十月的土地》借助东北寒葱河章家家族的兴衰浮沉，还原清末民国初年至抗战胜利五十余载风云变幻的东北历史和民族记忆。以章家四代人在历史变迁中的爱恨情仇和跌宕命运，突出家族成员的权力欲望和道路选择在革命进程中的作用，以个体选择的偶然性实现对以往宏大历史书写的颠覆与解构。同时，津子围以深切的眷恋与认同注视着在时代动荡与家族巨变中艰难生存的东北乡民，书写他们在革命岁月中的朴实与锐气、善良与大义，饱含着生离死别的人间况味以及生生不息的精魂道义。

　　王德威认为"小说之类的虚构模式，往往是我们想象、叙述'中国'的开端"[①]。家族史因与时代历史、民族国家有着密切相连的多重关系，成为作家青睐的建构民族国家想象、折射社会时代动荡的叙事结构和载体。一九五〇至一九七〇年代，作家将家族结构置于革命历史，在阶级话语的规约下，书写对新生国家政权的颂扬和对现代民族国家未来的向往；一九八〇年代，莫言的《红高粱家族》以"作为老百姓的写作"[②]的民间立场审视"我"的家族，成为新历史小说的滥觞。然而对家族伦理的肆意批判以及先锋实验下的所指消逝，使建构民族国家想象的叙事意愿被搁置。一九九〇年代直至新世纪以来，作家在内与外、自我与他者的内省中，以

---

① 王德威：《想象中国的方法：历史·小说·叙事》，上海：三联书店，1998 年版，第 2 页。
② 莫言：《文学创作的民间资源——在苏州大学"小说家讲坛"上的讲演》，《当代作家评论》，2002 年第 1 期。

更为自信的态度和更加开阔的视野走进"家族"，在对个人与家族、家族与历史关系的建构中，勾勒现代民族国家的历史图景，完成对家族文化的寻觅与对民族国家的认同。《十月的土地》便是这一书写范式下的一次想象实践。铁道线车站蔓延开来的外来疾病"霍乱"，似神秘的巫风吹向章家小儿章文德，又氤氲至闭塞而萧索的东北。沙皇俄国为攫取中国东北资源修建的中东铁路通车后，驿站荒废、细鳞河改道，章家只能搬离莲花泡迁居寒葱河。而后，俄国兵可随意在东北土地上肆意穿行，在"老毛子"屡屡侵略的日子里，章家几代人只能在莲花泡和寒葱河之间逃难奔波。被当家人发落至老宅的二代章文智是最先接触域外人的章家人，一年冬季，章文智在二道岗子救了困在大雪里的日本专家和两个陪同的朝鲜人，他们留下的实验试剂和放大镜，预示着现代性的侵入与动荡岁月的到来。随后章秉麟在寿辰当天离奇失踪，而临行前与章文德的对话："朝土背天，春耕秋收，平常年月里一辈子不会大起大伏，只是，不知道这世道会不会总是风调雨顺呀"仿佛暗示着他因预感世道变迁无力阻挡而云游四海。作品中没有对宏大历史事件追踪问迹般的描摹，但章家成员的世俗日常和精神变迁，却时刻映射着民族，甚至国家的历史动荡。

小说后半部，描绘的是日本侵略者践踏东北大地后章家几代人的生存境遇。章家成员在革命岁月中的自在选择，既还原了政治变革对每一个生存个体的影响，也彰显了个人在动荡进程中的作用。面对虎狼横疆、生灵涂炭的时代巨变，章家有人无力对抗、退避云游，有人唯利是图、趋炎附势，但更多的却是舍身赴死、守卫家园。小说中塑造了一系列生动鲜明的革命者形象，与十七年革命小说崇高气概、智慧无畏的单一的革命者形象相比，津子围笔下的革命者更为饱满，他们不再是美与丑、善与恶的二元对立，而是既具有革命理想和道德操守，又带有世俗欲望和人性弱点的复杂个体。章文智是第一个接触革命的章家人，偶然得知妻子郑四娘被弟弟章文礼和表舅曹文举羞辱，为查明真相独自一人前往李姑娘大炕，却被胡子俘虏。

又在弟弟的算计下险些丧命，最终跌跌撞撞成了大架子山大当家姜照成的"无耳军师"——张胡。姜照成并非杀人敛财的占山霸王，因早年作为中东铁路的华工参与过红军战役，而对布尔什维克有着朴素的情感认同。他虽对革命没有系统的理论理解，将共产党理解为"穷党"，将实现革命的途径，归纳为"团结天下穷苦人参加革命游击"，但也吸纳章文智等人参照苏联军队进行队伍整编，建立起"老爷岭革命游击队"。章文智就因对姜照成人品的信任懵懵懂懂地加入了"革命"，但其最终加入"革命"的初衷却是借助"革命"力量实施个人的复仇计划。当姜照成的"游击队"被剿匪军队打散后，章文智为缓解疼痛甚至抽上了大烟。然而当日本侵略者侵占东北后，章文智的救国激情和革命理想被真正点燃，他团结街上的烟鬼、商贩、游民参加抗日救国军，顽强冲锋在战场上，向世人证明"咱不是秧子，咱都是好汉！"最终在组织的考验下成为一名具有坚定信仰的共产党员。

章文德则是广大农民参与革命斗争的真实映照。以"土"为生的章文德没有对"革命"的激情与动力，在他看来，种好地、守好家、平安稳定便是一生的追求。然而日本军队的铁蹄却要夺走章文德的命根，于是终于发出了"我的命没了，地也不能没了"的苦叹，联合蛤蟆塘民众组建了民众抗日自卫队。然而章文德在参与革命的过程中时常体现出农民革命的不彻底，开战前章文德心心念念的还是家里没种完的地；在山区流动作战的日子，章文德因思念妻儿，竟私自下山返乡。然而从民众自卫军到人民革命军，再到东北抗日联军，章文德始终冲锋在前线，为保护家园舍生忘死。此外，狗剩儿埋伏山林狙击日本敌寇，最终与偷袭的狙击小组同归于尽；赶大车的老庄头不识大字、胸无点墨，却冒着生命危险救下在"日本人那儿挂了号"的章文德。这些不知何为革命，也未曾参与正规战斗的普通民众的团结御敌，让这段革命历史更添传奇和慰藉。津子围不再着意书写东北革命的英雄演义或史实场景，而是更为真诚地直面革命道路中的懵懂、困厄和阴暗；他笔下的革命者不再只有单一的神性与崇高，而是充满了荒诞与缺憾。串联家族成员命运浮沉的革命叙事直抵历史的真实，家园失、同胞亡的民族记忆在东北的土地上流淌成作者淡淡的缅怀与哀伤。

而在跌宕起伏的历史变革和家族浮沉中，有一条贯穿始终的精神纽带，那就是血缘亲情维系的优良家风和在颠沛流离中凝结的东北精魂。"赤面赤心扶赤帝，青灯青史映青天"，章秉麟为关帝庙题字的对联蕴藏着章家秉承的家风义理。章秉麟闯关入东北，靠一双手攒下章家家业，可谓"人性直节生来清，自许高洁老来坚"；章兆仁一生感念章秉麟救济，兢兢业业守护章家家业，知恩图报、宽以待人；章文德接过章秉麟垦荒第一年的种子，似接过章家高洁勤勉的精神传统，纵深土地、守卫家园。而随着新世界的打开，现代性的入侵使日出而作、日落而息的乡土生活和平稳秩序被打破，父子、父女、兄弟之间的差异与矛盾也逐渐暴露。章兆龙不念旧情将兆仁一家清理门户，兆仁一家离开后章兆龙挥霍无度，章家走上了下坡路；章文礼精于算计、无情无理，为谋私利种大烟使老宅莲花泡衰败不堪。日本侵略者的进入将家族的"内斗"与"挣扎"推向高潮，对家族精神的坚守与摒弃使章家家族分裂成不同阵营。战争结束后，秉持家族道义的章兆仁一家收获了尊严，也赢得了光明。章家家族两个支脉命运的对照，凸显的是个人欲望与精神选择在历史进程中的作用和意义。

《十月的土地》将现代民族国家诞生的宏大历史置换为家族性的民间日常和具体的个人遭遇，着意凸显个体在历史动荡中的生存境遇和精神变迁。这种公共记忆向家族记忆、个人记忆的位移，使带有浓郁东北地域特色的婚丧嫁娶、春耕秋收、家族矛盾等民间日常推至历史前台，使一体化的宏大历史民间化、生活化、碎片化，最大程度呈现历史的原生态。而艰难岁月中的等待与契约、秉持与坚守游走于动荡的家族日常中，实现了个体、民族、国家的多维观照。

· 三 ·

土地：积蓄东北精魂的情感符码

费孝通在《乡土中国》中论及："靠种地谋生的才明白泥土的可贵……乡下的'土'是他们的命根，在数量上占着最高地位的神无疑是土地。"[①]土地是生命生存的依靠，是民间文化的积淀，是精神灵魂的血氧。恋土情结始终是五四以来乡土书写挥之不去的圭臬。一九二〇年代，以鲁迅为代表的乡土小说家难逃思乡的"蛊惑"，却也时刻固守理性世界的堤防，以清醒冷峻的理性意识审视麻木的乡土，饱含着知识分子最深沉的恋土情怀。1930年代，蜗居城市的京派小说家带着对故土的眷恋，以歌者的身份抵抗城市文明的侵入，呼唤迷途乡魂的归来。抗日战争爆发后，民族矛盾的激发使乡土叙事的中心由土地崇拜转向对民族苦难的书写，恋土化为保土。到了1940年代直至新中国成立后的十七年，社会主义建设的热浪卷起了农民获得土地后对新生活的渴望和向往。经八十、九十年代乡土书写对乡与城、传统与现代、改变与守望的思考，《十月的土地》接续五四时期鲁迅一脉的恋土传统，将乡土中国的生命根基——土地纳入叙事想象。津子围在书写农民恋土怀乡情结的基础上，将土地与人的复杂关系化解在半个多世纪的历史变迁中，意图从人对土地由崇拜、依附到疏离、拒斥的情感变化中，凸显人在现代性进程中的生存境况和精神变迁。同时，他将"土地"化作一种具象的精神符号，承载着章家家族的生与死、喜怒与哀乐，也承载着东北的灵魂与品格，试图从章家人的地根意识出发，直抵乡土东北的精神肌理，捕捉正在被现代性压抑的信仰精魂，唤醒这片"黑土地"上交

[①] 费孝通：《乡土中国》，北京：北京出版社，2004年版，第2页。

织着苦难伤痛与生命强力的精神空间。

土地与人的历史关系是时代变迁的镜像与折光。《十月的土地》将土地和人置于现代性入侵的社会变革中，通过聚焦章家三代与土地关系的代际变化，折射农民生存的精神之旅，进而完成对乡土社会现代性问题的反思。老掌柜章秉麟是土地的开拓者，光绪二十二年于莲花泡开垦土地，成为那一带的富豪，凭借土地获得家族与地方的领导权和话语权。依土起家的章秉麟信奉传统文化之精魂，一生刚正仁义。然而面对动荡变化的社会时局，以及欲望横流的现代性入侵，晚年的他只能退隐在玄微居这一方净土，头顶"读书随处净土"的敬告，以过来人的睿智洞察世事变迁。章秉麟的云游昭示着乡土文明的失落与传统文化的迷失，其临行前的那一句"不知道这世道会不会总是风调雨顺"的神性预言，是他基于个体生存经验对民族命运的一次灵魂体认，也是对传统文化在现代性入侵的时代转型中解构而生发的生命哀叹。章兆龙和章兆仁是以土为生的一代，然而二人对土地截然不同的态度，预示着时代变迁前夕农民精神的分歧与断裂。在章兆龙看来，"土地"只是财富和权力的代码，章兆仁却将"土地"视为安身立命的根基。身为大掌柜的章兆龙无意侍奉土地，将家中农事全权交由堂弟章兆仁处理，专心浮沉于商海。章兆龙与章兆仁家族两大分支的冲突，似乎象征着现代文明与传统文明的碰撞。当章兆仁侵犯了章兆龙的利益与地位时，章兆龙无情地将为章家兢兢业业数十载耕耘的章兆仁扫地出门。而章兆仁一家的出走，彻底抽离了章兆龙的地根意识。以"土地"为依托的传统道德观念也在现代文明的诱惑下逐渐隐退。

章文智与章文德等人则是现代文明入侵下，选择土地的一代。侵略者的闯入带来了战争的灾难，也带了现代性的焦虑。以"土地"为依托的旧有的生活秩序和精神传统在现代性的强势闯入下走向崩溃。身处新旧激烈碰撞的一代，他们面临着更多人生的选择，而对现代性不同的接受态度则使他们拥有了不同的人生轨迹。章文智是被现代性改造的典型，较早接受西方文明的他无意钻研传统农事，却一知半解地痴迷于农作物的改良。章文智对瑞士座钟和放大镜的喜爱，喻示着他对现代性的盲目追求。他拆解座钟试图探索现代时间的规律，用放大镜放大西方文明的新奇，却在无法图解世界的失落下走向盲目认同的失语。然而章文智并未被现代文明完全吞噬，其骨子里流淌的伦理纲常与传统道义，仍然为其在后来能够接受革命现代性的改造，而成为战斗英雄提供了可能。章文礼则是在现代文明中彻底迷失的典型。现代性的侵入给古老的乡土生活带来了巨大的诱惑，而欲望的泛滥与道德的沦丧是现代文明的精神症候。在老宅莲花泡的土地上种起大烟，设计击射被绑匪劫持的兄弟，践踏凌辱兄弟的妻子……权力欲望在现代性的催化下膨胀变异，摧毁着乡土东北的信仰根基。而章文德的存在为丧失理智的欲望世界带来了一丝希望，章文德是被迫卷入现代性的典型。在"劳心"与"劳力"的纠结中，章文德毅然选择固守土地。然而尽管他以土为生，只求平稳度日，但他并非排斥现代性，而是以一种更理性、辨证的态度审视现代文明。被日本人岩下参事官邀请到县义仓管理处工作，他虽不愿违背本心当汉奸，但却觉得日本人种植水田的科学方法能够破解他开荒种田多年的困惑。这是对现代文明的理性认知，更是对父辈故步自封的地根意识的超越。现代人的一生就是与欲望和命运对赌的漫漫征程，《十月的土地》通过挖掘土地与人的历史关系，聚焦现代文明下现代人的精神状态。而章家家族成员间不同历史命运的对照，彰显着作者对历史与现代性问题的深层思考。

然而，"土地"不仅是津子围理性建构的载体，更是其积蓄东北精魂的情感符码。"土地"作为小说的中心意象，贯穿故事的始终，它不仅是章家赖以生存的根基，更是以"仁义"和"坚韧"为核心的东北文化的象征。津子围通过对土地精魂的挖掘与阐释，建构与指认了以中华传统文化为核心的东北精神，为民族国家的现代化发展提供了宝贵的精神财富。章文德是小说中土地精魂的化身，是东北精神的承载者。作为晚辈，他从章秉麟手中接过仁义友善的"种子"，又经过章兆仁深埋土地脚踏实地的言传身教，凭借血缘关系将土地精魂延续。作为家长，他勤于农事，将蛤蟆塘开垦成连年丰收的风水宝地，维护一家人衣食无忧。就个人而言，他宽以待人、以德报怨，昔日将他俘虏大半年的姜照成落难，章文德不计前嫌冒着危险帮其隐瞒行踪；他安分守己、谨言慎独，驻守金矿不闻世事动乱，只想默默种好脚下的地；他深明大义、明辨是非，得知鬼子即将占领家园后，抛下官位和俸禄毅然参与革命。无论身份如何变化，章文德无时不秉持着以"仁"为本的传统理想人格。同时，章文德的生命历程始终彰显着东北土地坚韧生命的力量。十二岁时染上霍乱，一副古方将他救回，不过数日便重现活力；被胡子掳走寄身深山，却与山林土地为伴赢得生机；战场上无数次濒临死亡，也都顽强生还。章文德的苦难命运正是东北这片土地被蹂躏的创伤历史的缩影，昭示着中华民族从"传统"通往"现代"的曲折与困厄。而其生命中的隐忍与抗争，对绝望的敬畏与超越，映射的则是动荡岁月中生生不息的东北精神和民族品格。

《十月的土地》将富于东北特征的乡土经验、充满情感纠葛的家族命运、饱含曲折痛苦的生命历程扭结交错，揭露被现代性剥离侵入时代的"罪与罚"。同时，津子围从"土地"出发潜入东北历史与灵魂的深处，既指摘内省，又讴歌认同；既审视历史幽微，又放眼现实未来，以东北人率真、仁义、坚韧、豪放的精神内核，抵御东北历史的残酷创伤，建构了一个以东北精魂为生长点的东北文化形象，为激活和重拾民族国家和东北地域的文化认同提供了精神参照。

《十月的土地》以"埋身底层"的平民视角和"说书人"的低调叙事"挺进"东北，将东北的地域史与中华民族的现代化进程相链接，实现了现代民族国家历史记忆的复活，也实现了东北地域精神与灵魂的修辞。津子围一边在对富有地缘特色的生命元素、民间日常、文化形态的勾勒中，对"东北"进行了地缘位置上的指认；一边在对家族命运纠葛的感怀中，完成了对蕴藏着地域文化伦理的"感觉结构"的阐释与认同。津子围的东北书写，是对现代民族国家沉郁历史的生动记载，也是人文精神失落、文化认同遭遇挑战的时代语境下，唤醒东北文化记忆，整饬民族精神危机的一次叙事实践。而以传统文化为核心东北精魂，经由作家真诚、悲悯的叙述，定将同东北百折不挠的历史进程一道，山山而川，生生不息。

（郑思佳：辽宁大学中国现当代文学专业博士研究生。）

独特的魔幻世界

——论津子围《十月的土地》

王雨晴

　　一九八二年，加西亚·马尔克斯获得诺贝尔文学奖，从此，一股魔幻现实主义旋风开始席卷中国大地。一部《百年孤独》，成为二十世纪八十年代中国作家跃跃欲试的文学精神目标。"小说原来可以这样写！"如同加西亚·马尔克斯阅读卡夫卡时的惊叹，被魔幻现实主义文学击中的那一代作家都或多或少地在作品里回应着这分激动。可以说，无论作家有意识或无意识，开诚布公或是暗自揣摩，魔幻现实主义都对中国文学产生着不可小觑的影响，体现在文学潮流、创作观念、话语风格等方方面面。当魔幻现实主义文学热潮退去，时间行至无主题无思潮的当下，它的痕迹始终是一代作家无法抹去的。津子围便是如此。

　　《十月的土地》是津子围继《童年书》之后暌违十年的长篇小说新作。身为东北作家，东北作为一个空间意象，时常若隐若现地存在于小说的文化背景之中，尤其体现在津子围主要以二十世纪二十年代到四十年代的东北大地作为发生背景的"旧事题材"小说中，故事中心多是被历史裹挟命运的普通小人物。东北边缘的地理位置和复杂的历史背景，为这片土地提供了"魔幻"生长的土壤。在《十月的土地》里，津子围终于将积蓄已久的东北历史碎片拼凑、串联为厚重、深沉的东北长篇历史画卷，通过章氏家族三代人的命运波澜起伏，将清末民国初年到抗战时期五十多年间发生在东北大地上的传奇历史铺陈开来，并把家族争斗的人性博弈、坚守传统与现代化冲击的艰难选择、历史文化惯性驱动的社会标准等，用一种从泥土中散发出来的魔幻性笼罩起来。津子围从东北这片土地复杂的历史中汲取神秘力量，伴随着自文学创作初期便根植于心的西方现代创作手法，将魔幻性融入故事情节、人物形象、叙事结构中去，这不仅代表了津子围文学创作一贯的追求，也显露了其通过讲述"魔幻东北"故事进而走向世界的决心。

· 一 ·

魔幻：津子围的东北土地寓言

有一种观点认为，"魔幻"是"魔幻现实主义"①约定俗成的简称，所指的"魔幻"显然是一种文学叙事技巧。"魔幻现实主义"（Magical Realism）一词诞生于一九二五年德国艺术批评家弗朗茨·罗（Franz Roh）的著作《后表现派，魔幻现实主义，当前欧洲绘画中的若干问题》（After expressionism:Magical Realism:Problems of the newest European painting），被用以研究后期表现主义绘画，他认为这类作品富于幻想，构思离奇，具有民间艺术的神秘色彩。一九五五年，"魔幻现实主义"一词首次正式被应用于文学批评中，拉美裔美国文学批评家安赫尔·弗洛雷斯（Angel

---

① 陈晓明、彭超：《想象的变异与解放——奇幻、玄幻与魔幻之辨》，《探索与争鸣》，2017 年第 3 期。

Flores）在《论西班牙语美洲小说中的魔幻现实主义》（*Magical Realism in Spanish American Fiction*）中将其定义为"现实与幻想融为一体"。一九六七年，墨西哥学者路易斯·雷阿尔（Luis Leal）则提出反对意见，《论西班牙语美洲文学中的魔幻现实主义》（*Magical Realism in Spanish American Literature*）一文强调魔幻不在于幻想，而在于现实本身的神奇，"神奇的现实的客观存在正是魔幻现实主义的文学渊源"。他认为魔幻现实主义是一种现实主义，"是对现实的一种态度"，"不是回避现实生活而去臆造另一个世界即幻想的世界"。此观点与魔幻现实主义代表作家加西亚·马尔克斯不谋而合："创作的源泉永远是现实。"①"我认为我是个现实主义作家。"②关于拉美作家所理解的"魔幻"，有学者指出："拉美魔幻现实主义作家认为'魔幻'，不仅是魔幻现实主义文学对现实的一种独特揭示，更是拉丁美洲现实生活的本相，魔幻现实主义中的'魔幻'不仅表现在艺术手段和艺术传达上，也体现在小说的内容及人的思想意识本身上。"③归根结蒂，"魔幻"脱离不开现实，作家运用魔幻叙事是为了更好地反映现实生活，"魔幻"不是故弄玄虚地求"怪"求"异"，它既不是魔术，也并非象征，而是一种信仰，是一种认识世界的角度。"魔幻"与荒诞和神秘现实最本质上的区别，就在于"魔幻的形式包藏着观念性的现实存在"④。从这样的"魔幻"视角出发，进入《十月的土地》的文本世界，就会发现"魔幻"似乎无处不在。基于此，津子围的《十月的土地》正是一部以"魔幻"为信仰写就的东北土地寓言。那么，在这片东北土地上，"魔幻"是如何潜滋暗长的呢？

---

① [哥伦比亚]加西亚·马尔克斯：《虚幻与想象有天壤之别》，《加西亚·马尔克斯谈创作》，昆明：云南人民出版社，1997年版，第186页。
② 朱景冬：《马尔克斯——魔幻现实主义巨擘》，长春：长春出版社，1995年版，第149页。
③ 曾利君：《魔幻现实主义与中国当代文学关系的再思考》，《重庆社会科学》，2006年第2期。
④ 王大敏：《新时期小说的非现实性描写》，《文艺评论》，1997年第5期。

　　故事情节的魔幻性在小说最初已悄然深种。小说以一个极具隐喻的梦开篇，章文德梦见自己变成了一颗发芽的豆子，在泥土里挣扎着，艰难地生长着。他从泥土中爬出来，却染上了霍乱，当他再次醒来，苏醒的其实是爷爷章秉麟的魂魄——章秉麟将自己的灵魂置换到了章文德的躯体之内。当章秉麟的灵魂寄宿于章文德的肉身，对土地的原始向往，在新一代人身上重新焕发生命力。当章文德的生命承载着章秉麟的灵魂，现代化的外来冲击也被农业文明的负隅顽抗所消解。灵魂的互换，仿佛是一代又一代中国农民的轮回。"人的魂儿被身体囚禁，而人的身体却被大地囚禁着。那种感觉，就像不知不觉流逝的岁月，人是大地的记忆罢了。说到底，无论你怎么折腾，永远都离不开脚下的土地，土地不属于你，而你属于土地，最终身体都得腐烂成为泥渣，成为土地的一部分……"①人永远离不开土地，人与土地不可分割，这正是小说想要表达的生命真相。在小说里，土地给予人生命，土地深种着人的灵魂，土地就是人的信仰。章秉麟与章文德祖孙二人的灵魂互换，即为整部小说最具魔幻色彩的情节。魔幻的情节背后所展现的，却是中国乡土社会最本质的实在。

　　营造梦境是魔幻现实主义作品的常用手法。梦是人们真实心理状态的映射，在文学作品中，梦的描写通常起到揭示人物内心、预示并推动情节发展的作用。小说对几次梦的安排值得推敲。小货郎梦见章秉麟托他去买药，结果买的正是救了章文德性命的中草药，而药却是提前两天就买好的。章秉麟说自己和小货郎之间有一种特殊的联系方式，这种特殊的联系方式在小货郎的口中就是托梦。小说还写到另一处托梦的情节，曹彩凤梦见郑四娘向她告别、诉冤，还拿出了一条白色的丝绸带子，而这条带子竟成为日后曹彩凤上吊自尽的物品，一句"很早以前，郑四娘就对此做过预言"，

①津子围：《十月的土地》，长沙：湖南文艺出版社，2021年版，第366页。

将梦与现实的距离瞬间打消。托梦的情节起到了预言和象征的作用，暗含相信人有灵魂且灵魂具有自主意识的假设。在小说中，梦还是指点迷津、预示未来的信号。章兆龙梦见章文礼出事，就会据此把章文礼从金矿招回来。章文德梦见"早已死去的"章文智"戴着假耳套，眼眉上挂着霜花"，彼时，失去耳朵的章文智正在战场厮杀。在神秘的东北文化传统下，梦境反而是用来写实的。

魔幻的故事情节塑造了魔幻的人物形象，小说里的很多人物身上都带有魔幻色彩。老掌柜章秉麟能够操控灵魂进出身体，不仅救了孙子章文德的性命，还在他的身上重新走过一次人生。他能够在危险来临前夕，预料到有人将至，口中念叨着的古诗似乎是对过去和未来的隐喻。历史的曲折将他谜一样的经历更显得扑朔迷离——祖籍山东蓬莱，科举中举，在墨尔根和宁古塔做过官；帮办移民事务，在三岔口参与官垦；往返于俄境双城子、海参崴和三岔口之间，在佛爷沟采参、在交界顶子淘金……这些真假难辨的故事也衍生出许多神秘的传说——章秉麟和大黑狗"配了对儿"，小货郎就是他们的孩子。章秉麟也曾自言，他是死过了的人，灵魂脱离身体，去向阴曹地府，砂石路、恶狗岭、金鸡岭、望乡台……"人都是有魂的，魂散了，人就成了行尸走肉，剩下了空皮囊。"这是章秉麟对章文德的点化，而因为他们共有同一个灵魂，他们便是同一个人，所以这也是年迈的章秉麟对年轻的自己的告诫。章秉麟是东北历史和民间神秘文化的见证人，而在现代化的车轮到来之前，他已将灵魂隐匿在新一代青年人的身体里，暗示曾经传统的东北民间文化，已经无法适应正在遭遇现代化改造的现实社会，唯有躲藏在新的躯体中，伺机等待再次重生的机会。然而，当土地的所有权即将被夺走时，章秉麟则通过章文德的身体显灵，对章文礼予以警示。传统始终没有消失，属于章秉麟、章兆仁、章文德一脉的传统中国农民当然永远不会消失。

作为章秉麟分身的章文德显然同样具有魔幻色彩。小说将其塑造为"从泥土里长出来的""土地神",赋予其"识土种地"的特异功能。他对于土地有着来自天性的亲近,当章秉麟拿着装着种子的精致盒子,问他要盒子还是要种子时,他选择了象征土地的种子;面对一座金矿,他的眼中却只有种地;被土匪绑架,他依旧选择种地来保全性命。"土地是命根子",这是章文德根植于心底的信仰,因此他尊重土地,敬畏土地,坚守土地。与此相对,章文智则如"被魔鬼附身"一般痴迷于改造土地。章文德选择了种子,章文智则被瑞士座钟和放大镜勾走了魂儿,这无疑是现代性对传统的冲击,也是传统乡土伦理瓦解的序幕。有趣的是,来自现代世界的日本人和朝鲜人,却折服于深耕土地的章文德,无论技术多么先进,他们仍对中国传统种植经验念念不忘。技术是理性的、不断发展的,传统则是经验的、不可更改的,无论技术多么日新月异,传统的根基始终无可撼动,这就是传统的力量。

"赊刀人"小货郎是小说里最具魔幻功能的形象,他总是会在人们需要的时候出现,以一种神秘的姿态推动故事发展。小货郎第一次出场就是在给昏迷中的章文德做隔盐灸,而他受章秉麟托梦时买回来的草药,救了章文德的性命。小货郎也给章文智带回了瑞士座钟,这是现代性的象征物,直接勾走了章文智的魂儿。他可以召唤亡灵,穿行于阴阳两界传递信息,清楚地说出章兆义失踪的来龙去脉,甚至出生年月和相貌特征,"黑狗趴窝黄狗跳,蝗虫遍地血染庙;四分五裂鸡无架,老马难睡回笼觉",这是他向章兆仁"赊刀"时说的预言。在章韩氏正为桂兰"掉魂"而发愁时,他又一次神奇地出现,教章文德写"拘魂码"。章秉麟失踪后,只通过小货郎传递消息,那封交给章兆仁的"只有在危急关头才能看的信",其实就是老宅的地契。然而在小说尾声,当阿满向郑四娘打听起小货郎,得到的回答却是"从没听说有小货郎这么个人"。小说文本中确实从未出现小货郎与郑四娘直接对话的描写,因而小货郎的存在本身也变得扑朔迷离,如果没有这突如其来的转折,小货郎的魔幻性或许将不复存在。那下雨时身上散发的狗毛淋湿后的腥味儿，或许就是小货郎存在的魔幻证据。猎人丛佩祥同样是一个来无影去无踪，但总能在关键时刻出现并解救章家人的人物。丛佩祥第一次出场也是为章家人治病——用新鲜的獾子血治疗章兆仁的痨病。当章文德被土匪绑架时，章家人第一反应就是找丛佩祥。他仿佛隐居山野、无所不能的侠士，在江湖上留下了很多离奇的传说，其中能够予以佐证的实物就是腰间佩戴的虎牙。传说虎牙能在遇到危险时发出警示，佩戴虎牙的人还拥有洞察前世的力量，虎牙作为东北民间超自然神秘力量的象征物，正与东北神秘的地域文化相契合。

《十月的土地》容纳了东北土地近半个世纪的历史，以多条线索将时间与空间编织为东北历史的宏大叙事。除了故事情节和人物形象呈现出"局部"的魔幻，小说也通过一条以土地为核心的主线与一条以历史为参照的副线，在叙事结构上产生了"整体"的魔幻效果。从表层看，章氏家族半个世纪的兴衰是故事的主线，更进一步看，章氏家族的兴衰始终被土地所支配。章秉麟与章文德的灵魂互换将整部小说画成一个完整的圆，从第一代的老掌柜章秉麟到第二代章兆仁，再到第三代章文德继而又回到章秉麟，连接一代又一代中国农民的纽带并不单单是血缘关系，更为牢固的其实是对土地的忠诚与使命感——中国农民对土地的信仰是镌刻在灵魂里的。土地与灵魂的关系，正是小说隐藏在冰山下的内在议题。灵魂为虚，土地为实，只有将灵魂紧贴大地，传统的根基才不会动摇。章氏家族是中国农村典型的家族范式，老掌柜拥有绝对权力，其亲生儿子章兆龙虽然通过血缘纽带继承了大掌柜的身份，却逐渐背离土地转而经商，因此老掌柜会将家族重任传承给忠诚于土地的侄子章兆仁。作为章兆仁的儿子，章文德在父亲的言传身教和章秉麟的灵魂附体下，在价值观动摇的时期仍对土地绝对忠诚，因而可以名正言顺地继承土地。从章秉麟到章兆龙、章文智，再到章兆仁、章文德，从权力的流动和转移可以看出，土地是不变的权力中心，谁守住了土地，谁才能获得权力，小说将中国传统农村社会的权力结构清晰可见地勾勒出来。

另一条贯穿始终的副线则是历史与人的关系，同样构成了一条神秘魔幻的历史链条。小说大致从一九〇三年俄国修建中东铁路写起，在人们的想象之中，"老毛子"是黄发、绿眼、长毛、吃人的妖魔鬼怪，恐怖的"跑毛子"记忆无时无刻不萦绕在章家人的心中，以至于两名检查通信线路的俄国中东铁路路警，都能把章氏家族吓得鸡飞狗跳。如果说中东铁路和火车站，象征着新世界与旧世界相通的路径，那么瑞士座钟和放大镜，则象征着旧世界向新世界眺望的窗口。新世界令人眼花缭乱，不时敲打着人们对土地的忠心。无论是对农作物改良实验的尝试、对瑞士座钟和放大镜的痴迷，还是抛弃种地的生活转而选择教书育人的知识分子道路，章文智显然是最初背对土地转而奔向新世界的一员。似乎是对背离土地之人的惩罚，命运的无常仿佛给章文智开了一个玩笑，被两个土匪扮演者绑架后，章文智却阴差阳错地化身为真正的土匪"张胡"。在"革命的引路人"姜照成的指引下，从"革命游击队"到"人民革命军"再到"抗日救国军"，从土匪到秧子再到战士，在章文智跌宕起伏的传奇命运下，折射出一部中国东北民间抗战史。章文智在生存和命运的裹挟下走向抗日革命道路，章文德则为了保全土地而参加民众抗日自卫团。"只有守住了地，咱的子孙后代才有落地生根的泥土……"当守护土地的信念通过父亲章兆仁的影子浮现在他的眼前时，一向胆小怕事的章文德以群体的力量奋起抵抗，最终与党的革命道路殊途同归。两条看似平行线的人生轨迹，在历史的必然性面前，最终在革命的道路上相遇。究竟是历史选择了人，还是人创造了历史，或许二者兼而有之，总之，通过章文智和章文德跌宕起伏而又神秘莫测的人生轨迹，津子围成功地实现了以个体的微观历史构建宏大历史的叙事策略。

此外，在上述典型的魔幻特征之外，小说的语言无时无刻不在彰显东北地域气质，并借人物之口自然地吐露魔幻的思维观念。语言是文化的载体，是社会环境的产物，不仅反映一个地方的历史背景和风俗习惯，而且隐藏着人们的思维方式和价值观念。在东北这片神奇的土地上，流传着许多古老的神秘传说。"血滴到东西上会成精""没资格转世投胎的鬼魂会变成儿鬼""得了瘟病的孩子要埋在土里"……老一辈人对此深信不疑，一代一代流传给后代，传统的合理性被时间所赋予，深种于人们内心，构成行动的根据。童谣和顺口溜汇集了东北语言的精髓，"雨天下雪，冻死老鳖；老鳖告状，冻死和尚。""大肚子蝈蝈游四海，荞面饺子吃二百，西红柿汤喝两缸，屁屁橛子拉四筐。"民谣也能指引着人物改变行动，"一九二九，在家死守；三九四九，棒打不走；五九六九，加饭加酒；七九八九，东家再留也不回头"。章韩氏选择离开章家大院去莲花泡，或许有几分原因。章文德口中时常念叨着的农事谚语，是他内心专注于土地的外化表现，"春天地盖一床被，秋天枕着馒头睡。""燕子来在谷雨前，放下生意去种田。""五月立夏到小满，查苗补苗浇麦田。""头伏萝卜二伏菜，三伏好种麦，淹不死的白菜，旱不死的葱。"乃至章文德的孩子也耳濡目染，承袭着祖辈留下来的文化遗产，"春雾黄风夏雾热，秋雾连阴冬雾雪""白露谷，寒露豆，花生收在秋分后"。生长在土地上的人，其认识、总结和验证客观规律的途径都是在农业生产中进行的，他们对世界的理解是具体的、可实践的，而不是抽象的、形而上的，这也是乡土社会的特性之一。还有老庄头的"四大"，总是能在插科打诨之间准确而传神地找出事物的共同之处。东北的俗语方言、民风民俗代表着东北人对万事万物的认知，传递着世代间的经验，同时也是打开东北的窗口。津子围用属于东北的语言，将笔尖浸满东北文化，倾注在这片神奇的东北大地上。

津子围用灵魂互换和寓言之梦构筑起魔幻的故事情节，塑造了章秉麟、章文德、小货郎、丛佩祥等充满魔幻色彩的人物形象，并借人物之口述说独属于东北民间的地方志，又以祖孙灵魂互换的圆圈与民间抗日历史的链条构成叙事结构，由此生成一种独属于东北的"魔幻"之感。必须指出的一点是，津子围所追求的这种独属于东北的"魔幻"是一种超越幻想的、融入日常生活现实的常态化特征，这种"魔幻"不是刻意编造的"人能腾空飞起"，而是"相信血滴到什么东西上，那东西就会成精"的那种根植在东北人们心中的原生态的思维方式。可以说，"魔幻"是潜隐在《十月的土地》文本内部的灵魂，也是在津子围小说世界潜伏已久的冰山一角。

· 二 ·

生成：东北与拉美的互文参照

"伟大的小说家们都有一个自己的世界，人们可以从中看出这一世界和经验世界的部分重合，但是从它的自我连贯的可理解性来说它又是一个与经验世界不同的独特的世界。"[①] 威廉·福克纳的约克纳帕塔法县、加西亚·马尔克斯的马孔多镇、莫言的高密东北乡，这些文学地标不仅指代作家的精神原乡，更是一种民族化的文学表达。津子围通过《十月的土地》复归东北历史，构建起一个神秘的"东北坐标"，这片笼罩着魔幻色彩的土地，具有边缘的地理位置、混杂的历史传说、神秘的宗教文化。凡此种种，恰似那片同样笼罩着魔色彩的拉丁美洲大陆。

拉丁美洲是魔幻现实主义文学的原产地。广义上，拉丁美洲是一个语言、文化和地缘政治概念，指隶属拉丁语族的美国以南的美洲地区。拉美地区的民族和种族构成极为复杂，除了当地土著印第安人，还有西班牙人和葡萄牙人等殖民者、欧洲移民和亚洲移民等。复杂的历史和人口构成形成了拉美地区的文化特征，一是印第安人的神话传说、传统观念和宗教信仰；二是外来移民涌入所导致的文化混杂性；三是第三世界文化属性。而魔幻现实主义文学之所以"魔幻"，正因为拉丁美洲本身就是一个"魔幻"

---

① [美] 韦勒克、沃伦著，刘象愚等译：《文学理论》，北京：生活·读书·新知三联书店，1984 年版，第 249 页。

的世界。"在魔幻现实主义文学中，'魔幻'的本意是与拉丁美洲那片神奇的土地紧密相连的。"①这片神奇的土地，由于长期被殖民和侵略，自然、社会和历史都是原始的、未经开发的，森林荒无人烟，社会处于畸形状态，历史与现实混为一谈。以至于古巴作家阿莱霍·卡彭铁尔写道："在拉丁美洲，一切都显得不符合常规：密林深处虚实莫测，繁华城市建在飓风常常侵袭的内地，古代的和现代的、过去的和未来的交织在一起，现代化的科学技术和封建残余结合在一处，史前状态和乌托邦共生共存。在现代化的城市里，高耸入云的摩天大楼与印第安人原始集市为邻，一边是电气化，一边是巫师叫卖护身符。在如此繁乱复杂的大自然和现实当中，客观的一切令人眼花缭乱，以致不知所云。"②在拉美作家笔下，人能在烈火中长出翅膀飞翔（阿莱霍·卡彭铁尔《这个世界的王国》）；土地是有生命的，当它受到侵犯时，会悲泣会哭诉（阿斯图里亚斯《玉米人》）；鬼魂能够重返人间（加西亚·马尔克斯《百年孤独》）。神话、传说的引入，与象征、隐喻、荒诞、夸张等手法交织渲染出魔幻的效果，无论多么不可置信的事物，在这里仿佛都可被理解。

无论是远离权力中心的地缘位置，还是不断被侵略、发生战争的历史遗存，抑或是多民族混杂形成的文化心理结构，种种特征似乎可将东北与大洋彼岸的拉丁美洲遥相呼应。

东北是"中国现代经验的辐辏点"③。近年来，东北作为一种新的地方性文学形象，正在重新被打开、被讲述、被塑造。东北是一片神奇的土地。东北在地理意义上指山海关以外的区域，包括黑龙江省、吉林省、辽宁省和内蒙古自治区的东部地区，是相对于中原地区的偏远区域。东北地区是

---

① 曾利君：《魔幻现实主义在中国的影响与接受》，北京：中国社会科学出版社，2007 年版，第 32 页。
② 转引自陈光孚：《魔幻现实主义》，广州：花城出版社，1986 年版，第 22—23 页。
③ 王德威：《文学东北与中国现代性——"东北学"研究刍议》，《小说评论》，2021 年第 1 期。

一个典型的移民社会，各少数民族、中原地区迁移人口、域外移民等形成了多元混杂的东北文化，这里有满族人、蒙古族人、高丽人、俄罗斯人和汉人等民族杂居。在近代史上，日俄两国都曾对东北进行殖民侵略，这也使东北文化有了俄罗斯文化和日韩文化的影子。此后，这片土地接二连三地承受着军阀割据、伪满政权、国共两党之争等频繁变动，为神秘的东北文化打上历史遗存的烙印。东北地广人稀，有茂盛的森林、动植物、矿产等资源，更有肥沃的黑土地需要开垦。一方水土养一方人，东北的黑土地塑造了东北人的性格，东北人描绘了东北文化，其中萨满文化更为东北文化增添一丝神秘。

东北作家与"魔幻"结缘已久，土地和萨满是两道通向神秘世界的路径。土地是社会关系和人性世界的符码，土地意象是东北作家心中永恒的情结。东北作家群的端木蕻良便毫无保留地表达了自己对东北土地的深情挚爱，在《大地的海》中，东北大地如母亲一般收留了背井离乡的人；在《科尔沁旗草原》中，土地可以支配一切，仿佛生命的主宰。大地母亲有着赐予生命的力量，萧红的《生死场》里写到农村妇女生产时，要光着身子躺在满是尘土的土炕上，让孩子一出生就接触到土地，称为"落土"，这一情节在《大地的海》里同样出现。在《十月的土地》里，人的生命危在旦夕，埋到土地里便又重生，土地仿佛拥有主观能动性，它选择人，塑造人，不仅赐予生命，也能夺走生命。小说中的"莲花泡""寒葱河""蛤蟆塘"无处不散发着东北农村的泥土味，它们是二十世纪中国东北农村的缩影，蔓延着东北独有的魔幻气息。

萨满文化是东北文化的重要组成部分，其核心为万物有灵观和有神论。跳大神是萨满文化的典型仪式，在《科尔沁旗草原》、萧红的《呼兰河传》、迟子建的《额尔古纳河右岸》等东北作家创作的小说里，时常出现对萨满跳大神的场面描写。在《十月的土地》里，章文德生命垂危，被认为是"儿鬼"附身，请来汤仙姑跳大神做法事驱鬼唤魂，母亲章韩氏则认为是娘娘庙的痘奶奶显灵保佑。东北的地域性特征为小说注入文化基因，成为津子围小说中魔幻叙事的历史文化背景和创作灵感源泉。对于津子围来说，东北是不可割舍的原初记忆与文化之根，他也时常在东北历史往事中打捞被忽略、遗忘、丢失的小人物。在其面向东北乡土的"旧事"题材小说，如《老铁道》《横道河子》《裂纹虎牙》《宁古塔逸事》等，东北的历史通过民间视角被重新讲述，始终没有离开在现实基础上的想象。"魔幻"使津子围的回归乡土之作《十月的土地》较前作而言更有力量。无论是祖孙灵魂互换、土地延续生命、梦境照进现实等直接带有魔幻色彩的故事情节，还是人物的记忆、话语、行动等产生魔幻效果的间接叙事手法，指向的是更深更广的现实困境和人文关怀。

　　地域文化是作家创作的根，既为作家提供了灵感和素材，也影响着作家的思维方式、价值认同和语言风格。东北与拉美相隔甚远，之所以能跨越时间与空间产生关联，正因为二者在许多方面遥相呼应：原始的自然环境，远离中心的地缘关系，被侵略的历史记忆，信奉神灵的宗教文化信仰，多民族融合的人口构成，保守封闭的思维方式，以上皆为"魔幻"产生的充要条件。凡优秀的文学作品，其内容与形式必将有机统一，"魔幻"既体现在内容上，也是形式的外化。关于形式的"魔幻"，无论身处拉美还是东北，作家们都不同程度地受到西方现代派的影响。

　　在拉美生根发芽的"魔幻"，受到了西方现代派技巧的浇灌与培育。"在'魔幻现实主义'这个'混血儿'的身上涌流着超现实主义的血液。"[①]拉美作家对欧美和其他国家的影响来者不拒，他们意识到，只有紧跟时代的潮流才能使拉美文学走向世界。马尔克斯坦言自己摹仿过卡夫卡、海明威、乔伊斯和福克纳，科塔萨尔在感觉和意识上受惠于爱伦·坡和伍尔夫，博

---

① 丁文林：《魔幻现实主义与超现实主义》，引自柳鸣九：《未来主义·超现实主义·魔幻现实主义》，中国社会科学出版社，1987 年版，第 371 页。

尔赫斯被欧美幻想小说所影响。拉美作家博采众长，在形式上（如时序和结构）采用西方现代派的艺术手法，用以表现拉丁美洲的现实生活，反映"拉丁美洲意识"和本民族的传统观念。这就是拉美魔幻现实主义得以走出拉美、走向世界、走进中国的密码。

虽然迟了一步，但西方现代派在中国二十世纪八十年代爆炸式的译介热潮，使象征主义、后期象征主义、表现主义、超现实主义、存在主义、意识流、黑色幽默和魔幻现实主义等文学流派蜂拥而至，应接不暇。津子围曾自述，"上世纪 80 年代后期，我沉浸在西方哲学和文学里，阅读量也算是大的"①。这几乎是当时中国文学界的普遍状态，以至于津子围这一代作家在之后的作品中，都若隐若现地渗透着先锋意识。"被先锋落下的人"——陈晓明的评价似乎已然成为论及津子围时无法视而不见的标签。在八十年代目不暇接的文学盛宴里，津子围仿佛一道功夫菜，在人们酒足饭饱时姗姗来迟。然而还是有人品味到津子围作品中隐含的先锋性，岳凯指出，"津子围的作品的确具有先锋性，很多小说都具有探索性和文本的实验价值"②，贺颖则将津子围的小说世界比喻为"神秘主义者的寓言"，"一贯拥有神秘主义、魔幻现实主义、哲学的底色"③。事实上，津子围常将身份的悬置、存在的真伪、时空的切割通过反讽、荒诞、象征、隐喻等方式，制造出一种不合时宜却又恰到好处的陌生感。《寻找郭春海》（二〇〇〇）和《津子围的朋友老胡》（一九九五）通过记忆缺失和身份错位生成陌生化的存在体验；《大戏》（二〇〇九）和《马凯的钥匙》（二〇〇〇）以象征讲述现实的荒诞；《轩尼诗》（二〇一七）和

---

① 津子围：《写作是抖落时间的羽毛》，《光明日报》，2012 年 7 月 17 日。
② 岳凯：《走过现代，走过先锋——对津子围近年小说的思考》，《渤海大学学报》（哲学社会科学版），2014 年第 3 期。
③ 贺颖：《一个神秘主义者的文学"创世"启迪——关于津子围小说集〈带着雪山旅行〉》，《鸭绿江》，2020 年第 16 期。

《隧道》（二〇一七）体现了分裂与循环的时空观念。到了《十月的土地》，津子围的叙事有了马尔克斯的影子，且看这段话："这个联想导致了章文智后来自己研制起汽车来，他模仿大陆型内燃机车，就是那个一九〇三年中东铁路通车时在东北使用的火车头的原理，让韩铁匠做了一个蒸汽铁罐，由于缺乏压力测试，铁罐爆裂，把章文智和白美发烫伤了，这是两年以后的事儿。"[①] 与那句著名的"多年以后，面对行刑队，奥雷里亚诺·布恩迪亚上校将会回想起父亲带他去见识冰块的那个遥远的下午"[②]。颇有异曲同工之妙。可以说，西方现代派的影响早已融入津子围的创作世界，成为塑造"东北魔幻"形象时的重要资源。

轻嗅津子围笔端那东北大地生长出的"魔幻"气息，追根溯源，神秘的东北地域文化是津子围魔幻叙事的母体。而拉美魔幻现实主义与其他西方现代派文学以内容兼形式的方式渗透进中国文学，也成为津子围东北土地的互文参照对象。津子围以"魔幻"的视角讲述东北故事，不仅树立起个人的文学地标，更将东北纳入世界文学版图的坐标系当中。

· 三 ·

价值：文学版图上的"魔幻东北"坐标

以魔幻现实主义书写东北地域，不仅是《十月的土地》区别于津子围此前所有作品的最鲜明的特征，也是这部作品对中国当代文学的独特贡献。津子围通过《十月的土地》构建起了一个"魔幻东北"坐标，这无疑是一次当代文学对东北地域的重新书写，也是东北文学独特地域性的立体展示，还是中国文学与世界文学版图上的连接交点，最终进入关于人与自然、社

---

① 津子围：《十月的土地》，长沙：湖南文艺出版社，2021 年版，第 35 页。
② [哥伦比亚] 加西亚·马尔克斯：《百年孤独》，海口：南海出版公司，2011 年版，第 1 页。

会、历史关系的精神反思。

在津子围以往的文学作品中，无论是八十年代创作初期颇具先锋色彩的探索之作，还是聚焦于东北历史的"旧事"题材小说，抑或是九十年代乃至新世纪转向对小人物以及现实生活的关注，时间性与空间性始终是津子围自觉体认的创作概念。而《十月的土地》与前作的差异在于，时间与空间不再被"现实"所束缚，不再限于以叙事技巧制造时空错位从而产生的"魔幻"之感，而是跳出现实逻辑的经验，真正以"魔幻"写出"魔幻"。当章秉麟将自己的灵魂转移到章文德的身体里，时间的客观性从此消失，于章秉麟而言，人生倒流复归童年，时间对于他是循环的，于章文德而言，生命的终点成为起点，他的时间则是持续的。同一段客观的生命时间，被一个躯体的两个灵魂共享，津子围赋予时间以魔幻的尺度，揭示了二十世纪一代代东北农民与土地那循环而持续的内在联系。基于此，《十月的土地》在津子围个人的文学版图上已然成为一个新的坐标，不止于此，对于东北文学而言，亦贡献了一个讲述东北故事的新方式。

东北文学的主基调是现实主义精神。自东北作家群起，关注现实、书写现实就是东北文学的主要任务。九一八事变拉开了东北文学登场的序幕，李辉英的《万宝山》、萧红的《生死场》、萧军的《八月的乡村》、舒群的《没有祖国的孩子》、罗烽的《第七个坑》、马加的《登基前后》等作品，以血和泪的现实主义精神执笔，愤写了日本殖民者对国家民族主权的侮辱和践踏，对人民群众肉体和精神的蹂躏和摧残，东北呈现出被侵略的苦难形象和反抗侵略的战斗形象。被迫离开故土的东北流亡作家无时无刻不在用作品遥望回忆中的家乡，萧红的《呼兰河传》、骆宾基的《幼年》、端木蕻良的《科尔沁旗草原》《大地的海》、梁山丁的《绿色的谷》等作品呈现出东北的地域性特征，同样是立足于现实主义进行书写的。在东北作家群笔下，东北文学呈现出一种野性的、原始的、富有生命力的美学力量。从一九四二年毛泽东《在延安文艺座谈会上的讲话》直至八十年代，现实主义更是整个中国文学创作的主旋律。东北文学在此阶段与文学思潮紧密结合，周立波的《暴风骤雨》、马加的《开不败的花朵》、韶华的《燃烧的土地》、李云德的《沸腾的群山》，在不同时期反映着社会现实生活，东北被塑造为战斗的、英勇的、艰苦的革命英雄形象。二十世纪八十年代起，大量外国文学思潮涌入中国，非现实性描写蔚然成风，其中魔幻现实主义直到今天仍影响深远。

魔幻现实主义真正进入中国是从一九七九年开始的。一九七九年起，中国成立了拉丁美洲文学研究会，对文学作品的译介数量和理论研究飞速增加。一九八二年十月马尔克斯获得诺贝尔文学奖，更是点燃了一股"魔幻现实主义热"。莫言早期的《透明的红萝卜》《球状闪电》以奇异的感觉经验营造魔幻感，随后又在《红高粱》、"食草家族"系列作品，乃至《丰乳肥臀》《檀香刑》等小说构建了"高密东北乡"这一充满乌托邦色彩的乡村。提出"文学的根"口号的韩少功在他的《爸爸爸》《归去来》《雷祸》等浸透魔幻色彩的寻根小说中，探寻着巫楚文化消极与落后的那一面。扎西达娃则是藏地魔幻小说的代表，《西藏，系在皮绳扣上的魂》《西藏，隐秘岁月》《去拉萨的路上》等作品以神秘的藏传佛教文化结合魔幻现实主义手法，将文明与蛮荒、现代与原始的对比通过神秘奇异的传说、荒诞变形的画面呈现出来。此后，阿来的《尘埃落定》和范稳的《水乳大地》同样从西藏地域文化资源吸取着魔幻的养分。"魔幻"在中国如此蔚然成风，在于魔幻现实主义文学弥合了时代语境与作家内在追求的间隙，是融合民间传统性与世界现代性的卓越启示。然而，在如此热闹的"魔幻"现场，东北，这片极具"魔幻"产生条件的土壤，却鲜见真正具有"魔幻"色彩的花朵。

《十月的土地》的独特贡献就在于此，它提供了一种当代文学对东北形象的重新认识。在东北作家笔下，东北是战争灾难的承受者，也是革命事业的奋斗者，而津子围则塑造了另一种形象——对话自然的神秘者，这一形象恰恰是东北长期以来被遮蔽的原始面貌。于是，这样一个问题终于得到答案：津子围的"魔幻"究竟归属于哪里？是拉美还是中国？是形式还是内核？显然，津子围的"魔幻"是根植于中国东北传统文化资源的，表现为对东北文化神秘倾向的客观化呈现，通过将"魔幻"融入民间日常生活和思维方式，写出了历史的褶皱与人性的沟壑，使"魔幻"与东北人独特的性格和精神属性浑然一体。"'东北'既是一种历史的经验累积，也是一种'感觉结构'。"①《十月的土地》所构建的"魔幻东北"。津子围重塑东北形象的叙事策略，就是深入东北半个世纪沉重而又复杂的历史经验，建立起因环境、事件所连接的东北人的信仰、想象所映射的"感觉结构"。将抗日战争比作"大写的历史"，个人的命运史和生存史就是"小写的历史"。章文德、章文智、姜照成、袁骧等人，都被置放于这个特定的时空，承受着各自的孤独、痛苦、绝望，又产生与此对照的坚守、抗争、希望。个体的精神困境同样是东北的历史境遇，东北何尝不是孤独、痛苦而又坚守、抗争着的呢？津子围通过小写的个人的命运史，为大写的东北历史作了注解，而这或许不仅仅是历史，同样是现实。

　　近几年，一种"东北文艺复兴"的说法不断进入大众视野，从歌曲《野狼 disco》《漠河舞厅》，到电影《钢的琴》《白日焰火》，乃至出现了"铁西三剑客""新东北作家群"的或可载入东北文学史的文学现象，可以见得，"东北"已然成为一种文化潮流和文化景观。王德威提出"东北学"的概念，试图从地缘坐标的指认入手，进入群体文化心理层面，以文学的名义重新阐释"东北"，"讲好故事"即为研究的起点。那么，如何讲述东北故事？如何建构东北形象？也许正是东北作家应该回答的问题。津子围执笔"魔幻"，建构"魔幻东北"坐标，这或许正是他给出的答案。

---

① 王德威：《文学东北与中国现代性——"东北学"研究刍议》，《小说评论》，2021 年第 1 期。

　　"魔幻"不仅是津子围挖掘东北本土性特色的路径，同样也是开启通往世界文学大门的钥匙。吸收西方现代文学的养分，讲述本土地方色彩的故事，这是莫言获得世界认可的实践经验，也是民族性与世界性巧妙结合的成功启示。在全球化的历史语境下，本土化却显得尤为重要。而如今的当代文学，恰恰出现了一些作品抛弃本民族传统，远离本地方环境，弱化了文化属性在小说中的痕迹。文学作品是否需要"在地性"，答案是肯定的。《十月的土地》就是这样一部具有"在地性"的作品，章氏家族只可能是生活在东北土地的人，他们经历的故事也只可能发生在东北这片土地上。而"魔幻"叙事则如同为小说插上了一双想象力的翅膀，使其"在地"的同时又能不断地"飞离地面"。自土地生长出来，又翱翔于土地之上，正是这种飞翔的姿态，令《十月的土地》突破了传统现实主义的规范，具有了开放性和包容性。"魔幻"也使《十月的土地》不限于民族性，具有了世界性。对外来侵略的恐惧，对传统文化的执着，对未来世界的向往，以及梦的欲望与实现，是一种普遍人性的表达。它们使小说得以超越地域和时代，连接世界进而成为具有经典性追求的作品。

　　（王雨晴：辽宁大学文学院中国现当代文学专业 2018 级硕士研究生。）

《十月的土地》的民间文化呈现与意蕴

宋　娟　张祖立

　　《十月的土地》是津子围经长时间酝酿、精心创作的一部有关东北叙事的力作。该部作品选取从民国初年到抗战时期的近五十年故事时间跨度，以自己成熟的叙事能力，聚焦东北黑土地上章家家族两代人的生存状态、历史境遇及其思想与家族命运变化，同时对影响章家及整个东北人们历史命运的相关社会背景进行有机勾连再现，使得作品具有了丰厚的思想内涵和神秘意蕴。《十月的土地》的写作是对作者以往创作的一次超越，也是当代文坛一个重要收获。《十月的土地》取得多方面的成功，其中有关东北民间文化形态的艺术呈现是一个重要方面。

　　五四时期，鲁迅基于启蒙立场的考虑，开创了农民题材新兴写作领域，构建了乡土文学的叙述框架，侧重对蕴含、渗透在农村的民间文化资源进行深刻审视和剖析。沿此路线，大多现代作家多以启蒙的视角对各种民间文化的负面内涵进行表现和揭示。二十世纪八十年代中后期，"寻根文学"写作者发现了民间文化的重要性，理解了鲁迅实际创作中对民间文化的态度的复杂性（如《社戏》等作品中对乡土中的朴实淳厚民风的回望），在他们及以后的作家创作中，出现了一批民间文化资源的身影和载体。但总体看，有不少的写作往往把这些资源看成是作品的装饰品，简单生硬加以点缀，没有很好地生成在作品叙事中。近些年，作家们这方面的努力有了效果，其中《十月的土地》就是成功的尝试。民间文化的内涵有多种阐释，但简单看来，它至少有两方面内容："一是指民间文学、民俗形式、仪式制度等可以通过语言文字或物质遗存客观可感的文化形态；一是民间的信仰伦理、认知逻辑、稳定的历史传统等等深层次的、无形的(in-tangible)心理和精神内容。"[1]

津子围在描写所谓的民间文化形态时，是将它们糅合在一个完整的地域空间里（寒葱河、蛤蟆塘等），这个地域性空间是以家族、血缘为纽带，因而作品能够呈现一个生动、完整真实的乡村生态图景，在这个图景和世界中，人的思想精神、情感，人与人、人与自然的关系，各种矛盾的产生和解决，很大程度上受到这种文化氛围的影响，而不再是简单地在一种线性关系和逻辑下的更替，从而实现以东北独特文化参与时代演变和小说构建的理想，也赋予这部作品丰厚内涵与独特价值。

·一·

民间文化的生动呈现

《十月的土地》可以视为一部土地的叙事，也是一部农民的史诗。东北古老肥沃的黑土地在提供人们粮食的同时，也给予农民以各种启发，孕育了丰富的民间文化。在当代文学史上，像津子围这样如此多笔墨展现民间文化实属罕见。寒葱河和蛤蟆塘是章兆仁、章文德家族的生命起点，是

---

[1] 王光东：《20世纪中国文学与民间文化》，复旦大学出版社，2007年版，第1页。

生活家园的承载地，也是他们的精神栖息地。黑土地栖居着无数生灵，交汇着多种文化形态，如农耕文化、狩猎文化、海洋文化、河流文化，如山东文化、关内文化，如俄罗斯文化、日本文化、朝鲜文化等。黑土地具有浓郁的自然地域特征，如气候、土壤、地貌等，在长期的人与土地、人与自然的互动共生中，黑土地必然形成一种丰富的、有生命力的、有鲜明地域特征的东北文化及其具象的民间文化形态。在由这样的多元文化形态所构成的世界和环境中，人们的思想、心理、精神和行为举止都落上了一些"公约性"的习惯和集体意识。由此，我们看见了作品中独特的东北农业文化，东北方言和话语，东北民谣、谚语、顺口溜，东北民风民俗，一个个形象和故事也就相形伴生。

首先，东北民间农业文化在小说中的真实呈现。农民是土地之子，章兆仁、章文德与土地关系极其密切，他们始终以"圣徒"般的感情膜拜土地。因而他们也是最优秀的农民形象和最优秀的土地耕种者形象。章兆仁一家对土地的追寻，从某种程度上说，是对可农作的土地的追索。小说中数次表明土地的重要性，"农民没有土地，就像没娘的孩子……地就是咱农民天大的事儿"①，"蛤蟆塘的地就是我的命……我的命没了，地也不能没了"②。农民依靠土地生存，也热爱着土地，凭着农业直觉和农事经验巧妙地解决各种农业难题。高粱地大面积出现"乌米"时，章家派了十七八个劳力去帮忙。过程极为精细，"高粱乌米要一个一个人工排除"，需要先立即砍掉长了"乌米"的高粱棵子，尤其"不能把'乌米'包弄破，不能抖落出粉末来，割下的高粱棵子要拉到地外边烧毁埋掉"，甚至细心到"不能喂牲畜，也不能沤粪，以消灭病毒传染源"③。农民凭借丰富的农业经验，从精准除瘤，到后期防范，考虑周到且处理细致。东北冬季漫长的极端酷

---

① ③ 津子围：《十月的土地》，长沙：湖南文艺出版社，2021 年版，第 25 页。
② 津子围：《十月的土地》，长沙：湖南文艺出版社，2021 年版，第 322 页。

寒天气，也给农民带来挑战。低温气候下粪肥被冰冻，而东北农民积肥的方式也别具一格。"屎尿冰冻之后，已经没了味道，他们用尖镐将粪肥刨成块状，再用牛车拉到积肥场，那里堆了一个一个粪堆。"这是冬日积肥，而到了开春前还需要"沤肥"，"粪堆要用树枝秸秆什么的围住，上面覆土，里面点火。粪堆十天半个月慢慢地冒烟儿，慢慢地沤肥"。点火慢沤的过程，不只是让冰粪块融化，还隐藏着更为重要的农业秘密，"沤肥是一个再发酵的过程，也是为了消灭粪便中的虫卵，减少第二年害虫"①。小说通过章兆仁一支儿的诸多农事劳动方式，体现了东北乡间丰富的农业文化。他们高超的农作技能和灵动的农事思维、经验，在个人和家庭陷入绝境之时，每每发挥着"起死回生"的作用。马蹄沟时期，流落至此的胡子填饱肚子成了难事，作为"肉票"的章文德竟然带领胡子开荒种地，在小秋时获得丰收。在他的带领下"大伙儿纷纷走出地窝棚，带着镰刀等农用工具上地了"②。胡子也是农民，章文德的此次效应也可以视为对曾经的农民的精神感召。章兆仁一支被赶出寒葱河的章家院落后，只能到蛤蟆塘落户开荒。章兆仁把蛤蟆塘当风水宝地，他认为"这地场……从东山到河套，黑土，黑钙土，草甸土，盐碱土，冲积土，沼泽土一应俱全"，充分认识不同土壤的优势，并在心里形成了一张"活生生的农田分布图"，"开春先开东山西坡和北山冈子的地，西坡种苞米、高粱，北山冈子种黄豆，春播之后再沿西坡向下面延伸开垦。今年，可以在那些低洼地上种些耐涝的糜子"③。经多年努力，地势低洼的荒地终于开拓成为风水宝地，章兆仁一支儿在蛤蟆塘开垦了数十垧地，粮食满仓，人畜兴旺。他们通过辛勤劳动和农业智慧扭转了悲苦的家庭命运。作者关于章兆仁和章文德等农民对农业文化的

---

① 津子围：《十月的土地》，长沙：湖南文艺出版社，2021年版，第123页。
② 津子围：《十月的土地》，长沙：湖南文艺出版社，2021年版，第180页。
③ 津子围：《十月的土地》，长沙：湖南文艺出版社，2021年版，第223—224页。

演绎和呈现，表现出了人对大地之母的精神情感的牵连，也是塑造农民形象的重要内涵。《创业史》成功地写出梁三老汉复杂的发家致富心理，《生死疲劳》成功地刻画了蓝脸的坚持个人耕种的执着和孤独，而《十月的土地》是细腻描写农民耕种经验、行为和技能、展现他们劳作场面最为生动的一部作品，更进一步拉近农民和土地的关系。而这也是东北人生存的原点性内容和精神基础。

其次，东北语言文化的精彩呈现。《十月的土地》在描绘农民日常生活时，出自农民之口的东北话和方言是一大亮点，由此，实现了词与物之间的关联和谐统一，体现出日常生活中的一种特殊的文化味道。"毛嗑儿""咕噜棒子""二彪子""嘎嘎冷""嚼咕""差不离"……这些有声的文化载体透示着东北农民生活中的一种心理和精神，也表明着作者对农民的心理亲近，他还津津有味地探寻着这种东北话呈现的原因和特点。"在很多人的印象中，东北人性格冷暖分明、爽直霸气。有人说这跟东北人生长的环境有关，性格鲜明是气候的反映，冷就嘎嘎冷，热就热透彻；心大直爽是地域的体现，放眼望去一马平川，天高地远。所以说，东北人说话一般口气都挺大，可是如果你细心体会、仔细琢磨一番后，就会发现事情也许没那么简单，也不像表面呈现的那样直接。"[1] 作者多次在文中解释东北话中的专门词汇的含义。例如，"轱辘棒子"一词，是用来形容老庄头的，意思是"老光棍儿"。"那疙瘩"一词，"东北话里的'那疙瘩'通常指一个地方，一个很小、很小的地方，这个应该属于广泛流行的谦辞吧"[2]。

细心观察会发现，《十月的土地》的叙事人称虽不是第一人称，但叙事者并不完全客观外化于故事叙述中，叙事者似乎表明他也是一位寒葱河、

---

[1] 津子围：《十月的土地》，长沙：湖南文艺出版社，2021年版，第313页。
[2] 津子围：《十月的土地》，长沙：湖南文艺出版社，2021年版，第314页。

蛤蟆塘的成员，叙述者对寒葱河、蛤蟆塘有较多的理解，这里不妨视为作者并不想单纯做一个东北文化的审视者，还要做一个赋予东北自身文化价值观的书写者。

小说中有大量民谣、谚语等，极具乡土气息。民谣是乡间劳动人民口头创作的，能够反映底层民众的内心世界。老光棍儿老庄头常念叨"瞎话"，如，四大小："苍蝇肝，蚊子胆，蚂蚁腰子，跳蚤眼"，四大急："狼叼猪，狗咬羊，孩子掉井，找茅房"①，还会唱民间小调，如，"终日奔波只为饥，方才一饱便思衣，衣食两般皆具足，又思娇娥美貌妻……"②这些民谣，似乎都有场景化、生活化和幽默化的特点，与东北农村生活密切相关，展示了热爱生活、擅于调剂自己生活的态度和智慧，当然有时也是寂寞生活的侧面写照。当今东北小品、抖音盛行，不能不说和这方面的文化特点有关。孩子间常常面对面斗嘴、比试，有许多有趣的童谣，如："蛤蟆蛤蟆气鼓，气到八月十五，八月十五杀猪，气得蛤蟆直哭！"③，"跟我学，长白毛。白毛老，吃青草。青草青，长大疔。大疔大，穿白褂。白褂白，今天死了明天埋，明天埋！"④童谣音调和谐、朗朗上口，便于记忆，以游戏的方式在孩童间传递。小说中尤其展现了东北众多蕴含农业文化和气候知识的农事民谣和谚语，如："想要苞米结，除非叶搭叶。"⑤"春雾黄风夏雾热，秋雾连阴冬雾雪。"⑥东北农民长期进行农业生产活动，他们关注农耕活动以及天气变化，并编出许多易记诵的农事民谣。类似民谣、谚语也曾在津子围短篇小说《大反话》中大量出现，体现了东北特色的民间语言文化。着重挖掘和表现地域性元素和民间文化资源的作家，有时不太介意所叙故

---

① 津子围：《十月的土地》，长沙：湖南文艺出版社，2021年版，第14页。
② 津子围：《十月的土地》，长沙：湖南文艺出版社，2021年版，第13页。
③④津子围：《十月的土地》，长沙：湖南文艺出版社，2021年版，第37页。
⑤ 津子围：《十月的土地》，长沙：湖南文艺出版社，2021年版，第179页。
⑥ 津子围：《十月的土地》，长沙：湖南文艺出版社，2021年版，第354页。

事的完整性和故事情节的紧凑性，因为他们精心描绘的由多种民间文化构成的地域性空间，本身就是叙事的组成部分，甚至不次于人物和故事的重要性，而这有时是能够写成优秀的小说文本的，如沈从文的作品。我想，《十月的土地》正是如此。

最后，东北民情风俗的生动呈现。任何民俗一定和某个地域的民众生活密切相关，甚至是某地最原始的文化模式的体现。也往往能揭示某地民众独特的文化心理。独特的东北地域必定有独特的民俗文化。具体到《十月的土地》，呈现了纷繁多姿的民俗事象。

第一，展现了东北农民衣食住行等物质民俗。"物质生活民俗包括饮食、服饰、居住、建筑及器用等方面的民俗。"[1] 在作品中，章桂兰三岁时睡的悠车十分讲究，"那个悠车是用椴木板做的，两端都围成船形"，暗红色漆，银粉描边，而且"吊在被称为'子孙椽子'的房梁上"[2]，小孩随着悠车悠荡，便于入睡。东北悠车是东北民俗的"四大怪"之一，意为"养活孩子吊起来"。另外，孩子过年喜欢吃的黑色冻秋梨、橘黄的冻柿子，章韩氏做的四道东北地方名菜，即"猪肉炖粉条、排骨炖豆角、小鸡炖蘑菇，鲇鱼炖茄子"[3]，四道菜都是"炖"，彰显了东北饮食文化的特色。东北冬日气候寒冷，冰冻的梨和柿子易储存，是北方冬天的主要水果。小说中还提到狗剩儿住的桦木木刻楞板房，青苔藤蔓覆盖，几十年不倒。木刻楞房冬暖夏凉，经久耐用，是典型的狩猎文化的民居建筑。作者把东北乡村民间世界的物质民俗在叙事中自然呈现，展现东北乡间人民生活的多个侧面。

第二，表现了东北民间丰富的节日民俗。小说对东北过年习俗多有描绘，尤以第六章中的过年习俗描绘最为精彩，年味儿浓郁。腊八后莲花泡

---

① 钟敬文：《民俗学概论》，上海：上海文艺出版社，1998年版，第73页。
② 津子围：《十月的土地》，长沙：湖南文艺出版社，2021年版，第7页。
③ 津子围：《十月的土地》，长沙：湖南文艺出版社，2021年版，第57页。

宰杀年猪的场面可谓热闹，人们支起两口大锅，一口锅烧开水，用来煺猪毛，另一口锅用来做菜，即"杀猪菜"。对老肖头等人的一系列动作，放、接、搅拌、割、捅、吹、扎、浇、刮……展现了步骤紧凑而又有条不紊的杀年猪场面。置办的年货也是十分丰富，针线、作料、鞭炮、蜡烛、冻梨等吃穿用所需的物品，满满当当一马车。放鞭炮要声响大，崩去当年聚积的晦气，迎来红运，蜡烛和香大年三十儿晚上用度较大，每个房间通宵都点着长寿灯，而且正房还要点至元宵节，寓意"延年益寿，香火不断"。三十儿早晨大家一起贴对子，所有的房门两侧都贴满了对联，院子里也贴了许多"福"字。"就连猪圈都贴上'肥猪满圈'，粮囤子上贴了'粮食满仓'，马车和爬犁上贴了'出入平安'。"①第五章中提到了正月期间街上的几支"秧歌队"，有踩高跷的仙女、老寿星，有唐僧、孙二娘等各类角色扮相，还有招人喜欢的"媒婆"和"傻柱子"形象，场面热闹，气氛热烈。杀猪菜、办年货、贴春联、贴福字、三十儿通宵长寿灯，还有高跷、秧歌等过年节日习俗，具有浓郁的春节气息，充实了民间百姓的生活，组成了东北民间风俗画卷。以如此多的笔墨描写过年习俗，并非单纯的铺垫和装饰，而是为了揭示农民与土地的密切关系，这种习俗，是展示农民一年中在土地上的劳动成果，嘉赏着自己的辛勤付出，感恩着这土地的恩赐，更是寄寓着农民与土地关于来年美好默契的祈愿。

第三，小说中呈现了东北百姓的民间信仰。文中虽并未明确表明民众的民俗信仰属于何种宗教派系，但行文间较多的民俗细节较为契合东北大地上流传的萨满教。如：章文德在染上霍乱，生命垂危之际，其母章韩氏

---

① 津子围：《十月的土地》，长沙：湖南文艺出版社，2021年版，第209页。

听从曹彩凤的建议，在天黑前请汤仙姑过来做法事，以清净家门、驱逐"儿鬼"。天黑后，章家大院"传来汤仙姑跳大神的鼓点和高腔声"①。跳大神对于东北人是有特殊意义的，人们相信通过萨满敲神鼓，唱神歌，祭祀做法，可以驱邪去病，甚至起死回生，萨满具有治病驱邪、沟通神灵的神力。萨满文化主张"万物有灵"，认为宇宙万象、自然万物都是活的、有生命的。第一章中章秉麟告诉小小儿章文德"手指出血可要小心呀，中指血是有灵性的，要是血滴到什么东西上，那东西就会成精"②。另外，小说描写了农民对动物神的崇拜。章文海得知狗剩儿要去套狐狸时，脱口而出"狐仙你也敢套？"还跟他讲了章家长工曾被"黄皮子精"附体的故事。当狗剩儿打死了黄皮子被章韩氏知道后，她的表现是，"带着哭腔"说"招惹什么也不能招惹神灵呀"③。而且还要把"狐仙"整尸埋葬、立砖瓦坟，焚香烧纸、道士超度。可以看出，章韩氏等人对于"黄皮子精"的崇拜与敬畏之情。在长期的历史发展过程中，以萨满教为主的东北神秘民间信仰早以"集体无意识"的方式扎根于关东民众心底，影响着百姓们的思想意识、心理状态和精神信念。在小说中，萨满文化等民间信仰与作者天马行空的幻想相结合，编织出更多具有神秘灵异的情节内容，呈现出魔幻现实主义色彩。小货郎游走阴阳、章秉麟灵魂附体等情节极具迷幻离奇和夸张想象的特征。通过魔幻现实主义手法呈现了老东北土地上原始文化模式、封建文化模式、农耕文化等各种文化形态交杂的混沌状态。

---

① 津子围：《十月的土地》，长沙：湖南文艺出版社，2021年版，第11页。
② 津子围：《十月的土地》，长沙：湖南文艺出版社，2021年版，第4页。
③ 津子围：《十月的土地》，长沙：湖南文艺出版社，2021年版，第132页。

· 二 ·
民间文化形态的意蕴

津子围是土生土长的东北人，深受东北文化的影响。《十月的土地》描绘东北地域空间丰富而又复杂的民间文化形态，这是叙事的需要，也是作者文本之外的深层思考。在民间文化自然性呈现的背后，贯穿着作者一直在思考和关注的"精神性问题"。"写作者经历漫长的写作实践之后，是不是都回头去寻找最初的'源头'？也就是所说的精神起点。"①《十月的土地》中对民间文化和民间社会进行的追索和细绘，是他探寻"精神性"问题的一种方式。

"二份儿"章兆仁一家是典型的传统农民形象，在他们身上展现了东北农民许多宝贵的精神和品质。同"大份儿"分家后，章兆仁一家来到蛤蟆塘安家，投入全部力量和经历，开荒种地。一家人因此劳累生病，章兆仁剧烈咳嗽，章文德腰杆剧烈疼痛，章文海和章桂兰长了黄水疮。但他们充满自信，对蛤蟆塘未来充满希冀，浑身充满了劲道，"越开越上瘾，开出一块地还想再开下一块地"②。最终，他们把曾经的弃荒地改造成了年年丰收的风水宝地。因为对土地怀有神圣的情感，他们对眼下和未来就有了憧憬，就会以土地的魂灵影响着自己踏实前行。他们老实厚道，仁义可靠，心地善良。章兆仁留守寒葱河时，收留逃难的人，"咱要好好招呼这些人，就像待自家亲戚一样，都安排到房里过夜。那啥，一个也不许住露天地啊"③。章文德面对曾把他绑上山的胡子，仍然以德相待，种植农作物，

①转引自：庞滪《访谈 "十月的土地"灿烂又深沉——访作家津子围》，中国作家网，http://www.chinawriter.com.cn/n1/2021/0608/c405057-32125197.html，2021年6月。
②津子围：《十月的土地》，长沙：湖南文艺出版社，2021年版，第225页。
③津子围：《十月的土地》，长沙：湖南文艺出版社，2021年版，第41页。

养活大伙儿。章家"二份儿"成员平时一贯善待每个人,尽显仁义善良本性。章韩氏即使有些计较,身上也寄寓着人性光辉,有着悲悯情怀。郑四娘怀孕生产,诞下"葡萄胎",被曹彩凤说是"讨债鬼",章韩氏不信邪,苦苦哀求薛郎中诊治抓药,最终使郑四娘得以绝处逢生。

作品似乎对"大份儿"和"二份儿"有着对照描写的想法。如果说"二份儿"的思想观念更多驻守在尊崇传统农业文化方面的话,章兆龙一家的心理和行为则较多地显示着对土地的一丝疏离和懈怠。章兆龙在章家大院处于统领地位,他的主要精力放在管理钱财和对外经营上,在百草沟开金矿,安排章文智负责油坊、皮货店生意,派章文礼到绥芬河跟客栈掌柜学习打理生意,自己积极活动当上了民国县议员。相对于"二份儿"家的本分、老实,"大份儿"成员对旧有的伦理道德的撕裂和颠覆的行为,章兆龙和章文礼们破坏传统的封建礼教、规训,表现了他们的自私、贪婪、争权夺利的一面,他们"与世上那些有权有势的人大同小异,在一个弱肉强食的世道里……像鹰一样敏捷、凶狠和变化多端"[1]。应该说,他们不再是完整意义上的农民。而读过书的章文智整天躲在小屋里痴迷于座钟和其他研究,像极了《百年孤独》中布恩迪亚家族第一代成员阿尔卡蒂奥,他不甘心与土地简单厮守,尝试嫁接改良农作物、拆解重组瑞士闹钟、尝试研制汽车,尝试失败后,几经探索,最终走上革命道路。小说要揭示的是,社会注定要往前发展的,旧有的东西和秩序早晚都要被打破,在时代的冲击和多种政治力量的交织下,原有的农业文化及其相关的思想观念将会如何发展下去?人们原有的精神结构解构后,将会如何重新塑造?这应该是作者思考的有关精神性的问题。

在时代的快速发展和变更中,东北的民间文化也将受到冲击。大东北

---

[1] 津子围:《十月的土地》,长沙:湖南文艺出版社,2021年版,第254页。

既是一个物质空间，又是一个精神空间。从文化模式角度看，此时的东北农村盛行的主体是传统农业文明的文化模式，同时又一定程度存留着人类原始社会文化模式的残余。在后一种文化模式下，支配人们活动的主要是一种原逻辑的、前科学的直觉思维，这种思维以巫术、图腾、万物有灵观念为基础。前一种模式凸显的是人们在生产和生活中自觉不自觉地积淀下来的经验，章兆仁章文德等经常不忘的"农业经"，大人小孩时时喊叫的谚语、歌谣，就是这种文化的写照。所以，两种文化模式的交织纠缠，必然使得东北文化具有许多独特的民间文化形态。尤其在相对落后封闭的东北边地，民间文化因受到外在的主流政治文化的影响制约较少，更容易形成自己的某种自在状态和空间差异性，更容易形成本身的伦理法则和生存逻辑，于是，小说中的种种有关民间信仰和神秘文化的描写便是十分自然的真实的，也是我们揣摩人物和作家心理的有效途径。这也是《十月的土地》能够有较多民间信仰叙事的原因。小说基于这种文化空间之下去书写与土地有关的故事，书写与家族有关的叙事，书写与革命有关的叙事，书写与抗战有关的叙事，必然会具有与众不同的效果和价值。东北的这种独特的地域文化和民间文化形态，在一些东北作家那里得到观照和表现，如萧红的《生死场》《呼兰河传》，迟子建的《额尔古纳河右岸》、刘庆的《唇典》等，《十月的土地》能在民间文化的世界里对两代农民的心理和精神进行深度描绘，无疑值得肯定。民间文化和民间信仰，因为多栖居于偏僻落后地带，难免有藏垢纳污迹象，我们可以像五四作家那样进行揭示和剖析，当然也要充分领略那些细致刻画在文本中的地域性东北风土民情，因为这些民间文化形态和人伦、血缘、家族息息相关，储存着更多记忆和文化信息。津子围在进行这种民间文化呈现时，显然吸纳了魔幻现实主义表现手法，在这一点上。他和莫言、贾平凹、韩少功、阎连科等作家一样，都注意到这种手法在进行乡土文学叙事时会给作品增添哪些魅力和阐释空间。

　　"我们用三十年走过了西方的三百年，我们的精神性如何？"[①] 现代中国发展速度之快，作家产生了中国人精神性断裂的忧虑，于是作者经由小说文本重返民间丰厚土壤，企图在找寻民间文化之根的过程中，探寻国人精神建构的问题。

· 三 ·

民间文化形态的"位移"

　　东北民间蕴含着丰富的民间文化形态和民间优秀精神特质，但这种依托于传统农业社会的民间文化，随着外部势力的涌入和时代的更迭不得不走向衰弱。《十月的土地》从整体看是一部土地叙事，但进一步仔细观察，会发现小说的前面是密度很大的"土地叙事"，到了后四章，"革命叙事"占据相当比例，人物关涉革命的行为凸显出来，原有的相对平静的自在的民间文化场景被逐渐弱化和支离，直接关涉土地的叙事有所减弱，小说的民间文化形态呈现方面出现"位移"现象。小说共九章，第五章中段的一句"世道说变就变了，也许章秉麟那个时代已经过去了"[②]，应该是使得民间文化形态发生"位移"的明显分界线。由此，小说《十月的土地》呈现"对半分"的结构，前半部分，主要依托东北传统民间社会表现老东北的章家家族故事和民间风情，后半部分则逐渐与时代风云相结合，重点讲述了袁骧、张胡、姜照成、章文德等人是如何走入共产党组织的抗日救国队伍的。

　　章文德是属于黑土地的农民，尽管他因战乱和革命离开过土地一段时

---

① 转引自：庞滟《访谈"十月的土地"灿烂又深沉——访作家津子围》，中国作家网，http://www.chinawriter.com.cn/n1/2021/0608/c405057-32125197.html，2021 年 6 月。
② 津子围：《十月的土地》，长沙：湖南文艺出版社，2021 年版，第 145 页。

间，但他最终还是要和土地打交道的。"在风云变幻的时代背景下，在内乱和外侮的环境中，他必须站起来，双腿发抖也要站起来！"① 小说从第五章开始出现了两个叙事脉络：一个是袁骧的队伍和力量，一个是包括张胡（章文智）和姜照成在内的土匪、胡子队伍。随着日本发动九一八事变，入侵东北，在东北建立伪满洲国，东北民众纷纷走进抗日队伍中来。姜照成、张胡改编土匪武装时，曾经聊起了布尔什维克党，姜照成告诉张胡什么是"穷党"，什么是革命，什么是剥削阶级。这是小说中第一次正面谈及共产党，尽管小说中的人物起初大多对革命的内涵意义并不十分清晰，但后来都是在爱国救国的思想的影响下，以朴素的爱国之情，以对土地的深深热爱，走到共产党的抗日队伍中。外部的热闹似乎与章文德无关，他仍和家人辛勤开垦蛤蟆塘的土地，过着自己的生活。直到第九章，"蛤蟆塘的平静终于被打破了"②，蛤蟆塘一带也被逼出了一些抗日力量。章文德从土地即将失去的愤怒中，看清了日本人的野心，终于拿起捍卫土地的武器。跟众多东北农民一样，他起初革命的目的只是"武装反抗征地"，是为了维护农业文明和民间秩序。章文德先后参加了民众自卫军、人民革命军、东北抗日联军，逐渐成为共产党领导的抗日武装队伍中的一员。东北抗日联军的郝部长称章文德是坚定的革命战士。

小说最后，"章文海"（章文智）安慰文德时道："我们不能被这巴掌大的土地给束缚住了，还是要睁开眼睛看看外面的世界，我们要从这盘剥人、捆绑人的土地上解放出来，还回做人的尊严，真正为人民争取当家做主的权利。"③

古老的东北民间，土地养育了人，土地也束缚了人。东北民间文化在

---

① 转引自：庞滟《访谈 "十月的土地"灿烂又深沉——访作家津子围》，中国作家网，http://www.chinawriter.com.cn/n1/2021/0608/c405057-32125197.html，2021 年 6 月。
② 津子围：《十月的土地》，长沙：湖南文艺出版社，2021 年版，第 270 页。
③ 津子围：《十月的土地》，长沙：湖南文艺出版社，2021 年版，第 368 页。

时代观照下显现其落后性、封闭性、保守性，在这样的东北土地上，人无论如何挣扎，都摆脱不了被土地拘囚的命运。从某种程度上来讲，在章秉麟的年代，土地是人的主人。章文德最初是持维护民间的立场走上抗日道路的，思想行为也一直深受民间文化影响和束缚。参加革命后的"章文海"的话语，力图让章文德认识到，要睁眼看外面的世界，从封闭的民间走出来，从捆绑人的旧土地上解放出来，还回人性和尊严，做土地的主人。言语间充满了对未来的希冀，在共产党领导的新社会中，人真正是土地的主人，人能当家做主。

致使小说的民间文化形态发生"位移"的，还有相对隐蔽的外在文化因素的作用。其实在小说叙事中，相对于章文德的农业文明的文化观念，日本人岩下的出现，既带来了一种野心力量的闯入，也间接透示出模糊的现代化的魅影。现代化因子，早在小说前半部分就有描绘，如章文智痴迷过的科研实验等。章文德本是一个相对保守的农民，比如他不愿读书，对土地之外的其他事情不太感兴趣，他能够对岩下所说的现代农业感兴趣，也是因为有利于土地耕种。为了"学艺"，他答应岩下的邀请，到县粮食科工作。章文德在实验室里了解到土壤检测内容和程序，学会了采集土壤样本的多种方法，如网格布点法、蛇性布点法等。在此，东北的民间传统农业文化和现代农业科学产生了奇葩式的交流和接触。章文德的农业经验固然值得珍视，他能从颜色、形状上判别粮食的生长环境，即使是对煮熟的粮食，他也能做出准确判断，他识别粮食的能力让岩下惊呼为"土地爷"。但毫无疑问，在日本的现代农业科学的对比下，章文德所掌握的农业生产能力难以与其抗衡。从现代化视域看，东北民间农业文化的落后性不言而喻。而这会是小说中的东北民间文化形态发生变化的一种征候。只是在民族危亡时期，革命叙事或救亡叙事必然是未来的新的"土地叙事"的前奏，未来的新的"土地叙事"，也必然要由这个土地的主人们亲自去写就。

《十月的土地》对多姿多彩的东北民间文化形态的呈现，让一度在中国现当代文学史上被打压的弱势民间话语发出自己的声音，也让读者进入了一个有关东北的记忆和想象的世界，从中感悟着东北的丰富多元的历史内涵。而动荡年代诸种力量的滋生和博弈，也促使着东北民间文化的裂变和位移，使得小说又具有更多的阐释空间。小说对充满魅力的民间文化形态的呈现，期待人们继续去深入解读和领悟。

（张祖立：著名评论家，大连大学人文学部教授；宋娟：大连大学人文学部 2021 级硕士研究生。）

土地·家族·边地

——津子围小说创作研讨会综述

邹　军

　　二〇二一年十月二十一日至二十二日，由辽宁省作家协会、大连大学、辽宁文学院主办，大连大学科研处、人文学部、文学院承办的"津子围小说创作研讨会"在大连隆重举行。来自北京大学、南京大学、吉林大学、中国社会科学院、大连理工大学、东北大学、辽宁大学、辽宁师范大学、沈阳师范大学、大连大学、辽宁省作家协会、辽宁文学院、《当代作家评论》《长篇小说选刊》《文艺报》《芒种》《鸭绿江》等二十余位专家学者，以及作家津子围参加了本次研讨会。会议由大连大学人文学部主任、教授张祖立主持，他向参会专家、学者详细地介绍了津子围的创作情况。大连大学副校长麻凤海对各位专家学者的到来表示热烈的欢迎和由衷的感谢。他说："本次研讨会是辽宁省作家协会、大连大学和辽宁文学院为坚持贯彻习近平新时代中国特色社会主义思想，秉承新时代文学创作和文艺评论工作整体方针，坚持'二为方向'和'双百方针'基本原则，推动辽宁文学从高原迈向高峰而共同主办的盛会，对于辽宁的文学创作与文化发展意义非凡。"辽宁省作家协会党组书记、主席滕贞甫致辞:"津子围是一个一直在高原跋涉的实力派作家,也是一个创作风格基本定型的成熟作家,同时又是一个跨界的多面能手,其创作经验值得总结。"辽宁文学院院长韩春燕在致辞中讲道:"津子围这些年在繁重的行政事务之余还坚持创作,令人十分钦佩。一个人的成功、才华是其意志品质的重要体现。"

本次研讨会主要围绕"农耕文明与现代文明的双重反思""家族叙事的延续与超越""探索边地文学创作的可能性"三个主要议题展开讨论。

· 一 ·

农耕文明与现代文明的双重反思

津子围《十月的土地》叙写了从清末民国初年至抗日战争时期,生活在东北这片黑土地上的章氏农民家族的生活与命运,即三代人如何开荒垦殖建立家园,又如何勤劳耕耘发家致富,最后又如何在民族危难时守护土地保卫家国。这一历史时期是中国农耕文明向现代文明转型的重要转折点,因此,章家三代人与土地、家国的关系也呈现出农耕文明与现代文明的冲突,小说体现了津子围对农耕文明与现代文明的双重反思。

孟繁华(沈阳师范大学)认为津子围抓住了中国乡土社会的本质,因此,他以土地与农民之间的关系为路径,思考中国社会与中国人的人性等重要问题。他说:"小说的核心内容是土地与农民的关系。比如,小说中的章兆仁、章文德这对父子,对他们而言,没了土地就跟没了娘一样,土地是天大的事。经过章兆仁一家人,尤其是儿子章文德的艰苦努力,蛤蟆塘终于被开拓成丰产的良田,而日本人却试图永久地侵占东北,并以征地的名义强行地占有中国人的土地,此时,章文德在蛤蟆塘开垦的土地也在被征之列,这对章文德一家来说是性命攸关的大事。对此,章兆德说,我就是命没了也不能没有地。命没了是一个人的事,土地没了一个家族就没了。

小说以'土地与人'之间的关系为核心内容，由此可见，这部小说具有大作品的品格。"孟繁华还认为，即使改革开放，也是从小岗村土地联产承包责任制开始的，因此，津子围抓住了中国乡土社会的本质关系，从土地入手书写农民、书写农耕文明。

当下的部分农村，农民和土地的关系正在疏离。在这样一个时代背景下谈论农民与土地，追问二者之间究竟是何关系，意义十分重大。在韩春燕（辽宁文学院）看来："农民离开土地，与土地发生疏离之后，他们的生命方式、生活方式都发生了革命。当下的乡土题材创作理应将农民在这种蜕变过程中的痛苦、迷茫、失落写出来，感同身受于他们的命运。"并且，她还发现："在《十月的土地》中，土地和人的关系意味深长。人与土地关系密切，但人物身上的一些局限性也是土地带来的。也就是说，土地其实限制了人，让人飞不起来，只能匍匐于大地，但人的精神世界需要飞扬、上升。可是，由于土地的限制，人是沉重的，这是土地带来的局限性。"由此可见，人与土地之间的关系是复杂的，而《十月的土地》在缅怀农耕文明的同时，也清晰地反思了这种文明形式，为它奏响了一曲乡愁式的挽歌。

陈晓明（北京大学）也关注到《十月的土地》中关于人与土地关系的书写，他认为："小说讲述了我们这个民族、我们这个民族的人在土地上的命运。在传统的社会里，土地是宽阔的、沉静的、厚实的，人们在土地上耕种，形成了中华民族所特有的生活方式。比如，小说中的主要人物章文德，他本来只有一种命运，那就是种地。他之所以同意去守矿，那是为了得到四十亩的土地；去日伪政府任职，是为了学习科学种地的知识；走上抗日战场，也是因为土地被日本人征收了，他要夺回土地。"陈晓明说："章文德这一人物形象，最令他触动的是他对土地的爱。但是，这种爱在进入现代社会以后，却变得越来越不可能。这部小说实际上讲述的是，古老的中华民族被抛入了现代命运的故事。"最后他还指出，关于土地，关于二十世纪中华民族的生死存亡及其与土地之间的关系，还有诸多可供深刻挖掘的资源。

《十月的土地》的叙事时间正是中国农耕文明向现代文明过渡的转折期，而津子围在这部小说中呈现了这两种不同文明形式之间的碰撞。翟永明（辽宁师范大学）认为："章兆仁和章文德父子俩，延续的是中国传统的农耕生活，他们十分看重土地。甚至，章文德还把土地完全内化为自己的生命。这样一种生活方式或者生活观念形成了他憨厚、老实、本分的性格。而章兆龙和章文礼这对父子，则不愿意被束缚在土地上，甚至不屑于农耕生活，而追求更高的效率和更大的利益，比如开矿、经商，这正是现代社会的重要表征。他们行事理性冷静，甚至还残酷无情；他们追求生活的享受，兴奋于弱肉强食的丛林法则。这两个人体现的是中国由传统向现代社会转型之初的特征。"翟永明还注意到了小说中的一个重要细节，即章文智喜欢摆弄一个西式座钟，"这个座钟是现代文明的一个象征物，而他对它充满好奇，将其拆开细致研究，尔后再也无法组装回去，这一细节表达的正是对于现代文明的迷茫。"除此之外，他还认为，小说表现了在时代洪流的冲击下，章文德无法守住土地，这意味着田园牧歌式的生活理想最终会破灭，这种情感倾向实际上是作家为传统农耕文明谱写的一曲挽歌。

徐刚（中国社会科学院）也认为《十月的土地》是一部与现代价值拉开距离的小说。"作者有意拒绝现代，无论这个现代是革命的还是改良的，他都拒绝。所以，他把小说从科学退回到迷信，我们会在小说中发现封建迷信、奇门遁甲、地方文化等民间经验；他又从革命退回到保守，比如，章文德这一人物形象，他不像梁生宝，却有点像梁山好汉。作者从革命退回到保守，从一种人文主义所痴迷的那种超越的人性，退回到一种非常朴素的土地本位主义。"徐刚还从当下城市化视角指出："今天，农民在城市化的推进下疏离了土地，这是历史的必然性所致，在这一历史背景下，我们该如何思考中国最后一代农民的生存与命运，《十月的土地》中章文德这一人物形象给了我们诸多启发。"

乍看之下，《十月的土地》很容易让人想起《咆哮了的土地》《八月的乡村》等二十世纪上半叶中国文学中的乡土题材作品，其中也确实存在阶级斗争与抵抗侵略的内容。但陈广通（大连大学）认为，《十月的土地》给人印象最深刻之处当属作者对于人与土地的关系的思考，这一关系会决定一个人的性格与命运，甚至决定一个民族的文化气质和现实走向。并且，他也注意到小说中的一个典型人物——章文德，以及在他身上所显现的人与土地之间的复杂关系："作为一部家族小说，《十月的土地》的显在结构是旧式大家庭的固有矛盾以及在时代潮流冲击下分崩离析的过程，在这个过程中作者安排了一个自始至终都存在的见证者、亲历者，即小说人物章文德。但这个人物的作用显然不止于此，他身上所承载的人与土地之关系的意旨，使作品的内容变得丰富、厚重、耐人寻味。"

· 二 ·

家族叙事的延续与超越

无论是对中国现代史的呈现还是对现代文明的反思，《十月的土地》都是以家族叙事的方式展开的。中国宗法社会模式决定了家庭乃是个体生存的基本空间。基于这样一种生存方式与文明形式，中国文学从来不乏家族叙事，而《十月的土地》既是对传统家族小说的延续，同时又构成了一种超越与丰富。

王彬彬（南京大学）从中国文学与中国人生存方式的独特性这一视角，指出："有两样东西是中国文学所特有的，一个是家族，另一个是土地。西方游牧民族关于家族的观点与我们不同，在日本文学中也很难找到经典的家族小说。而写家族，写人对土地的感情、人与土地的关系，这种书写方式其实源自中国人几千年来传统的生存方式，即，只有农耕文明才会对土地怀有如此深厚的感情。所以，家族和土地始终为中国文学所青睐。比如《红楼梦》《金瓶梅》，甚至即便是《西游记》，其中的神仙与妖怪也都具有家族性，《儒林外史》也写了很多家族。新文学一百年，比如，巴金的《家》《春》《秋》，陈忠实的《白鹿原》，张炜的《古船》，所观照的都是家族关系与家族伦理。事实上，只要思考中国人的人性问题，思考中国的过去、现在和未来，就必然碰到家族问题，碰到土地问题。"关于《十月的土地》，王彬彬认为，这部小说是整个大的文学谱系中的一环，为家族小说谱系增加了新的人物形象，增加了新的价值观念，增加了新的反思角度。

《十月的土地》叙写的是中国近现代史上的东北故事，时间上的疏离能否使小说观照到当下人的生存，这是梁海（大连理工大学）所追问的。在她看来："到了九十年代之后，在全球化的背景下，我们的生存呈现出一种身份焦虑，因此，九十年代之后家族叙事表现出一种对于家庭或乡土的守望，即对于家族的一种回归。"梁海指出，《十月的土地》也表现出一种向现代的回归，其中提到很多传统，以及对这种传统的道德预设。比如，章文德这一人物形象是整个家族的象征。抗战时，章文海为国捐躯，但章文德却脱离了抗联，又回归到家庭。"从这个角度来讲，中国传统文化中说'修身齐家治国平天下'，本来是一种递接式观念，但在小说中却平行化了，即家国不分，有了家才有国，有国还要重视家，这其实是一种非常朴素的观点。"接着，梁海又说："这部小说的当代意义是，当我们每个人都有一种非常强烈的身份焦虑时，我们可能只有回到我们的传统文化中，从我们的土地中汲取一种精神的力量，这才是我们今后的生存之道。从这个意义上讲，我觉得《十月的土地》作为一部家族小说，具有非常大的突破性。"

张启智（《芒种》杂志社）从家族情感表现的角度谈道："《十月的

土地》在表现家族情感时是矛盾的、冲突的。一方面，在传统的'家国同构'观念下，小说对传统家族中的温情、团结是肯定和怀念的，比如，章秉麟收留了章兆仁，并帮他娶妻生子。又如，章家人得知俄国人到来后，立刻组织老幼妇孺去莲花泡避难，其他人则留守寒葱河抗敌，这样合理有序的人员调配显现了中国式家族的优良传统。但另一方面，作者对封建家族又持批判和反思的态度，主要表现在家族内部的明争暗斗上。比如，为了不让属于自己的家产被抢走，章兆龙用尽手段甚至显露出极尽虚伪的一面，最终导致章家分裂。"在张启智看来，小说对于封建家族中自私自利的财产观念是批判的，但更为巧妙的是，作者不仅揭示了这种自私虚伪，还安排了自我反思。因此，在呈现家族情感方面，这部小说是极具意味的，可以说在一定程度上丰富了当代家族小说创作。

《十月的土地》一开篇就显现出史诗性家族叙事的特征。小说面对的是几代人的生存与命运，视野十分宏阔。行超（《文艺报》）从南北方作家的写作特质方面谈道："在这部小说中，津子围处理的是一个具有整体性与历史纵深感，在空间和时间上都非常阔大的题材。北方作家的写作总是表现出对宏大历史、宏大话题十分感兴趣，也愿意去驾驭这种题材，在我看来这是东北作家的写作特色。而南方作家更喜欢从自己出发，从自我的细碎感受出发。"作为一部家族小说，行超认为，《十月的土地》不仅题材宏大，而且还展示了很多有意味的细节，比如，具有东北特色的语言、仪式等，这些细节都极具神秘感。总体而言，《十月的土地》一方面叙事视野十分宏大，另一方面在细节处理上又富有特色，整部小说可谓打通了轻与重、虚与实的关系。

吴金梅（大连大学）认为，《十月的土地》在家族叙事的框架内探讨了关于现代文明与农耕文明、女性主义、知识分子等问题。比如，对于小说人物章兆仁来说，其身份究竟是"大份儿"还是"二份儿"，这样一个潜意识造成了他生活观念上的诸多冲突。另一个人物章兆龙，他自私，耳根子软，妻子在耳边说什么，他就会有一系列的行动。而章兆仁则代表了谦卑隐忍的中国人的性格，是非常典型的中国农民形象，热爱土地，心怀感恩。另外，她还注意到了小说中的女性形象，"郑四娘、莲花和桂兰这三个女性的婚姻也十分引人注意。除了郑四娘，其他两个都有一个心上人，但最后她们的命运是悲剧的，这种悲剧性命运可以说是那个时代女性命运的共同写照。"另外，吴金梅还指出这部小说中知识分子形象的特殊性，她说："章家第一代主人公章秉麟，他的经历十分丰富，做过官，经过商，最后选择隐匿，在这个轨迹中可以见出中国传统知识分子形象，比如，我想到了陶渊明。"

· 三 ·

探索边地文学创作的可能性

近年来，东北再次成为文学书写的重要表现对象，而东北文学也相应地成为学术研究的显学之一，本次研讨会也关注到《十月的土地》中的东北书写及其独特价值。

张福贵（吉林大学）将《十月的土地》概括为"最具真实性的魔幻现实主义"，认为在这部作品中可以看到马尔克斯《百年孤独》与陈忠实《白鹿原》的双重影响，同时又刻印上作者的个人风格与地域风格。"这部作品通过人性的展示来描摹历史和东北。在整个作品中章氏家族的命运变迁，以及它所展示的宗法伦理与复杂人性，都具有深刻的历史感，并且这种历史感还带有非常强烈的真实性。"同时，张富贵还指出，《十月的土地》非常难得地避开了以往熟悉的文学表达，也避开了当下流行的抗日题材剧的模式，在展示历史、展示人性、展示民族的过程中，这部作品是独具一格的。"他突破了一个原有的民族关系的描写，比如，在这部作品中，章文智、章文德的抗日行为都具有一种偶然性，同时又具有一种真实性。"

他以章文智这一人物形象为例，指出："这个人物由被绑架的肉票成为一个胡子队伍的智囊、军师，最后成为一个抗日队伍的领导人，其实他是被动地加入抗日，但是，在队伍里他是真心实意的，离开队伍时他也是真心实意的。"在张福贵看来，这些描写与以往的一些展示民族关系与民族斗争的人物形象、人物命运是有所不同的，非常具有真实性与独特性。

宋嵩（《长篇小说选刊》杂志社）从东北历史与东北文化的角度指出这部小说的独特价值，他说："东北这片土地非常神奇，梁晓声当年写《这是一片神奇的土地》，我觉得这个题目用来概括东北真是再恰当不过了。特别是东北的近代史，在整个中国的近代史上可谓最富有戏剧冲突、最能孕育出优秀的故事资源。中、日、朝、俄、蒙五个国家，汉、满、朝、日、俄、蒙六个民族，五个国家与六个民族中的人在近百年的历史中会在这片土地上孕育出多少故事？再加上东北有萨满传统，萨满文化对于整个东北亚的影响实在是太深远了。"宋嵩还指出这部小说的另一个特征，就是对东北谚语、口头语的使用。"谚语和民谣构成《十月的土地》的重要成分，这也是东北文学的一大特色。比如，小说中多处写到主人公兄弟俩用背诵谚语的方式吵架，这种写作方式非常独特。"最后，他认为，民间谚语是一个可以深挖的资源，它将在一定程度上丰富当代小说创作。

津子围是从八十年代启程的作家，其创作题材十分广泛，艺术手法也非常多样。在都市与乡村、历史与情感、商战与侦探方面都有所表现，并取得令人瞩目的成就。陈昌平（《鸭绿江》杂志社）从文学史的角度谈道："津子围在创作手法上承续了八十年代的鲜明特征：强烈的人文关怀与多变的艺术手法，这是他相当一段时间小说创作的基本的美学特征。尤其是《十月的土地》，作为东北文学的重要收获，让我们看到了一个东北作家对生于斯、长于斯的黑土地的眷恋与反思。在《十月的土地》中，我们可以看到八十年代反思小说、寻根文学与家族叙事的某些特质，也能触摸到西方现代派小说与拉美魔幻现实主义的某些意蕴，这些都艺术地融汇在他对历史与未来的思索和展望里。"

张红翠（大连大学）指出了《十月的土地》所具有的哲学品质，认为"这部小说不仅写出了东北大地上人们的日常生活，还写出了深刻的哲思与悲悯。比如，小说一开始便讲到十二岁的章文德处于濒死之际，叙事者说：'他不会把自己的感受与另一个世界联系起来。当然，也不明白自己事实上处于濒死状态。'这不经意的一句拓展出对生与死、有形与无形世界的思考，叙事的时间和空间顿然洞开，奠定了小说叙事的哲学性品质，也决定了小说后来的展开在向下细摹东北日常生活之时，又始终有另一维度的超越性视角在盘旋。"同时，张红翠还认为，像"关帝庙""成精""阴曹地府"以及"附体"等民间传说在这部小说中出现，使小说呈现传奇性特征。这种特征与其比类于马尔克斯的魔幻之影，不如说是中国文学悠久的传奇性基因的现代作用。在她看来，这种多样化、民族本土的审美质性突破了标准化、统一化的现代文化的规范边界，形成对现代生命经验的镜照。

津子围以十年磨一剑的深厚积淀，在《十月的土地》中集中勾勒了东北"地之子"的精神形象。胡哲（辽宁大学）将这部作品视为一部苦难史诗与伦理寓言之作，他认为："作者将'故事'的目光聚焦在历史烟尘中的东北'土地'与'人'的血肉联系当中，但并未刻意去描写'在地'的东北风物、语言，甚至是思维特色，而是沉潜到了'土地的道德'的历史纵深中，以'人'（地之子）的视野贴近传统与现代、外来侵略与民族抗争等历史语境中线性时间与循环时间、'土地'伦理形而上与形而下、家族'土地'伦理与国家'土地'伦理等驳杂命题的切肤感受与大义抉择。"胡哲感叹津子围将一腔文学热情投射到东北"土地"与"人"的历史故事中，既生动地展现了属于东北"地之子"的人性光辉，也充分显示了津子围由"文学高原"向"文学高峰"攀援的可贵足迹。基于此，他认为，《十月的土地》自然成为了当下东北历史叙事不可多得的佳作。

近年来，东北叙事受到越来越多的关注，比如，哈佛大学的王德威教授还提出要建立一门东北学。而东北也成为文学叙事的焦点。前些年，赵本山的小品、影视剧塑造了一些东北人形象，这几年，"铁西三剑客"也塑造了一些东北人形象。邹军（大连大学）认为："与这些作品不同的是，《十月的土地》对东北这片土地的描摹追溯到了现代东北的原点上。他写的是近现代的东北与近现代的东北人。"在她看来，"铁西三剑客"小说中的东北，是一个彷徨、失意、迷茫，但又不甘于彷徨、失意、迷茫的形象，而在《十月的土地》中，我们却可以看到对二十世纪中国历史走向产生巨大影响的一些历史事件都发生在东北。"这部小说让我看到一个历经沧桑却不失荣光的东北，这对于当下复兴东北具有重要意义。"同时她还指出，这部小说在呈现东北历史时，并没有忽视作品的艺术性，是对东北文学的又一个丰富。

津子围《十月的土地》由农村家族视角切入，展现了普通农民在民族危亡之际的英勇选择，给读者创造了别样的接受体验。陈镜如（大连大学）认为："国家临危之际，章家内部矛盾迅速退隐，小说成功地刻画了一批形象丰满的东北农村人物形象，如章氏一门，虽然他们只是民族国家中的普通一员，却能做出最有力的抗争，由此再现了东北的刚性力量，呈现出中国人民在抗日战争中的决心与贡献。"在陈镜如看来，津子围用"家国情怀"作文章，执笔将历史洪流中东北农村人的命运与大时代相勾连，可谓成就了一个血性的中国故事。尤其是，小说结尾章文海那句"大部队随后就到……天马上就亮了"，更是道出了彼时中国人民最真切的希冀与呐喊。"我认为，《十月的土地》上不仅洒满了东北人民的血性，更是整个中华民族的精神写照。"

研讨会最后，作家津子围表达了诚挚的谢意，他说："由于疫情的原因，研讨会的筹办几经周折，它的顺利举办十分不易。因此，今天这么多文学界同道汇聚于此，我十分感动。可以说这次研讨会是我所有的研讨会中最难忘的，也是需要我在人生的记忆中永远铭记与镌刻的。"他向所有的专家与主办单位致谢，并将此次研讨会视为写作生涯的又一个加油站，又一个新起点。

原载《鸭绿江》，2022 年第 4 期。

（邹军：大连大学文学院二级作家。）

在"话"与"思"的碰撞中激活
东北土地的文化精魂

——当代作家进校园第一期 津子围与《十月的土地》

郑思佳

二〇二一年十月十七日，由辽宁大学文学院主办，辽宁文学院、《芒种》杂志社、辽宁大学东北数字人文研究中心、辽宁省美学学会协办的"明德学堂——当代作家进校园第一期 津子围与《十月的土地》"活动在辽宁文学会客厅举办。著名作家、辽宁省作家协会副主席津子围，著名作家、第七届"红楼梦"首奖获得者、辽宁大学文学院教授刘庆，《芒种》杂志社社长张启智，辽宁文学院党政办主任、《艺术广角》主编张立军，辽宁文学院副院长、《当代作家评论》编辑周荣，《沈阳日报》《沈阳日报》全媒体主任记者封蓥，以及辽宁大学相关专业教师出席活动，辽宁大学四十余名本科生、硕博研究生参与活动。

辽宁大学文学院副教授李东主持活动。辽宁大学文学院教授吴玉杰致活动开幕辞，她指出，"明德学堂"是辽宁大学文学院秉承大学之道和辽宁大学"明德精学，笃行致强"的校训精神打造的校园品牌项目，旨在以文化人、以文育人，提升主体在内的文学素养和审美境界。而"当代作家进校园"则是"明德学堂"项目中的一个系列活动，旨在创新人才培养方式，延伸高校文学课堂，拓宽学生审美视野。作家津子围携新作《十月的土地》与编辑家、批评家以及辽宁大学师生汇聚于此，期待共同打造一场对话与交流的精神盛宴。

· 一 ·

蕴含文化基因与东北精魂的传奇书写

作家津子围结合新作《十月的土地》的创作实践，就创作初衷、创作理念、创作经历等问题进行了分享。他指出"东北"是他作为东北作家写作的精神原乡。他出生、生活、工作在东北，对东北大地有着深沉的热爱。东北是生命之初始，是创作之源泉，他的创作始终与东北保持着一种融入性的联系。在新时代推动东北全面振兴、全方位的历史征程中，作家应当肩负起重返东北大地、激活东北精魂的责任与担当。作品《十月的土地》深深地打上了东北地域文化的烙印，是一部基于对东北大地文化认同与情感认同的回报之作。

同时，他从时间性、空间性和价值性三个方面论述了对《十月的土地》的理性构思。

一是关于时间性的思考。他认为历史不是虚无的，是真实的存在，具有时间性。在多年的文学创作中，他始终关注时间这一问题，有意识地与时间保持密切关系。从奥古斯丁对时间的怀疑开始，到普鲁斯特认为时间可以摧毁一切的认知，再到海德格尔、福克纳等人关于时间概念的沉思，文学是抵抗时间的人类文明的特殊武器。时间是历史留下的基因碎片，结构并复活这些基因碎片是作家的理想与担当。《十月的土地》就产生在这样的时间轴上，作家力图通过对人物、叙事的整体性建构实现对时间基因碎片的复活与重组，在线性时间与循环时间的结合中生发出创作的多种可能。

二是对地域性的聚焦。东北是中国现代化的起点，工业化也是在东北成就的，东北蕴含着丰富的现代性。《十月的土地》正是处在由传统文化走向现代文化的历史进程中，作品聚焦东北独特的地域特征，依托东北地域不可替代的文化体验和生活情态，着力呈现东北文化的后现代魔幻性色彩。另外，作家聚焦东北地域，对东北大地之下的精神性进行开掘。作品中包含生活在同一地域的多个民族，如汉族、满族、蒙古族、朝鲜族等，多元一体的民族表现出融合共生的文化生态，凝聚着对筑牢中华民族共同体意识的讴歌与颂扬。

三是对价值性的诠释。在时间和空间的轴线上，价值是创作的轴心，重拾东北文化自信和对现代性的反思是《十月的土地》的价值内涵。在传统文明向现代文明转型的过程中，经历了无序开垦土地，破坏自然资源的历史阶段。作品中的主人公章文德站在传统与现代的交汇点上，表现出了对于土地超越生命的热爱和异乎寻常的强烈感受。作家在对人与土地关系细致入微地呈现中还原了东北地域在现代化进程中的原初状态，在对土地精魂的深度开掘中完成了对东北地域文化的追认与确证。同时，作品中也隐含了对章文德这一人物及其所处时代的理性批判意识，这是历史和时代的局限，旧时代和社会的艰难反而更加印证了当下这个时代的美好。

·二·

多重批评维度的"复调"话语

与会嘉宾在对话环节，从作家、编辑家、批评家三重批评视角出发，与作家津子围进行了交流。作家刘庆认为，《十月的土地》是东北的风俗集和民谣集，是一部能够载入东北文学史的精品力作。他以作家创作的视角介入《十月的土地》，从人与人、人与土地、人与鬼神关系的三个维度完成了对作品的深描性研究，并从文本细部出发梳理出小说中"土地创业史""耕读传家史""追问灵魂"三条叙事线索。在"土地创业史"这条线索中，作家以民族、地域的视角观察土地的变化，以家族拓荒史和创业史的写作表现东北人民对于土地的热爱。以"耕读传家史"为线索，作家通过灵魂附体等情节展现祖辈和孙辈的关系，将命运、土地和家族三者完美融合。同时，作品始终贯穿着"追问灵魂"的主线，书写复杂的人与人的关系，描绘出波澜壮阔的人来人往且生死驳杂的景象。值得关注的是，故事中人生的匆忙与遗憾，家族内部的命运，揭示了民族、地域与时代发生碰撞时的关系。刘庆认为，小说语言浑然天成，方言的大量使用没有破坏作品的语感，反而对东北文学传统和民间文化有极大的研究价值。此外，刘庆指出，《十月的土地》具有极强的穿透力，对东北的神秘性的表现，超出了读者对世界的惯常理解，对东北地域特点和地域风俗的描摹，淋漓尽致地展示出"烟火气"，这是津子围写作的一次冒险。同时，他围绕"作家与人物的关系""创作历程""人物设置"等创作问题与津子围进行了深度交流。刘庆认为作家与人物的关系是创作过程中的难题，对人物生死的处理是作家的挑战。东北曾汇集了大批的移民，他们在东北生存成长过程中面对的困难，以及由此反映出的人与自然的关系，需要深入到作品中寻找。

《芒种》杂志社社长张启智、《艺术广角》主编张立军、《当代作家评论》编辑周荣从编辑角度与作家津子围进行了对话。张启智介绍了目前学界对于《十月的土地》的权威评价——一如黑土地的厚重、磅礴与生机，津子围历时八年精心打造的长篇小说《十月的土地》以独特的视角，虔诚的姿态，内敛的叙事，书写了如歌如泣的东北生活画卷，它是东北的《白鹿原》，小说版的《闯关东》，是十四年抗战历史修正后的活化认证，在近代中国复杂的融入中开掘出传统农民在新中国的新生，是一部波澜壮阔历史背景下的追寻土地道德的史诗之作。张启智认为，《十月的土地》具备一部优秀小说应有的思想性、文学性、艺术性、故事性、可读性、真实性六大要素，思想性即作者通过人物、故事、环境的塑造来传递思想，是作者对社会生活的高度概括。《十月的土地》开篇便可以看出作家能够冲击读者灵魂的情感，包含了作家对客观世界的认知和体验。文学性是指作家应用各种艺术手段将感性素材融入形象，表现故事。作品中章氏家族三代人形象鲜活，通过情节展现出各自的性格，作品在虚构情节的同时反映出细节的真实。艺术性，指作者创作时产生的想象、虚构和联想；故事性，则是衡量小说的尺子；可读性，指让读者愿意一口气读完；真实性，指作品的现实性和艺术性完美统一；虚构情节用细节的真实来完成。《十月的土地》是具备上述因素的优秀作品。同时他认为，标题中的"十月"指向时间，也暗示着收获的季节，"土地"指向空间，也包含土地的回报意味，土地与母亲形成闭合的循环。而作品中塑造的真实的革命者形象，由最初的游离发展到根据自己的认知走入革命，表现了不同环境下的人性善恶。他提出东北作家是东北地区以文化自信助力全面振兴的重要载体，他们有责任创作出深入生活、扎根人民的精品，作为编辑家、批评家也有义务将这些作品推向全国乃至世界。

张立军提出，《十月的土地》是一种"复魅"书写，他认为从"传统"向"现代"转型的当下正面临着"祛魅"的困惑——生态破坏、信仰缺失、道德沦丧。而《十月的土地》呈现的是一种"复魅"的过程，即在对自然的崇敬、与自然的合二为一以及对现代性的反抗中走向了对现实生活信仰、道德、伦理的召唤，这是一种对人与社会、人与世界、人与人之间关系的复归和向往。小说中重现了"万物有灵"的景象，人类仍然崇敬世界和自然，人与土地、季节、森林、动物之间的联系尚未剥离。人物认知土地的能力显示出人与自然和谐统一，人的生活就是自然本身。作品充分展示出现代化进程中东北这片区域的人的生活状态。

周荣溯源中国现当代文学史，以一种逆向思维提出，《十月的土地》不是一本地方志式小说。她认为，地方概念的出现是新时期之后作家面对西方思潮冲击的本能反应，作家开始有意识地书写中国传统的文化特色和地域特色，后来发展到奇观化的写作。地方经验如何变成普遍经验并被他人理解是作家面临的问题，带有地域烙印的小说内容应具有普遍性，人物的经历应包含全体中华儿女的经历。《十月的土地》中，章家从繁盛走向衰败的过程中有着中国现当代历史中的重要时刻，具备东北地域之外的读者能够理解的普遍经验。《十月的土地》也不是一部传统意义上的乡土小说，文学应写出亘古的价值，土地上生活的人的喜怒哀乐才有永恒的价值。人物对土地的敏感表明人与土地的联系是与生俱来的，超越了语言学的范畴。人在土地上感受四季轮回，生生不息，作品书写的便是这样的人的基本生存方式。津子围也不是一个现实主义的作家，他指出，应从多维度、多视角审视、定位津子围及其创作。

辽宁大学文学院相关学者、批评家也围绕津子围及《十月的土地》发表了见解。刘巍从乡土、地域、时间与作家经验四个维度深入解读了《十月的土地》。她认为，乡土文学有三种写作模式，第一种是以鲁迅为代表的启蒙式书写；第二种是以沈从文和汪曾祺为代表的审美式书写；第三种是赵树理、梁斌、柳青等开创的阶级式书写。作品将阶级、审美、血缘、地缘和启蒙等因素融为一体。从地域的视角出发，东北不是人们惯常印象里的白山黑水，东北人民有着乐观、积极向上、不认命的抗争精神。将东北安放在中国乃至世界的舞台上，更能凸显出东北人民的乐观特质。作品中的时间是有变化的，人的时间观念受到技术的影响，时间的整体性变成了碎片性。同时，作家将自身的经验融入小说中，存在着可以考证的细节。侯敏从文本出发，微观聚焦小说人物塑造的对称结构、叙事策略的虚实结合以及东北方言的运用。《十月的土地》是家族叙事和抗战叙事完美结合的作品，通过情节的展开和叙事发展，透视出文本中的人物从家族的纷争到感应抗战的风潮，最终都融入整体抗战中的发展逻辑。小说没有进行宏大叙事，没有塑造英雄人物，而是聚焦于小人物，演绎出他们在家族乃至抗战语境中的命运沉浮。在人物形象塑造上，作品设置了对称结构。一脉是乡绅和土财主，另一脉是农民，虽然两脉之间存在血缘亲情关系，但体现出了阶级差异。读者会为农民的透彻心扉的热爱土地的精神与情怀所感动，农民具有土地一样的踏实肯干、吃苦耐劳的纯朴的精神品格，生命和土地牢牢地连接到了一起，作品实际上是在书写道德。小说做到了写实与虚构的有效融合，写实表现在家族纷争、战争、土地、道德，这些是东北大地上过往和现在都实有的事件，虚构体现在写实的叙事中始终笼罩着的那种虚幻、神秘和传奇的色彩。东北方言的运用，跌宕起伏的故事情节，还有对东北人民愚昧、麻木性格的揭示等等，都反映出津子围对东北人民和这片土地的深沉热爱。孙佳探讨了《十月的土地》的语言风格、宽容情感、悲悯意识以及精神内蕴。她认为，《十月的土地》让东北的读者有过瘾的感觉，小说中加入了大量体现东北地域文化的民间用语，包括歇后语、顺口溜和童谣等，呈现出地地道道的东北味，这些具有东北地域文化特色的语言的魅力不仅在于生动幽默，更是承载着一种东北人所特有的精神气质和文化品格。正如津子围所说："东北话背后有豁达的性格支撑，再往深一点说，其底座是文化。"津子围从精神性的角度切入对东北文化的深刻关注与反思，具有宽容的感情。由于东北文化本身具有强大的包容力，只有以宽容的态度去审视和观照，才能将东北文化复杂的内涵构成真实地呈现出来，这体现了作家精神世界和情感世界的底色。在《十月的土地》中蕴含着较为潜隐的悲悯之情，这一方面源于津子围创作中一以贯之的温柔敦厚的风格基调，另一方面是基于他对东北文化之魂的敬畏之心，这与东北文化中潜隐的、神秘的甚至颇具神性的自身特质有关。作品对人与土地的关系理解与呈现是有变化的，土地与人的生命融为一体，人与土地的关系已经超越了生存层面，进入精神和灵魂层面。胡哲则从"苦难的史诗"和"伦理的寓言"两个方面对作品进行了学理性开掘。作品书写了土地与生存，家族倾轧与民族抗争的故事，以人文情怀再现苦难史诗，用理性审视书写伦理寓言。

· 三 ·
"向"文学现场与"在"文学现场

"明德学堂——当代作家进校园"活动邀请作家与学生面对面交流，为学生搭建了一个"向"文学现场与"在"文学现场的平台。与会硕、博研究生以及本科生在聆听作家与作家、编辑家、批评家的对话与碰撞后，结合自身的阅读经验，就《十月的土地》的创作与津子围进行了探讨。

博士生代表郑思佳认为，《十月的土地》中的章文德与以往的农民形象相比具有独特性，他不再是善与恶的二元对立，而是既具有革命理想和道德操守，又带有胆小怕事、逆来顺受等人性弱点的复杂个体。津子围在回应中指出，用"胆小怕事"和"逆来顺受"形容主人公章文德并不准确，"恐惧"和"羞涩"才是他的主要性格，也是区别于以往农民形象的精神内核。章文德自小的性格就是"恐惧"的，即使参与革命后一个人面对战争时候他也是"恐惧"的，他只有投入到集体中才能够战胜内心的"恐惧"。中华民族几千年来饱受蹂躏，致使"恐惧"成为华夏儿女延续至今的精神基因，这种基因不仅体现在农民身上，也普遍存在于现代人的精神生活中。而"羞涩"实际上也是一种文明方式，最早可以追溯到夏商周时期，过去是一种贵族的象征。写主人公的"恐惧"和"羞涩"是这部长篇小说的任务，而如何写好"恐惧"与"羞涩"在家仇国难下的破除与转变则是小说书写的东北精神的核心。

硕士生代表于家铭就"您怎样看待《十月的土地》被定位为一部抗战

题材小说"这一问题与津子围进行了交流。津子围指出，在创作的过程中并未仅从抗战题材进行艺术构思，但抗战这一部分的故事是呈现小说人物性格和精神内核的关键环节。

本科生代表林相龙围绕《十月的土地》中的东北发展史料和东北方言特色与津子围进行了对话。津子围指出，《十月的土地》并没有从史学的角度进行艺术构思，而是在创作中着力寻找时代背景和个人命运的结合点，但实际上时代发展和个人命运的轨迹并不重合。在构思作品的过程中，会尊重人物自身的主观能动性，按照人物自身的逻辑进行塑造和构思，从而推动情节的发展。同时他提出，《十月的土地》是一部具有浓厚东北味的长篇小说，而东北方言是体现东北味、承载东北性格的重要载体。东北人的乐观、东北文化的包容性、东北文化的现代性都体现在东北话中。目前，东北话在短视频平台上具有很高的占有率。实际上，东北话不仅是一种语言问题，更是一种文化问题。我们应当通过对东北话的传播和使用增强东北的文化自信。

活动最后，吴玉杰教授作总结。她认为《十月的土地》中，凝固的空间不断被打破，复杂的叙事不断敞开，给我们展示的是困在时间里的土地和灵魂。并向津子围提问：困在时间里的土地和灵魂有没有碰撞，有没有突围？作家是否也会陷入时间的困局里？如果没有，他又是如何实现自己的突破？同时，她指出，本次活动来自作家、编辑家、批评家的声音，历时性、共时性的批评，构成了文学共赏中的"复调"，打开了别样的文学审美空间，也为师生通往文学现场搭建了一个重要桥梁。今后，希望更多的编辑家、批评家走进校园，在对话与交流中不断"敞开"，逐渐形成辽宁文学的话语景观。未来，"明德学堂"在"当代作家进校园"活动基础上，将继续开展"当代作家档案纪实""当代文学现场""话与思——文学周末""批评家访谈"等活动，不断创新人才培养模式，深化课程改革，在提升学生科研能力的同时，推动当代文学的创作、批评与研究。

原载《芒种》，2022年第1期。

（郑思佳：辽宁大学中国现当代文学专业博士研究生。）

后　记

　　津子围是当代著名作家，辽宁作家领军人物之一。最早接触津子围先生的作品，是在二十世纪九十年代初。当时，以一个文学爱好者的角度看他的小说，感觉可读、新颖。之后，陆续读到他的新作，感到他是一位创作力旺盛且很有个性的作家。二〇一〇年，经时任辽宁社会科学院文学研究所所长程义伟先生介绍，认识了津子围先生，并与程义伟先生合作，完成了辽宁社会科学院立项课题"津子围小说创作研究"，在《小说评论》发表了学术论文《经验世界与超验世界的背离和共谋——津子围小说的文本价值管窥》。此后，能够得以近距离地接触津子围，更加密切地关注他的创作，并自觉地以文学研究者的视角观察他的作品。

　　正如有学者所论，在近四十年的创作生涯中，津子围似乎从未在文坛爆红，但他绝对是一位不可忽视的重量级作家。其重要明证，是在每一个阶段，他都能够奉献出有分量且足够载入文学史册的作品，在技巧和思想深度上也多有突破。近些年来，津子围的创作进入一个新的阶段，也可以说是达到了一个新的高度。其重要标志是长篇小说《十月的土地》

的问世。

《十月的土地》是津子围文学创作生涯中的里程碑式的作品，被誉为"一部具有浓郁东北地域特色的传奇小说，一部波澜壮阔历史背景下追寻土地的道德的史诗之作"。是近年在国内产生重要影响的书写东北的代表性作品之一，引起了众多研究者的关注，并形成了诸多研究成果。系统地组织、整理这些研究成果，便于研究者、读者更加全面地了解《十月的土地》及津子围文学创作的价值、特色，能够为深化中国当代作家作品特别是东北当代文学的研究提供详尽的资料。这是我们编辑、出版这本研究论集的重要基础和因由之一。

编辑、出版这本研究论集，还有一个重要的、特殊的考量：进一步丰富东北文学史，为强化文化自觉、坚定文化自信提供文学范本、成功经验和可行的路径。讲好东北故事，是推动东北全面振兴、全方位振兴的题中应有之义。《十月的土地》无疑是讲好东北故事的成功范本。编写关于《十月的土地》的研究资料，总结相关理论成果，对于促进东北文化振兴、繁荣东北文艺具有特殊的意义。

这本研究论集，凝结着很多人的智慧、心血和热情，得到了多位专家、领导的支持。感谢津子围先生！他为我们进行相关研究工作、编写论集提供了大量宝贵资料。感谢研究论集的多位作者，他们都是具有较大影响的专家、学者，有相当一部分是国内一流的文艺评论家，他们奉献了高水平的研究成果（在书中排列不分先后）。感谢九十四岁的文化大先生、著名学者彭定安先生欣然作序！先生的文化责任感、担当意识尽显其中。感谢程义伟先生的具体指导、帮助和鼓励，使我有信心、有条件完成此项研究和这本论集。

感谢辽宁社会科学院院长李万军先生、副院长肖坤女士的支持，辽宁社会科学院将此项目确定为二○二二年度重大立项课题。感谢文学文化学所的领导、同事王妮女士、刘冬梅女士、邓丽女士的帮助。

　　感谢沈阳出版社、沈阳出版社综合编辑部主任沈晓辉女士，他们不遗余力地支持学术性书籍的出版，可敬，可贵。

叶立群

2022 年 4 月